SAUERLÄNDER

KAI MEYER

MERLE

Die Fließende Königin

SAUERLÄNDER

Der Merle-Zyklus von Kai Meyer:

Merle. Die Fließende Königin (Buch 1)

Merle. Das Steinerne Licht (Buch 2)

Merle. Das Gläserne Wort (Buch 3)

Serafin. Das Kalte Feuer (Buch 4)

MIX
Papier aus verantwortungsvollen Quellen
FSC® C083411

Erschienen bei FISCHER Sauerländer

Umschlaggestaltung: Jana Heidersdorf
Covertypographie: Birgit Gitschier

Satz: Dörlemann Satz, Lemförde
Druck und Bindung: CPI books GmbH, Leck
Printed in Germany
ISBN 978-3-7373-5675-6

Meerjungfrauen

Die Gondel mit den beiden Mädchen kam aus einem der Seitenkanäle. Sie mussten warten, bis die Rennboote auf dem Canal Grande vorüber waren, und selbst Minuten danach herrschte noch immer ein solches Durcheinander von Kähnen und Dampfbooten, dass der Gondoliere es vorzog, sich zu gedulden.

»Es geht gleich weiter«, rief er den Mädchen zu und umklammerte mit beiden Händen sein Ruder. »Ihr habt es nicht eilig, oder?«

»Nein«, antwortete Merle, die Ältere der beiden. Tatsächlich aber war sie aufgeregt wie noch nie in ihrem Leben.

Seit Tagen sprach man in Venedig von nichts anderem als der Bootsregatta auf dem Canal Grande. Die Veranstalter hatten angekündigt, nie zuvor seien die Boote von so vielen Meerjungfrauen auf einmal gezogen worden.

»Fischweiber« nannten manche die Meerjungfrauen abfällig. Das war nur eines von unzähligen Schimpfwörtern, mit denen man sie bedachte, vor allem seit behauptet wurde, sie paktierten mit den Ägyptern. Nicht, dass jemand ernsthaft solch einen Unsinn glaubte; schließlich hatten die Armeen des Pharaos zahllosen Meerjungfrauen im Mittelmeer den Garaus gemacht.

Bei der heutigen Regatta waren zehn Boote an den Start gegangen, am Südende des Canal Grande, auf Höhe der Casa Stecchini. Jedes wurde von zehn Meerjungfrauen gezogen.

Zehn Meerjungfrauen! Das war rekordverdächtig, nie da gewesen. La Serenissima, die Erhabene, wie die Venezianer ihre Stadt gern nannten, hatte dergleichen noch nicht erlebt.

Fächerförmig hatte man sie vor die Boote gespannt, an langen Tauen, die selbst den nadelspitzen Zähnen einer Meerjungfrau standhielten. Rechts und links des Kanals, dort, wo sein Ufer begehbar war, und natürlich auf allen Balkonen und an den Fenstern der Paläste hatte sich das Volk versammelt, um dem Schauspiel zuzusehen.

Merles Aufregung aber hatte nichts mit der Regatta zu tun. Sie hatte einen anderen Grund. Einen besseren, fand sie.

Der Gondoliere wartete weitere zwei, drei Minuten, ehe er die schlanke schwarze Gondel hinaus auf den Canal Grande lenkte, quer darüber hinweg und in eine gegenüberliegende Mündung. Beinahe wurden sie dabei von dem Boot einiger Wichtigtuer gerammt, die ihre eigenen Meerjungfrauen vor den Bug gespannt hatten und unter Gegröle versuchten, es den Teilnehmern der Regatta gleichzutun.

Merle strich ihr langes dunkles Haar zurück. Der Wind trieb ihr immer wieder Strähnen vor die Augen. Sie war vierzehn Jahre alt, nicht groß, nicht klein, allerdings ein wenig dünn geraten. Aber das waren fast alle Kinder im Waisenhaus, außer dem dicken Ruggero natürlich, doch der war krank – sagten zumindest die Aufseherinnen. Aber war es wirklich ein Zeichen von Krankheit, sich nachts in die Küche zu schleichen und den Nachtisch aller Bewohner aufzuessen?

Merle atmete tief durch. Der Anblick der gefangenen Meerjungfrauen machte sie traurig. Sie besaßen menschliche Oberkörper, mit heller, glatter Haut, um die gewiss so manche Dame allabendlich in ihren Gebeten flehte. Ihr Haar war lang, denn unter Meerweibern galt es als Schande, es abzuschneiden – sogar ihre menschlichen Meister respektierten diese Sitte.

Was die Meerjungfrauen von gewöhnlichen Frauen unterschied, war zum einen ihr mächtiger Fischschwanz. Selten kürzer als zwei Meter, entspross er auf Höhe ihrer Hüften. Er war so flink wie eine Peitsche, so stark wie eine Raubkatze und so silbern wie das Geschmeide in den Schatzkammern des Stadtrats.

Der zweite große Unterschied aber – und er war es, den die Menschen am meisten fürchteten – war das grässliche Maul, das ihre Gesichter spaltete wie eine klaffende Wunde. Mochte auch der Rest ihrer Züge menschlich sein, und wunderschön dazu – zahllose Gedichte waren über ihre Augen verfasst worden, und nicht wenige verliebte Jünglinge stiegen für sie freiwillig in ein nasses Grab –, so waren es doch ihre Mäuler, die viele überzeugten, es mit Tieren und nicht mit Menschen zu tun zu haben. Der Schlund einer

Meerjungfrau reicht von einem Ohr zum anderen, und wenn sie ihn öffnet, ist es, als klappe ihr gesamter Schädel entzwei. Aus den Kiefern ragen mehrere Reihen scharfer Zähne, so schmal und spitz wie Nägel aus Elfenbein. Wer behauptet, es gebe kein schlimmeres Gebiss als das eines Hais, der hat noch nie einer Meerjungfrau ins Maul geschaut.

Im Grunde wusste man wenig über sie. Fest stand, dass Meerjungfrauen die Menschen mieden. Für viele Bewohner der Stadt war das Grund genug, sie zu jagen. Junge Männer machten sich oft einen Spaß daraus, unerfahrene Meermädchen, die sich im Labyrinth der venezianischen Kanäle verirrt hatten, in die Enge zu treiben; wenn eines dabei zu Tode kam, fand man das schade, gewiss, doch niemand machte den Jägern einen Vorwurf.

Meist aber wurden die Meerjungfrauen gefangen und in Bassins im Arsenal gesperrt, bis sich ein Grund fand, sie durchzufüttern. Häufig waren dies Bootsrennen, seltener Fischsuppe – auch wenn der Geschmack ihrer langen Schuppenschwänze Legende war. Er übertraf gar Delikatessen wie Sirene und Leviathan.

»Sie tun mir leid«, sagte das zweite Mädchen, das neben Merle in der Gondel saß. Es war ebenso ausgehungert und noch knochiger. Sein hellblondes, fast weißes Haar fiel ihm weit über den Rücken. Merle wusste nichts über ihre Begleiterin, nur dass sie ebenfalls aus einem Waisenhaus stammte, wenn auch aus einem anderen Viertel Venedigs. Sie war ein Jahr jünger als Merle, dreizehn, hatte sie gesagt. Ihr Name war Junipa.

Junipa war blind.

»Die Meerjungfrauen tun dir leid?«, fragte Merle.

Das blinde Mädchen nickte. »Ich konnte vorhin ihre Stimmen hören.«

»Aber sie haben gar nichts gesagt.«

»Unter Wasser schon«, widersprach Junipa. »Sie haben gesungen, die ganze Zeit über. Ich hab ziemlich gute Ohren, weißt du. Viele Blinde haben das.«

Merle schaute Junipa entgeistert an, ehe ihr bewusst wurde, wie unhöflich das war, ganz gleich, ob das Mädchen es nun sehen konnte oder nicht.

»Ja«, sagte Merle schließlich, »mir geht's genauso. Ich finde, sie wirken immer ein wenig … ich weiß nicht, irgendwie wehmütig. So als hätten sie etwas verloren, das ihnen viel bedeutet hat.«

»Ihre Freiheit?«, schlug der Gondoliere vor.

»Mehr als das«, entgegnete Merle. Ihr fehlten die Worte, um zu beschreiben, was sie meinte. »Vielleicht die Fähigkeit, sich zu freuen.« Das traf es immer noch nicht ganz genau, kam dem aber nahe.

Sie war überzeugt, dass die Meerjungfrauen ebenso menschlich waren wie sie selbst. Sie waren intelligenter als manch einer, den sie im Waisenhaus kennengelernt hatte, und sie besaßen Gefühle. Sie waren anders, gewiss, aber das gab niemandem das Recht, sie wie Tiere zu halten, sie vor Boote zu spannen oder nach Belieben durch die Lagune zu scheuchen. Das Verhalten der Venezianer ihnen gegenüber war grausam und ganz und gar unmenschlich. Alles Dinge, die man eigentlich den Meerjungfrauen nachsagte.

Merle seufzte und blickte aufs Wasser. Der Bug der Gondel schnitt wie eine Messerklinge durch die smaragdgrüne Oberfläche. In den schmalen Seitenkanälen war das Wasser sehr ruhig, nur am Canal Grande kamen manchmal stärkere Wellen auf. Hier aber, drei, vier Ecken von Venedigs Hauptschlagader entfernt, herrschte völlige Stille.

Die Gondel glitt lautlos unter gewölbten Brücken hindurch. Manche waren mit grinsenden Steinfratzen verziert; auf ihren Köpfen wuchs buschiges Unkraut wie grüne Haarbüschel.

Zu beiden Seiten des Kanals reichten die Fassaden der Häuser geradewegs ins Wasser hinab. Keines war niedriger als vier Stockwerke. Vor ein paar hundert Jahren, als Venedig noch eine starke Handelsmacht gewesen war, hatte man von den Kanälen aus die Ware direkt in die Paläste der reichen Händlerfamilien verladen. Heute aber standen viele der alten Gemäuer leer, die meisten Fenster waren dunkel und die Holztore auf Höhe der Wasseroberfläche morsch und von Feuchtigkeit zerfressen – und das nicht erst, seit sich der Belagerungsring der ägyptischen Armee um die Stadt geschlossen hatte. Nicht an allem trugen der wiedergeborene Pharao und seine Sphinx-Kommandanten die Schuld.

»Löwen!«, entfuhr es Junipa.

Merle schaute am Ufer entlang zur nächsten Brücke. Sie entdeckte nirgends eine Menschenseele, geschweige denn die steinernen Löwen der Stadtgarde.

»Wo denn? Ich sehe keinen.«

»Ich kann sie riechen«, sagte Junipa. Sie schnupperte lautlos in die Luft, und Merle bemerkte aus dem Augenwinkel, wie der Gondoliere hinter ihnen den Kopf schüttelte.

Sie versuchte es Junipa gleichzutun, doch die Gondel musste fast fünfzig Meter weitergleiten, ehe Merles Nasenflügel etwas auffingen. Den Geruch von feuchtem Gestein, muffig und ein wenig modrig, so stark, dass er selbst den Odem der versinkenden Stadt überdeckte.

»Du hast recht.« Es war unzweifelhaft der Gestank der Steinlöwen, die von den venezianischen Stadtgardisten als Reittiere und Kampfgefährten eingesetzt wurden.

Im selben Augenblick trat eines der mächtigen Tiere vor ihnen auf eine Brücke. Es war aus Granit, eine der häufigsten Rassen unter den steinernen Löwen der Lagune. Es gab andere, stärkere, doch das machte letztlich keinen Unterschied. Wer einem Granitlöwen in die Klauen fiel, war so gut wie verloren. Die Löwen waren von alters her das Wahrzeichen der Stadt, schon zu der Zeit, als ein jeder von ihnen geflügelt und in der Lage gewesen war, sich in die Luft zu erheben. Heute gab es nur noch wenige, die das vermochten; eine streng regulierte Zahl von Einzeltieren, die zum persönlichen Schutz der Stadträte abgestellt waren. Allen anderen hatten die Zuchtmeister auf der Löweninsel, oben im Norden der Lagune, das Fliegen ausgetrieben. Sie kamen mit verkümmerten Schwingen zur Welt, die sie als traurige Anhängsel auf ihren Rücken trugen. Die Soldaten der Stadtgarde befestigten daran ihre Sättel.

Auch der Granitlöwe auf der Brücke war nur ein gewöhnliches Tier aus Stein. Sein Reiter trug die bunte Uniform der Gardisten. Ein Gewehr baumelte an einem Lederriemen über seiner Schulter, betont lässig, ein Zeichen militärischer Arroganz. Die Soldaten hatten die Stadt nicht vor dem Ägyptischen Imperium schützen können – das hatte die Fließende Königin an ihrer statt getan –, doch seit Ausrufung des Belagerungszustands vor über dreißig Jahren hatte die Garde beständig an Macht gewonnen. Mittlerweile wurde sie in ihrer Überheblichkeit nur noch von ihren Befehlsgebern, den Stadträten, übertroffen, die in der gebeutelten Stadt nach Gutdünken schalteten und walteten. Möglicherweise versuchten die Räte und ihre Soldaten, sich selbst etwas zu beweisen – schließlich wusste jeder, dass sie im Ernstfall nicht in der Lage waren, Venedig zu verteidigen. Doch solange die Fließende Königin die Feinde von der Lagune fernhielt, konnten sie sich selbst in ihrer Allmacht feiern.

Der Gardist auf der Brücke blickte mit einem Grinsen zur Gondel herab, zwinkerte Merle zu und gab dann dem Löwen die Sporen. Mit einem Schnauben schob das Tier sich vorwärts. Merle hörte überdeutlich das Scharren seiner steinernen Krallen auf dem Pflaster. Junipa hielt sich die Ohren zu. Die Brücke bebte und zitterte unter den Pranken der Raubkatze, und der Hall schien zwischen den hohen Fassaden umherzuhüpfen wie ein Springball. Sogar das stille Wasser geriet in Bewegung, und die Gondel schaukelte leicht.

Der Gondoliere wartete, bis der Soldat im Gewirr der Gassen verschwunden war, dann spuckte er ins Wasser und murmelte: »Hol dich der Uralte Verräter!«

Merle schaute sich zu ihm um, doch der Mann blickte mit starrer Miene über sie hinweg den Kanal entlang. Langsam ließ er die Gondel weitergleiten.

»Weißt du, wie weit es noch ist?«, erkundigte sich Junipa bei Merle.

Der Gondoliere kam ihr zuvor. »Wir sind gleich da. Da vorne, hinter der Ecke.« Dann wurde ihm bewusst, dass »da vorne« kein Hinweis war, mit dem das blinde Mädchen etwas anfangen konnte. Deshalb fügte er rasch hinzu: »Nur noch ein paar Minuten, dann sind wir am Kanal der Ausgestoßenen.«

Enge und Düsternis – das waren die beiden Eindrücke, die sich Merle am stärksten einprägten.

Der Kanal der Ausgestoßenen war von hohen Häusern flankiert, eines so finster wie das andere. Fast alle waren verlassen. Die Fensteröffnungen klafften leer und schwarz in den grauen Fassaden, viele Scheiben waren zersplittert, und die hölzernen Läden hingen schief in ihren Angeln wie Flügel an Vogelgerippen. Aus einer aufgebrochenen Tür drang das Kreischen kämpfender Kater, nichts Ungewöhnliches in einer Stadt mit zigtausend streunenden Katzen. Tauben gurrten auf den Fensterbänken, und die schmalen, geländerlosen Wege zu beiden Seiten des Wassers waren mit Moos und Vogelkot bedeckt.

Einzig zwei bewohnte Häuser hoben sich deutlich von den verfallenen Gemäuern ringsum ab. Sie lagen einander genau gegenüber und starrten sich über den Kanal hinweg an wie zwei Schachspieler mit zerfurchtem Gesicht und gerunzelter Stirn. Rund hundert Meter trennten sie von der Mündung des Kanals und seinem schattigen Sackgassenende. Jedes der Häuser besaß einen Balkon. Der linke war aus Stein, der rechte aus verschlungenem Metall gefertigt worden. Die Balustraden hoch über dem Wasser berührten sich fast.

Der Kanal maß eine Breite von drei Schritten. Das Wasser, eben noch leuchtend grün, wirkte hier dunkler und tiefer. Die Kluft zwischen den alten Häusern war so eng, dass kaum Tageslicht bis zur Wasseroberfläche drang. Auf den Wellen, die die Gondel verursachte, schaukelten träge ein paar Vogelfedern.

Merle hatte eine vage Vorstellung von dem, was sie erwartete. Man hatte es ihr im Waisenhaus erklärt und dabei immer wieder erwähnt, wie dankbar sie sich schätzen durfte, dass man sie hierher in die Lehre schickte. An diesem Kanal, in diesem Schacht aus grüngrauem Halblicht, würde sie die nächsten Jahre verbringen.

Die Gondel näherte sich den bewohnten Häusern. Merle lauschte angespannt, konnte aber nichts hören außer einem entfernten Rumoren unverständlicher Stimmen. Als sie zu Junipa hinüberschaute, sah sie, dass jeder Muskel im Körper des blinden Mädchens angespannt war; sie hatte die Augen geschlossen, ihre Lippen formten stumme Worte – vielleicht jene, die sie mit ihrem feinen Gehör aus dem Wirrwarr heraushörte. Wie die Bewegungen eines Teppichknüpfers, der mit spitzer Nadel gezielt einen einzigen Faden zwischen tausend anderen hervorfischt. Junipa war in der Tat ein ungewöhnliches Mädchen.

Das Gebäude zur Linken beherbergte die Weberei des berühmten Umberto. Es galt als gottlos, Kleidung zu tragen, die er und seine Schüler gefertigt hatten; zu schlecht war sein Ruf, zu bekannt sein Zwist mit der Kirche. Jene Damen aber, die sich heimlich Mieder und Kleider von ihm herstellen ließen, schworen hinter vorgehaltener Hand auf deren magische Wirkung. »Umbertos Kleider machen schlank«, erzählte man sich in Venedigs Salons und Gassen. Wirklich schlank. Denn wer sie trug, sah nicht nur dünner aus – er war es tatsächlich, so als zehrten die magischen Fäden des Webermeisters vom Fett all jener, die von ihnen umhüllt wurden. Die Priester in Venedigs Kirchen hatten mehr als einmal gegen das unheilige Treiben des Webers gewettert, so laut und hasserfüllt, dass die Handwerksgilde Umberto schließlich aus ihren Reihen verstieß.

Doch nicht allein Umberto hatte den Zorn der Gilde zu spüren bekommen. Gleiches galt für den Herrn des gegenüberliegenden Hauses. Auch darin war eine Werkstatt untergebracht, und auch sie stand auf ihre Art im Dienste der Schönheit. Allerdings wurden hier keine Kleider gewebt, und ihr Meister, der ehrenwerte Arcimboldo, hätte wohl lautstark protestiert, wäre er offen mit seinem Erzfeind Umberto verglichen worden.

Arcimboldos Götterglas stand in goldenen Lettern über der Tür, und gleich daneben hing ein Schild:

Zauberspiegel
für gute und böse Stiefmütter,
für schöne und hässliche Hexen
und jederlei lauteren Zweck

»Wir sind da«, sagte Merle zu Junipa, während ihr Blick zum zweiten Mal über die Worte strich. »Arcimboldos Zauberspiegelwerkstatt.«

»Wie sieht sie aus?«, fragte Junipa.

Merle zögerte. Es fiel ihr nicht ganz leicht, ihren ersten Eindruck zu schildern. Düster war das Haus, gewiss, wie der ganze Kanal und seine Umgebung, doch neben der Tür stand ein Kübel mit bunten Blumen, ein freundlicher Klecks im grauen Zwielicht.

Erst beim zweiten Hinsehen erkannte Merle, dass die Blüten aus Glas waren.

»Besser als das Waisenhaus«, sagte sie unentschlossen.

Die Stufen, die von der Wasseroberfläche zum Gehweg führten, waren glitschig. Der Gondoliere half ihnen beim Aussteigen. Sein Geld hatte er bereits erhalten, als er die Mädchen in Empfang genommen hatte. Ehe er mit seiner Gondel langsam davonglitt, wünschte er den beiden Glück.

Ein wenig verloren standen sie da, jede mit einem halbvollen Bündel in der Hand, gleich unter dem Schild, das Zauberspiegel für böse Stiefmütter feilbot. Merle war unschlüssig, ob sie dies für einen guten oder einen schlechten Auftakt ihrer Lehrzeit halten sollte. Vermutlich lag die Wahrheit irgendwo dazwischen. Hinter einem Fenster der Weberwerkstatt am anderen Ufer huschte ein Gesicht vorüber, dann ein zweites. Neugierige Lehrlinge, die einen Blick auf die Ankömmlinge warfen, vermutete Merle. Feindliche Lehrlinge, so man den Gerüchten Glauben schenkte. Arcimboldo und Umberto mochten sich nicht, das war kein Geheimnis, und auch ihr zeitgleicher Ausschluss aus der Handwerksgilde hatte daran nichts geändert. Ein jeder gab dem anderen die Schuld. »Was werft ihr mich heraus und nicht diesen verrückten Spiegelmacher?«, hatte Umberto Arcimboldo zufolge gefragt, während der Weber wiederum behauptete, Arcimboldo habe bei seinem Ausschluss gerufen: »Ich gehe, aber ihr tätet gut daran, wenn ihr auch diesem

Fadenflicker den Prozess machen würdet.« Was davon der Wahrheit entsprach, wusste niemand mit Gewissheit. Fest stand nur, dass man beide wegen verbotenen Umgangs mit Magie aus der Gilde geworfen hatte.

Ein Zauberer, durchfuhr es Merle. Seit Tagen dachte sie an kaum etwas anderes. Arcimboldo ist ein echter Zauberer!

Mit einem Knirschen wurde die Tür der Spiegelwerkstatt geöffnet, und eine wunderliche Frau erschien auf dem Gehweg. Ihr langes Haar war zu einem Knoten hochgesteckt. Sie trug lederne Hosen, die ihre schlanken Beine betonten. Darüber schlackerte eine weite Bluse, durchzogen von silbernen Fäden – ein solch feines Stück hätte Merle eher am gegenüberliegenden Kanalufer in der Weberwerkstatt erwartet, nicht aber im Hause Arcimboldos.

Das Ungewöhnlichste aber war die Maske, hinter der die Frau einen Teil ihres Gesichts verbarg. Der letzte Karneval von Venedig – früher weltberühmt – hatte vor fast vier Jahrzehnten stattgefunden. Das war 1854 gewesen, drei Jahre nachdem Pharao Amenophis in der Stufenpyramide von Amun-Ka-Re zu neuem Leben erwacht war. Heute, in Zeiten des Krieges, der Not und der Belagerung, gab es keinen Anlass zur Verkleidung.

Und dennoch trug die Frau eine Maske, geformt aus Papier, glasiert und kunstvoll verziert. Zweifellos die Arbeit eines venezianischen Künstlers. Sie bedeckte ihre untere Gesichtshälfte bis hinauf zum Nasenrücken. Ihre Oberfläche war schneeweiß und glänzte wie Porzellan. Der Maskenmacher hatte einen kleinen, fein geschwungenen Mund mit dunkelroten Lippen daraufgemalt.

»Unke«, sagte die Frau und fuhr mit fast unmerklichem Lispeln fort: »Das ist mein Name.«

»Merle. Und das ist Junipa. Wir sind die neuen Lehrlinge.«

»Natürlich, wer sonst?« Unkes Augen verrieten, dass sie lächelte. Merle überlegte, ob eine Krankheit das Gesicht der Frau entstellt haben könnte.

Unke ließ die Mädchen eintreten. Hinter der Tür lag eine weite Eingangshalle, wie in den meisten Häusern der Stadt. Sie war nur spärlich möbliert, die Wände verputzt und ohne Tapete – Vorsichtsmaßnahmen wegen des Hochwassers, das Venedig in manchen Wintern heimsuchte. Das häusliche Leben der Venezianer spielte sich im ersten und zweiten Stock ab, die Erdgeschosse blieben karg und ungemütlich.

»Es ist spät«, sagte Unke, als wäre ihr Blick auf eine Uhr gefallen. Doch Merle konnte nirgends eine entdecken. »Arcimboldo und die älteren Schüler sind um diese Zeit in der Werkstatt und dürfen nicht gestört werden. Ihr werdet sie morgen kennenlernen. Ich zeige euch euer Zimmer.«

Merle konnte ein Lächeln nicht unterdrücken. Sie hatte gehofft, dass sie und Junipa sich ein Zimmer teilen würden. Auch das blinde Mädchen freute sich über Unkes Worte.

Die maskierte Frau führte sie die Stufen einer geschwungenen Freitreppe empor. »Ich bin die Haushälterin der Werkstatt. Ich koche für euch und wasche eure Sachen. Vermutlich werdet ihr mir in den ersten Monaten dabei zur Hand gehen, das verlangt der Meister oft von den Neuankömmlingen – zumal ihr die einzigen Mädchen im Haus seid.«

Die einzigen Mädchen? Dass alle anderen Lehrlinge Jungen sein könnten, war Merle bislang nicht in den Sinn gekommen. Umso erleichterter war sie, dass sie ihre Lehrzeit gemeinsam mit Junipa begann.

Das blinde Mädchen war nicht allzu gesprächig, und Merle vermutete, dass sie es im Waisenhaus nicht leicht gehabt hatte. Merle hatte zu oft miterlebt, wie grausam Kinder sein können, vor allem zu jenen, die sie für schwächer halten. Junipas Blindheit war sicherlich nicht selten Anlass für gemeine Streiche gewesen.

Die Mädchen folgten Unke einen langen Gang hinunter. An den Wänden hingen zahllose Spiegel. Die meisten waren aufeinander gerichtet: Spiegel in Spiegeln in Spiegeln. Merle bezweifelte, dass es sich dabei um Arcimboldos berühmte Zauberspiegel handelte, denn sie konnte nichts Ungewöhnliches daran entdecken.

Nachdem Unke ihnen allerlei über Essenszeiten, Ausgang und Verhalten im Haus erklärt hatte, fragte Merle:

»Wer kauft eigentlich Arcimboldos Zauberspiegel?«

»Du bist neugierig«, stellte Unke fest und ließ offen, ob ihr diese Erkenntnis missfiel.

»Reiche Leute?«, hakte Junipa nach und strich sich gedankenverloren über das glatte Haar.

»Vielleicht«, sagte Unke. »Wer weiß?«

Damit ließ sie das Thema fallen, und die Mädchen bohrten nicht nach. Sie würden noch genug Zeit haben, alles Wichtige über die Werkstatt und ihre Kundschaft herauszufinden. Gute und böse Stiefmütter, wiederholte Merle in Gedanken. Schöne und hässliche Hexen. Das klang aufregend.

Das Zimmer, das Unke ihnen zuwies, war nicht groß. Es roch muffig, war aber erfreulich hell, da es im dritten Stock des Gebäudes lag. In Venedig bekommt man das Tageslicht, geschweige denn den Sonnenschein, erst ab der zweiten Etage zu Gesicht – wenn man Glück hat. Das Fenster dieses Zimmers jedoch blickte über ein Meer rotgelber Schindeln. Nachts würden sie den Sternenhimmel, tagsüber die Sonne sehen können – vorausgesetzt, ihre Arbeit ließ ihnen Zeit dafür.

Der Raum lag an der Rückseite der Werkstatt. Weit unter dem Fenster erkannte Merle einen kleinen Hof mit einer runden Zisterne. Die gegenüberliegenden Häuser schienen alle leer zu stehen. Zu Beginn des Kriegs mit dem Pharaonenreich hatten viele Venezianer die Stadt verlassen und waren aufs Festland geflohen – ein verhängnisvoller Fehler, wie sich später herausgestellt hatte.

Unke verließ die Mädchen mit dem Hinweis, dass

sie ihnen in einer Stunde etwas zu essen bringen würde. Anschließend sollten sich die beiden schlafen legen, damit sie an ihrem ersten Arbeitstag ausgeruht sein würden.

Junipa tastete sich am Bettpfosten entlang und ließ sich sanft auf der Matratze nieder. Vorsichtig strich sie mit beiden Händen über die Bettdecke.

»Hast du die Decke bemerkt? So flauschig!«

Merle setzte sich neben sie. »Sie muss teuer gewesen sein«, sagte sie versonnen. Im Waisenhaus waren die Decken dünn und kratzig, und es gab allerlei Ungeziefer, das einem im Schlaf die Haut zerbiss.

»Scheint so, als hätten wir Glück gehabt«, sagte Junipa.

»Noch haben wir Arcimboldo nicht getroffen.«

Junipa hob eine Augenbraue. »Wer ein blindes Mädchen aus einem Waisenhaus holt, um ihm etwas beizubringen, kann kein schlechter Mensch sein.«

Merle blieb argwöhnisch. »Arcimboldo ist bekannt dafür, dass er Waisen als Schüler annimmt. Welche Eltern würden ihr Kind auch schon an einem Ort in die Lehre schicken, der sich Kanal der Ausgestoßenen nennt?«

»Aber ich kann nicht sehen, Merle! Ich war mein ganzes Leben lang allen nur ein Klotz am Bein.«

»Haben sie dir das im Heim eingeredet?« Merle sah Junipa forschend an. Dann ergriff sie die schmale weiße Hand des Mädchens. »Ich bin jedenfalls froh, dass du hier bist.«

Junipa lächelte verlegen. »Meine Eltern haben mich ausgesetzt, als ich gerade ein Jahr alt war. Sie haben mir einen Brief ins Kleid gesteckt. Darin stand, dass sie keinen Krüppel großziehen wollen.«

»Das ist abscheulich.«

»Wie bist du ins Heim gekommen?«

Merle seufzte. »Ein Aufseher im Waisenhaus hat einmal erzählt, dass man mich in einem Weidenkorb gefunden hat, der auf dem großen Kanal trieb.« Sie zuckte mit den Schultern. »Klingt wie im Märchen, was?«

»Wie in einem traurigen.«

»Ich war damals erst ein paar Tage alt.«

»Wer wirft denn ein Kind in den Kanal?«

»Und wer setzt es aus, weil es nicht sehen kann?«

Die beiden lächelten sich an. Auch wenn Junipas weiße Augäpfel durch sie hindurchschauten, hatte Merle das Gefühl, dass ihre Blicke mehr als leere Gesten waren. Durch Horchen und Tasten nahm Junipa vermutlich mehr wahr als die meisten anderen Menschen.

»Deine Eltern wollten nicht, dass du ertrinkst«, stellte Junipa fest. »Sonst hätten sie sich nicht die Mühe gemacht, dich in einen Weidenkorb zu legen.«

Merle blickte zu Boden. »Sie haben noch etwas mit in den Korb gelegt. Willst du es –« Sie verstummte.

»Sehen?«, führte Junipa den Satz mit einem Grinsen zu Ende.

»Tut mir leid.«

»Das muss es nicht. Ich kann es ja anfassen. Hast du es dabei?«

»Immer, egal wohin ich gehe. Einmal hat ein Mädchen im Waisenhaus versucht, es zu stehlen. Ich hab ihr fast alle Haare ausgerissen.« Sie lachte ein wenig verschämt. »Na ja, damals war ich erst acht.«

Auch Junipa lachte. »Dann werde ich meine in der Nacht wohl lieber zu einem Knoten binden.«

Merle berührte sanft Junipas Haar. Es war dick und so hell wie das einer Schneekönigin.

»Also?«, fragte Junipa. »Was lag noch in deinem Weidenkorb?«

Merle stand auf, öffnete ihr Bündel und zog ihren kostbarsten Besitz hervor – genau genommen war es ihr einziger, abgesehen von dem schlichten, geflickten Kleid, das sie zum Wechseln dabeihatte.

Es war ein Handspiegel, ungefähr so groß wie ihr Gesicht, oval und mit einem kurzen Griff. Der Rahmen war aus einer dunklen Legierung gefertigt, die so mancher im Waisenhaus mit gierigen Augen für angelaufenes Gold gehalten hatte. In Wahrheit war es weder Gold noch ein anderes Metall, von dem irgendwer jemals gehört hatte, denn es war so hart wie Diamant.

Das Ungewöhnlichste an diesem Spiegel aber war seine Spiegelfläche. Sie bestand nicht aus Glas, sondern aus Wasser. Man konnte hineingreifen und kleine Wellen erzeugen, doch egal wie man den Spiegel drehte, nie lief auch nur ein einziger Tropfen heraus.

Merle legte Junipa den Griff in die offene Hand, und

sogleich schlossen sich die Finger des blinden Mädchens darum. Statt den Gegenstand zu betasten, führte sie ihn erst einmal ans Ohr.

»Es flüstert«, sagte sie leise.

Merle war überrascht. »Flüstert? Ich hab nie etwas gehört.«

»Du bist ja auch nicht blind.« Eine kleine, senkrechte Falte erschien auf Junipas Stirn. Sie konzentrierte sich. »Es sind mehrere. Ich kann die Worte nicht verstehen, es sind zu viele Stimmen, und sie sind zu weit entfernt. Aber sie flüstern miteinander.« Junipa senkte den Spiegel und fuhr mit ihrer Linken um den ovalen Rahmen. »Ist es ein Bild?«

»Ein Spiegel«, erwiderte Merle. »Aber erschrick nicht, er ist aus Wasser.«

Junipa verriet durch nichts ihr Erstaunen, so als sei dies etwas ganz Alltägliches. Erst als sie eine Fingerspitze ausstreckte und die Wasseroberfläche berührte, zuckte sie zusammen.

»Es ist kalt«, stellte sie fest.

»Nein, überhaupt nicht. Das Wasser im Spiegel ist immer warm. Und man kann etwas hineinstecken, aber wenn man es wieder herauszieht, ist es trocken.«

Junipa berührte das Wasser noch einmal. »Für mich fühlt es sich eiskalt an.«

Merle nahm ihr den Spiegel aus der Hand und streckte Zeige- und Mittelfinger hinein. »Warm«, sagte sie ein wenig trotzig. »Es war noch nie kalt, soweit ich mich zurückerinnern kann.«

»Hat es mal jemand außer dir berührt?«

»Noch keiner. Nur einmal wollte ich es einer Nonne erlauben, die zu uns ins Waisenhaus kam, aber sie hatte schreckliche Angst davor und hat gesagt, es sei ein Werk des Teufels.«

Junipa überlegte. »Vielleicht fühlt sich das Wasser für jeden außer der Besitzerin kalt an.«

Merle runzelte die Stirn. »Mag schon sein.« Sie schaute auf die Oberfläche, die noch immer in leichter Bewegung war. Verzerrt und zitternd blickte ihr Spiegelbild zurück.

»Hast du vor, ihn Arcimboldo zu zeigen?«, fragte Junipa. »Er kennt sich aus mit Zauberspiegeln.«

»Ich glaube, nicht. Zumindest nicht sofort. Vielleicht später mal.«

»Du hast Angst, dass er ihn dir abnimmt.«

»Hättest du das nicht?« Merle seufzte. »Es ist das Einzige, was mir von meinen Eltern geblieben ist.«

»Du bist ein Teil deiner Eltern, vergiss das nicht.«

Merle verstummte für einen Moment. Sie dachte nach, ob sie Junipa vertrauen konnte, ob sie dem blinden Mädchen die ganze Wahrheit sagen sollte. Schließlich schaute sie sich sichernd zur Tür um und flüsterte: »Das Wasser ist noch nicht alles.«

»Wie meinst du das?«

»Ich kann meinen ganzen Arm in den Spiegel stecken, und er kommt nicht auf der anderen Seite heraus.« Tatsächlich war die Rückseite des Ovals aus demselben harten Metall wie der Rahmen.

»Tust du es gerade?«, fragte Junipa staunend. »Ich meine, jetzt im Moment?«

»Wenn du möchtest.« Merle ließ erst ihre Finger in das Innere des Wasserspiegels gleiten, dann ihre Hand, schließlich den ganzen Arm. Es war, als wäre er völlig aus dieser Welt verschwunden.

Junipa streckte ihre Hand aus und tastete sich von Merles Schulter bis zum Spiegelrahmen. »Wie fühlt es sich an?«

»Sehr warm«, beschrieb Merle. »Angenehm, aber nicht heiß.« Sie senkte ihre Stimme. »Und manchmal spüre ich noch etwas anderes.«

»Was denn?«

»Eine Hand.«

»Eine … Hand?«

»Ja. Sie greift nach meiner, ganz sanft, und hält sie.«

»Sie hält dich fest?«

»Nicht fest. Einfach nur … na ja, sie hält eben meine Hand. So wie Freundinnen das tun. Oder –«

»Oder Eltern?« Junipa sah sie gespannt an. »Glaubst du, dass dein Vater oder deine Mutter da drinnen deine Hand hält?«

Merle war es unangenehm, darüber zu sprechen. Nach kurzem Zögern überwand sie ihre Scheu.

»Es wäre doch möglich, oder? Immerhin waren sie es, die mir den Spiegel in den Korb gelegt haben. Vielleicht haben sie das getan, um irgendwie Kontakt mit mir zu halten, damit ich weiß, dass sie noch da sind … irgendwo.«

Junipa nickte langsam, aber sie wirkte nicht überzeugt. Eher verständnisvoll. Ein wenig traurig sagte sie: »Ich hab mir lange Zeit vorgestellt, dass mein Vater ein Gondoliere ist. Ich weiß, dass die Gondolieri die schönsten Männer Venedigs sind … Ich meine, jeder weiß das … auch wenn ich sie nicht sehen kann.«

»Sie sind nicht alle schön«, wandte Merle ein.

Junipas Stimme klang verträumt. »Und ich hab mir ausgemalt, dass meine Mutter eine Wasserträgerin vom Festland ist.«

Von den Wasserträgerinnen, die auf den Straßen aus großen Krügen Trinkwasser verkauften, behauptete man, sie seien die anmutigsten Frauen weit und breit. Und wie im Fall der Gondolieri galt, dass auch diese Erzählungen einen wahren Kern besaßen.

Junipa fuhr fort: »Ich hab mir also vorgestellt, dass meine Eltern diese beiden wunderschönen Menschen sind, so als würde das irgendetwas über mich aussagen. Über mein wahres Ich. Ich habe sogar versucht, sie zu entschuldigen: Zwei so perfekte Geschöpfe, habe ich mir gesagt, können sich nicht mit einem kranken Kind sehen lassen. Ich hab mir eingeredet, dass es ihr gutes Recht war, mich auszusetzen.« Sie schüttelte den Kopf, so heftig, dass ihr weißblondes Haar wild umherflog. »Heute weiß ich, dass das alles Unsinn ist. Vielleicht sind meine Eltern schön, oder vielleicht sind sie hässlich. Vielleicht sind sie auch gar nicht mehr am Leben. Aber das hat nichts mit mir zu tun, verstehst du? Ich bin ich, das ist alles, was zählt. Und meine Eltern haben unrecht getan, weil sie ein hilfloses Kind einfach auf die Straße geworfen haben.«

Merle hörte betroffen zu. Sie wusste, was Junipa meinte, auch wenn sie nicht verstand, was das mit ihr und der Hand in ihrem Spiegel zu tun hatte.

»Du darfst dir nichts vormachen, Merle«, sagte das blinde Mädchen und klang dabei viel weiser, als sie es in Anbetracht ihrer Jugend hätte sein dürfen. »Deine Eltern wollten dich nicht. Deshalb haben sie dich in diesen Weidenkorb gelegt. Und wenn dir jemand in deinem Spiegel die Hand reicht, dann muss das nicht zwangsläufig deine Mutter oder dein Vater sein. Das, was du fühlst, ist magisch, Merle. Und mit Magie muss man vorsichtig sein.«

Einen kurzen Moment lang spürte Merle Wut in sich aufsteigen. Junipa stand es nicht zu, so etwas zu behaupten, sie ihrer Hoffnungen zu berauben, all der Träume, die sie hatte, wenn der oder die andere im Spiegel ihre Hand hielt. Doch dann verstand sie, dass Junipa nur ehrlich war und dass Ehrlichkeit das schönste Geschenk ist, das man einem anderen zu Beginn einer Freundschaft machen kann.

Merle schob den Spiegel unter ihr Kopfkissen. Sie wusste, dass er nicht zerbrechen würde und dass sich der Stoff in die Wasseroberfläche pressen konnte, ohne dabei nass zu werden oder die Flüssigkeit aufzusaugen. Dann setzte sie sich zurück zu Junipa und legte den Arm um sie. Das blinde Mädchen erwiderte die Umarmung, und so hielten sie einander wie Schwestern, wie zwei Menschen, die keine Geheimnisse voreinander haben. Es war ein so überwältigendes Gefühl der Nähe und des Einverständnisses, dass es für eine Weile sogar die Wärme der Hand im Spiegel übertraf, ihre Ruhe und Stärke, mit der sie Merles Vertrauen gewonnen hatte.

Als die Mädchen sich voneinander lösten, sagte Merle: »Du kannst ihn einmal ausprobieren, wenn du magst.«

»Den Spiegel?« Junipa schüttelte den Kopf. »Es ist deiner. Würde er wollen, dass ich meine Hand hineinstecke, würde das Wasser auch für mich warm sein.«

Merle spürte, dass Junipa recht hatte. Ob es nun eine Hand ihrer Eltern war, die sie dort drinnen berührte, oder die Finger von jemand völlig anderem – fest stand, sie akzeptierten nur Merle. Es mochte sogar gefährlich sein, wenn ein anderer so tief in den Raum hinter dem Spiegel vordrang.

Die Mädchen saßen noch zusammen auf dem Bett, als die Tür aufging und Unke eintrat. Auf einem Holztablett brachte sie das Abendessen, deftige Brühe mit Gemüse und Basilikum, dazu weißes Brot und einen Krug mit Wasser aus der Zisterne im Hof.

»Geht schlafen, wenn ihr ausgepackt habt«, lispelte die Frau hinter der Maske, bevor sie das Zimmer verließ. »Ihr habt noch alle Zeit der Welt, um miteinander zu reden.«

Ob Unke sie belauscht hatte und von dem Spiegel unter Merles Kissen wusste? Doch Merle sagte sich, dass sie keinen Grund hatte, der Haushälterin zu misstrauen, ja, dass Unke bisher doch sehr freundlich und großzügig gewesen war. Allein die Tatsache, dass sie die Hälfte ihres Gesichts hinter einer Maske verbarg, machte sie nicht zu einem üblen Menschen.

Sie dachte noch an Unkes Maske, als sie einschlief, und im Halbschlaf fragte sie sich, ob nicht jedermann bisweilen eine Maske trug.

Eine Maske der Freude, eine Maske der Trauer, eine Maske der Gleichgültigkeit.

Eine Maske aus Ihr-seht-mich-nicht.

Spiegelaugen

Im Traum begegnete Merle der Fließenden Königin.

Ihr war, als ritte sie auf einem Wesen aus weichem Glas durch die Gewässer der Lagune. Grüne und blaue Schemen umtosten sie, Millionen von Tropfen, so warm wie das Wasser im Inneren ihres Spiegels. Sie umschmeichelten ihre Wangen, ihren Hals, die Flächen ihrer offenen Hände, die sie der Strömung entgegenstreckte. Sie war eins mit der Fließenden Königin, einem Geschöpf, so unbegreiflich wie der Sonnenaufgang, wie die Kräfte des Gewitters und der Stürme, so unfassbar wie das Leben und der Tod. Sie tauchten unter der Wasseroberfläche dahin, doch Merle hatte keine Mühe zu atmen, denn die Königin war in ihr und hielt sie am Leben, so als wären sie beide Teile eines einzigen Körpers.

Schwärme schillernder Fische zogen an ihrer Seite dahin, begleiteten sie auf ihrem Weg, dessen Ziel für Merle immer unwichtiger wurde. Allein die Reise zählte, das Einssein mit der Fließenden Königin, das Gefühl, die Lagune zu begreifen und an ihrer Schönheit teilzuhaben.

Und obwohl nichts anderes geschah, als dass sie an der Seite der Königin dahinglitt, war es ein Traum, so herrlich, wie Merle seit Monaten, seit Jahren keinen mehr geträumt hatte. Im Waisenhaus hatten ihre

Nächte aus Kälte, den Bissen der Flöhe und der Furcht vor Diebstahl bestanden. Hier aber, im Hause Arcimboldos, war sie endlich in Sicherheit.

Merle erwachte. Im ersten Moment glaubte sie, ein Geräusch hätte sie aus dem Schlaf gerissen. Doch da war nichts. Völlige Stille.

Die Fließende Königin. Jeder hatte von ihr gehört. Und doch wusste niemand, was sie wirklich war. Als die Galeeren der Ägypter nach ihren Vernichtungsfeldzügen in aller Welt versucht hatten, in die venezianische Lagune einzudringen, war etwas Sonderbares geschehen. Etwas Wunderbares. Die Fließende Königin hatte sie in die Flucht geschlagen. Das Ägyptische Imperium, die größte und grausamste Macht der Weltgeschichte, hatte mit eingekniffenem Schwanz abziehen müssen.

Seither rankten sich Legenden um die Fließende Königin.

Fest stand, sie war kein Wesen aus Fleisch und Blut. Sie erfüllte und durchdrang das Wasser der Lagune, die engen Kanäle der Stadt genauso wie die weiten Wasserfelder zwischen den Inseln. Die Ratsherren behaupteten, regelmäßig Gespräche mit ihr zu führen und gemäß ihren Wünschen zu handeln. Wenn sie tatsächlich je das Wort ergriffen hatte, dann nie in Gegenwart des einfachen Volkes.

Manche sagten, sie sei nur so groß wie ein Tropfen, der mal hier, mal dort war; andere schworen, sie sei das Wasser selbst, jeder noch so kleine Schluck. Sie war mehr Kraft als Kreatur und für viele gar eine Gottheit, die jedes Ding und jedes Wesen erfüllte.

Der Feldzug des Tyrannen mochte Leid, Tod und Verheerung gesät, Amenophis und sein Imperium mochten die Welt unterjocht haben – die Aura der Fließenden Königin aber schützte die Lagune nun schon seit über dreißig Jahren, und da war keiner in der Stadt, der sich ihr nicht verpflichtet fühlte. In den Kirchen wurden Messen zu ihren Ehren gelesen, die Fischer opferten einen Teil jedes Fangs, und selbst die geheime Gilde der Diebe zeigte ihre Dankbarkeit, indem sie an bestimmten Tagen im Jahr ihre Finger bei sich behielt.

Da – wieder ein Geräusch! Diesmal gab es keinen Zweifel.

Merle richtete sich im Bett auf. Noch immer umspülten die Ausläufer des Traums ihre Sinne wie Meerschaum die Füße während einer Strandwanderung.

Der Laut wiederholte sich. Ein metallisches Knirschen, das aus dem Hof heraufdrang. Merle kannte dieses Geräusch – die Abdeckung der Zisterne. So klang es überall in Venedig, wenn die schweren Metalldeckel der Brunnen geöffnet wurden. Die Zisternen waren in der ganzen Stadt zu finden, auf jedem öffentlichen Platz und in den meisten Höfen. Ihre runden Ummauerungen waren mit Mustern und Fabelwesen aus Stein verziert. Riesige, halbrunde Deckel schützten das kostbare Trinkwasser vor Schmutz und Ratten.

Aber wer machte sich um diese Uhrzeit an einer

Zisterne zu schaffen? Merle stand auf und wischte sich den Schlaf aus den Augen. Ein wenig wacklig auf den Beinen, ging sie zum Fenster hinüber.

Im Mondlicht sah sie gerade noch, wie eine Gestalt über den Rand der Zisterne kletterte und in den dunklen Brunnenschacht glitt. Einen Augenblick später griffen Hände aus der Finsternis herauf, packten den Rand des Deckels und zerrten ihn knirschend zurück über die Öffnung.

Merle stieß scharf den Atem aus. Instinktiv duckte sie sich, obwohl die Gestalt längst im Brunnen verschwunden war.

Unke! Es gab keinen Zweifel, dass sie der Schemen unten im Hof gewesen war. Was trieb die Haushälterin dazu, mitten in der Nacht in einen Brunnen zu klettern?

Merle fuhr herum und wollte Junipa wecken.

Das Bett war leer.

»Junipa?«, flüsterte sie angespannt. Es gab keinen Winkel des kleinen Zimmers, den sie von hier aus nicht hätte einsehen können. Kein Versteck.

Es sei denn …

Merle bückte sich und schaute unter die beiden Betten. Auch dort gab es keine Spur von dem Mädchen.

Sie ging zur Tür. Kein Riegel, den sie am Abend hätten vorschieben können, kein Schloss. Draußen auf dem Gang herrschte Stille.

Merle atmete tief durch. Der Boden unter ihren nackten Füßen war empfindlich kalt. Rasch zog sie ihr Kleid über und schlüpfte in ihre ausgetretenen Lederschuhe; sie reichten bis über die Knöchel und mussten geschnürt werden, was im Augenblick viel zu viel Zeit in Anspruch nahm. Aber sie konnte sich unmöglich auf die Suche nach Junipa machen und dabei Gefahr laufen, über ihre Schnürsenkel zu stolpern. Hastig machte sie sich an die Arbeit, doch ihre Finger zitterten, und es dauerte doppelt so lange wie sonst, die Schuhe zuzubinden.

Schließlich huschte sie hinaus auf den Gang und zog die Tür zu. Irgendwo in der Ferne ertönte ein bedrohliches Zischen, nicht von einem Tier, eher von einer Dampfmaschine, aber sie war nicht sicher, ob die Quelle des Geräuschs hier im Haus zu finden war. Bald darauf vernahm sie das Zischen erneut, gefolgt von einem rhythmischen Stampfen. Dann herrschte wieder Stille. Erst als Merle auf der Treppe nach unten war, fiel ihr ein, dass es am Kanal der Ausgestoßenen nur zwei bewohnte Häuser gab – Arcimboldos Spiegelwerkstatt und die des Webers am anderen Ufer.

Es roch sonderbar im ganzen Haus, ein wenig nach Schmieröl, nach poliertem Stahl und dem scharfen Geruch, den sie aus den Glaswerkstätten der Laguneninsel Murano kannte; sie war ein einziges Mal dort gewesen, als ein alter Glasmacher erwogen hatte, sie bei sich aufzunehmen. Er hatte ihr gleich nach ihrer Ankunft befohlen, ihm im Bad den Rücken zu schrubben. Merle hatte gewartet, bis er im Wasser saß, und war dann so schnell sie konnte zurück zur Anlegestelle gelaufen. In einem der Boote versteckt, war sie wieder in die Stadt gelangt. Dem Waisenhaus waren solche Fälle nicht unbekannt, und obwohl die Aufseher keineswegs glücklich gewesen waren, sie wiederzusehen, bewiesen sie genug Anstand, sie nicht erneut nach Murano zu schicken.

Merle erreichte den Treppenabsatz im zweiten Stock. Bisher war sie niemandem begegnet und hatte kein Anzeichen von Leben entdeckt. Wo wohl die anderen Lehrlinge schliefen? Vermutlich wie Junipa und sie selbst im dritten Stock. Unke, das wusste sie immerhin, war nicht im Haus – sie vermied es, sich allzu viele Gedanken darüber zu machen, was die merkwürdige Frau in der Zisterne zu suchen hatte.

Blieb nur Arcimboldo selbst. Und natürlich Junipa. Was, wenn sie nur austreten musste? Der schmale Erker, in dem ein runder Schacht im Boden geradewegs hinaus in den Kanal führte, befand sich ebenfalls im dritten Stock. Dort hatte Merle nicht nachgesehen, und jetzt verfluchte sie sich dafür. Das Naheliegende hatte sie vergessen – vielleicht, weil es im Waisenhaus stets ein schlechtes Zeichen war, wenn eines der Kinder nachts aus seinem Bett verschwand. Nur wenige waren jemals wiederaufgetaucht.

Sie wollte gerade umkehren, um nachzuschauen, als das Zischen abermals ertönte. Es klang künstlich, maschinell, und der Ton ließ sie erschauern.

Ganz kurz nur glaubte sie noch etwas anderes zu hören, leise im Hintergrund des Zischens.

Ein Schluchzen.

Junipa!

Merle versuchte in dem dunklen Treppenhaus etwas zu erkennen. Die Umgebung war pechschwarz, nur durch ein hohes Fenster neben ihr fiel ein Hauch von Mondschein, eine vage Ahnung von Licht, das kaum die Stufen unter ihren Füßen erreichte. Im Gang zu ihrer Linken tickte eine Standuhr einsam in den Schatten, ein monströser Umriss wie ein Sarg, den jemand gegen die Wand gelehnt hatte.

Inzwischen war sie sicher: Das Zischen und Schluchzen kam aus dem Inneren des Hauses. Von weiter unten. Aus der Werkstatt im ersten Stock.

Merle schlich die Stufen hinab. Der Korridor, der vom Treppenhaus abzweigte, hatte eine hohe Bogendecke. Sie folgte ihm, so leise und rasch sie konnte. Ihre Kehle war wie zugeschnürt. Ihr Atem kam ihr laut vor wie das Rasseln eines der Dampfboote auf dem Canal Grande. Was, wenn sie und Junipa vom Regen in die Traufe geraten waren? Wenn sich Arcimboldo als ähnliches Scheusal herausstellte wie der alte Glasbläser auf Murano?

Sie schrak zusammen, als sie neben sich eine Bewegung wahrnahm. Nur ihr eigenes Ebenbild, das über einen der zahllosen Spiegel an den Wänden huschte.

Das Zischen ertönte jetzt häufiger und klang näher. Unke hatte ihnen nicht gezeigt, wo genau sich der Eingang zur Werkstatt befand. Sie hatte lediglich erwähnt, dass sie im ersten Stock lag. Hier aber gab es mehrere Türen, und alle waren hoch und dunkel und geschlossen. Merle blieb keine andere Möglichkeit, als den Geräuschen zu folgen. Das leise Schluchzen hatte sich nicht wiederholt. Die Vorstellung von Junipa, die hilflos einer unbekannten Gefahr ausgeliefert war, trieb Merle die Tränen in die Augen.

Eines jedenfalls war gewiss: Sie würde nicht zulassen, dass ihrer neuen Freundin etwas zustieß, auch wenn das bedeuten mochte, dass man sie beide zurück ins Waisenhaus schickte. An Schlimmeres wollte sie gar nicht erst denken. Trotzdem stahlen sich die bösen Gedanken in ihr Hirn wie surrende kleine Stechmücken:

Es ist Nacht. Und dunkel. In den Kanälen sind schon viele Menschen verschwunden. Keiner würde sich um zwei Waisenmädchen scheren. Zwei Mäuler weniger, die es zu füttern gilt, nichts sonst.

Der Gang machte einen Knick nach rechts. An seinem Ende glühte der Umriss einer spitzen Doppeltür. Die Ritzen um die beiden Türflügel schimmerten golden wie Draht, den man in eine Kerzenflamme hält. Im Inneren der Werkstatt musste ein starkes Feuer brennen – der Kohleofen jener Maschine, die das urzeitliche Zischen und Schnauben ausstieß.

Als Merle sich dem Tor auf Zehenspitzen näherte, sah sie, dass eine Rauchschicht über den Steinfliesen des Korridors lag wie feiner Bodennebel. Der Rauch drang unter der Tür hervor und wurde von dort aus in feurigen Schimmer getaucht.

Und wenn in der Werkstatt ein Feuer ausgebrochen war? Du musst ruhig bleiben, hämmerte Merle sich ein. Ganz, ganz ruhig.

Ihre Füße wühlten den Rauch am Boden auf und zauberten die Umrisse nebliger Geister in die Dunkelheit, vielfach vergrößert und verzerrt als Schatten an den Wänden. Das einzige Licht war die Glut in den Ritzen rund um den Eingang.

Schwärze, Nebel und das glühende Tor direkt vor ihr. Merle kam es vor wie der Eingang zur Hölle, so unwirklich, so beklemmend.

Der beißende Geruch, den sie oben im Treppenhaus wahrgenommen hatte, war hier noch eindringlicher. Auch der schmierige Ölgestank wurde stärker. Es gab Gerüchte, dass in den vergangenen Monaten Höllenboten den Stadtrat aufgesucht und ihm die Hilfe ihrer Meister im Kampf gegen das Imperium angeboten hatten. Doch die Ratsherren hatten jeglichen Pakt mit dem Leibhaftigen ausgeschlagen; solange die Fließende Königin sie alle schützte, gab es keinen Grund dafür. Seit eine Expedition der National Geographic Society unter dem berühmten Professor Charles Burbridge im Jahre 1833 die Existenz der Hölle als realen Ort im Inneren der Erde nachgewiesen hatte, war es zu mehreren Begegnungen zwischen den Gesandten Satans und Vertretern der Menschheit gekommen. Genaues wusste allerdings niemand darüber, und das war vermutlich gut so.

Merle schoss all das durch den Kopf, während sie

die letzten Schritte bis zum Tor der Werkstatt machte. Unendlich vorsichtig legte sie eine Hand flach an das Holz. Sie hatte erwartet, dass es sich warm anfühlte, doch das Holz war kühl und unterschied sich durch nichts von dem der anderen Türen im Haus. Auch die Metallklinke war kalt, als Merle mit dem Finger darüberstrich.

Sie überlegte, ob sie einfach eintreten sollte. Es war das Einzige, was sie tun konnte. Sie war allein, und sie bezweifelte, dass es irgendwen in diesem Haus gab, der ihr beistehen würde.

Gerade hatte sie ihren Entschluss gefasst, als die Klinke von der anderen Seite hinabgedrückt wurde. Merle wirbelte herum, wollte fliehen, sprang dann aber in den Schutz des linken Türflügels, während der rechte nach innen schwang.

Ein breiter Strahl aus Glutlicht ergoss sich in den Rauch am Boden. Wo Merle gerade noch gestanden hatte, wurden die Schwaden vom Luftzug beiseitegefegt. Dann fiel ein Schatten über den Lichtstreif. Jemand trat heraus auf den Korridor.

Merle drückte sich, so tief sie konnte, in den Schutz des Türflügels. Sie war keine zwei Meter von der Gestalt entfernt.

Schatten können Menschen bedrohlich machen, auch wenn sie es in Wahrheit gar nicht sind. Sie machen Winzlinge groß und Schwächlinge so breit wie Elefanten. So war es auch in diesem Fall.

Der mächtige Schatten schrumpfte, je weiter sich der

kleine alte Mann von der Lichtquelle entfernte. Wie er so dastand, ohne Merle zu bemerken, wirkte er beinahe lächerlich in seiner viel zu langen Hose und dem Kittel, den Ruß und Rauch fast schwarz gefärbt hatten. Er hatte wirres graues Haar, das nach allen Seiten abstand. Sein Gesicht glänzte. Ein Schweißtropfen rann seine Schläfe hinab und verfing sich in seinem buschigen Backenbart.

Statt sich zu Merle umzudrehen, wandte er sich zurück zur Tür und streckte die Hand in Richtung des Lichts aus. Ein zweiter Schatten verschmolz am Boden mit dem seinen.

»Komm, mein Kind«, sagte er mit sanfter Stimme. »Komm heraus.«

Merle regte sich nicht. So hatte sie sich ihr erstes Treffen mit Arcimboldo nicht vorgestellt. Nur die Ruhe und Gelassenheit, die in der Stimme des alten Mannes lagen, machten ihr ein wenig Hoffnung.

Dann aber sagte der Spiegelmacher: »Die Schmerzen werden gleich aufhören.«

Schmerzen?

»Du brauchst keine Angst zu haben«, sagte Arcimboldo zur offenen Tür gewandt. »Du wirst dich schnell daran gewöhnen, glaub mir.«

Merle wagte kaum zu atmen.

Arcimboldo machte zwei, drei Schritte rückwärts den Gang hinab. Dabei hielt er beide Hände ausgestreckt, eine Aufforderung, ihm zu folgen.

»Komm näher … Ja, genau so. Ganz langsam.«

Und Junipa kam. Mit kleinen, unsicheren Schritten trat sie durch die Tür auf den Gang. Sie bewegte sich steif und sehr vorsichtig.

Sie kann doch nichts sehen, dachte Merle verzweifelt. Warum nur ließ Arcimboldo sie ohne Hilfe an einem Ort umherirren, der ihr nicht vertraut war? Warum wartete er nicht, bis sie seine Hand ergreifen konnte? Stattdessen ging er immer weiter rückwärts, entfernte sich von der Tür – und hätte eigentlich Merle entdecken müssen, die sich in den Schatten versteckte. Wie gebannt starrte sie auf Junipa, die an ihr vorbei den Korridor hinabtappte. Auch Arcimboldo hatte nur Augen für das Mädchen.

»Du machst das sehr gut«, sagte er aufmunternd. »Sehr, sehr gut.«

Der Rauch am Boden zerfaserte allmählich. Aus dem Inneren der Werkstatt quollen keine neuen Schwaden mehr. Das flammende Glutlicht tauchte den Gang in waberndes, düsteres Orange.

»Es ist alles so … verschwommen«, flüsterte Junipa kläglich.

Verschwommen?, dachte Merle erstaunt.

»Das wird sich bald legen«, sagte der Spiegelmacher. »Warte nur ab – morgen früh, bei Tageslicht, sieht alles schon ganz anders aus. Du musst mir nur vertrauen. Komm noch ein wenig näher.«

Junipas Schritte wurden jetzt sicherer. Ihr vorsichtiger Gang rührte nicht etwa daher, dass sie nichts sehen konnte. Ganz im Gegenteil.

»Was erkennst du?«, fragte Arcimboldo. »Was genau?«

»Ich weiß nicht. Etwas bewegt sich.«

»Das sind nur Schatten. Hab keine Angst.«

Merle traute ihren Ohren nicht. War es möglich, war es tatsächlich möglich, dass Arcimboldo Junipa das Augenlicht geschenkt hatte?

»Ich habe noch nie sehen können«, sagte Junipa verwirrt. »Ich war schon immer blind.«

»Ist das Licht rot, das du siehst?«, wollte der Spiegelmacher wissen.

»Ich weiß nicht, wie Licht aussieht«, gab sie unsicher zurück. »Und ich kenne keine Farben.«

Arcimboldo verzog das Gesicht, als ärgere er sich über sich selbst. »Dumm von mir. Daran hätte ich denken müssen.« Er blieb stehen und wartete, bis er Junipas ausgestreckte Hände ergreifen konnte. »Du wirst eine Menge dazulernen in den nächsten Wochen und Monaten.«

»Deshalb bin ich doch hergekommen.«

»Dein Leben wird sich verändern, jetzt, da du sehen kannst.«

Merle hielt es nicht mehr länger in ihrem Versteck. Ungeachtet aller Folgen sprang sie aus den Schatten ins Licht. »Was haben Sie mit ihr gemacht?«

Arcimboldo schaute überrascht zu ihr herüber.

Auch Junipa blinzelte. Angestrengt versuchte sie etwas zu erkennen. »Merle?«

»Ich bin hier.« Merle trat neben Junipa und berührte sie sanft am Arm.

»Ah, unsere zweite neue Schülerin.« Arcimboldo hatte sein Erstaunen rasch überwunden. »Eine ziemlich neugierige Schülerin, wie mir scheint. Aber das macht nichts. Morgen früh hättest du es ohnehin erfahren. Du bist also Merle.«

»Und Sie Arcimboldo.«

»In der Tat, in der Tat.«

Merle schaute von dem alten Spiegelmacher zu Junipa. Die Erkenntnis dessen, was er getan hatte, traf sie unvorbereitet. Auf den ersten Blick und im schwachen Licht war ihr die Veränderung nicht aufgefallen, doch nun fragte sie sich, wie sie das hatte übersehen können. Eine eiskalte Hand schien ihren Rücken hinabzustreichen.

»Aber … wie …«

Arcimboldo lächelte stolz. »Beachtlich, nicht wahr?«

Merle brachte kein Wort heraus. Stumm starrte sie Junipa an.

In ihr Gesicht. Auf ihre Augen.

Junipas weiße Augäpfel waren verschwunden. Stattdessen funkelten unter ihren Lidern silberne Spiegel, eingelassen in ihre Augenhöhlen. Nicht gerundet wie ein Augapfel, sondern flach. Arcimboldo hatte Junipas Augen durch die Splitter eines Kristallspiegels ersetzt.

»Was haben Sie –«

Arcimboldo fiel ihr sanftmütig ins Wort. »Ihr angetan? Nichts, mein Kind. Sie kann wieder sehen, zumindest ein wenig. Aber das wird sich von Tag zu Tag bessern.«

»Sie hat Spiegel in ihren Augen!«

»So ist es.«

»Aber … aber das ist …«

»Magie?« Arcimboldo zuckte die Achseln. »Manche mögen es so nennen. Ich nenne es Wissenschaft. Neben Mensch und Tier ist nur ein einziges anderes Ding auf der Welt in der Lage zu sehen. Schau in einen Spiegel, und er schaut zu dir zurück. Das ist die erste Lektion in meiner Werkstatt, Merle. Merk sie dir gut. Spiegel können sehen.«

»Er hat recht, Merle«, sagte Junipa. »Ich kann tatsächlich etwas sehen. Und ich habe das Gefühl, dass es mit jeder Minute ein wenig mehr wird.«

»Das ist wunderbar!« Arcimboldo ergriff Junipas Hand und veranstaltete mit ihr einen Freudentanz, gerade vorsichtig genug, um sie nicht von den Beinen zu reißen. Um sie herum stoben die letzten Reste der Rauchdecke auf. »Sag selbst, ist es nicht phantastisch?«

Merle mochte nicht recht glauben, was sich vor ihren Augen abspielte. Junipa, die seit ihrer Geburt blind gewesen war, konnte sehen. Dreizehn Jahre Finsternis hatten ein Ende. Und das hatte sie Arcimboldo zu verdanken, diesem schmächtigen Männlein mit dem wirren Haar.

»Hilf deiner Freundin auf euer Zimmer«, sagte der Spiegelmacher, nachdem er Junipa losgelassen hatte. »Ihr habt morgen einen anstrengenden Tag vor euch. Jeder Tag in meiner Werkstatt ist anstrengend. Aber ich denke, es wird euch gefallen. O ja, das denke ich wirklich.«

Er reichte Merle die Hand und fügte hinzu: »Willkommen in Arcimboldos Haus.«

Ein wenig verdattert erinnerte sie sich an das, was man ihr im Waisenhaus eingehämmert hatte. »Vielen Dank, dass wir hier sein dürfen«, sagte sie artig. Aber sie hörte selbst kaum, was sie da von sich gab. Verwirrt schaute sie dem vergnügten alten Mann hinterher, der mit tänzelnden Schritten zurück in seine Werkstatt huschte und den Türflügel hinter sich zuzog.

Zaghaft griff Merle nach Junipas Hand und half ihr die Treppen hinauf bis in den dritten Stock. Alle paar Schritte fragte sie besorgt, ob die Schmerzen auch wirklich nicht allzu schlimm seien. Immer wenn sich Junipa zu ihr umwandte, fröstelte Merle ein wenig. In den Spiegelaugen nahm sie nicht ihre Freundin wahr, sondern nur sich selbst, zweimal gespiegelt und leicht verzerrt. Sie tröstete sich damit, dass es gewiss nur eine Sache der Gewöhnung war, bis ihr Junipas Anblick als ganz normal erscheinen würde.

Und dennoch, ein leiser Zweifel blieb. Vorher waren Junipas Augen blind und milchig gewesen. Jetzt waren sie kalt wie geschliffener Stahl.

»Ich kann sehen, Merle. Ich kann wirklich sehen.« Junipa murmelte die Worte noch vor sich hin, als sie längst wieder im Bett lagen.

Nur einmal, Stunden später, erwachte Merle aus wirren Träumen, als sie erneut das Knirschen des

Brunnendeckels hörte, tief unten im Hof und sehr, sehr weit entfernt.

Die ersten Tage in Arcimboldos Spiegelwerkstatt waren mühsam, denn Merle und Junipa wurden für all jene Arbeiten abgestellt, auf die die drei älteren Lehrjungen keine Lust hatten. So musste Merle viele Male am Tag die feinen Spiegelkristalle ausfegen, die sich auf dem Boden der Werkstatt ablagerten wie Wüstensand, der in manchen Sommern über das Meer bis nach Venedig trieb.

Wie Arcimboldo versprochen hatte, besserte sich Junipas Sehvermögen von Tag zu Tag. Noch immer nahm sie kaum mehr als Schemen wahr, doch sie war bereits in der Lage, sie voneinander zu unterscheiden, und sie legte Wert darauf, sich in der fremden Werkstatt ohne Hilfe zurechtzufinden. Dennoch gab man ihr leichtere Arbeiten als Merle, wenn auch nicht viel angenehmere. Ihr wurde keine echte Erholung nach den Strapazen jener ersten Nacht gegönnt, und sie musste endlose Mengen von Quarzsand aus Säcken abwiegen und in Messbecher umfüllen. Was genau Arcimboldo damit anstellte, blieb den Mädchen vorerst ein Rätsel.

Überhaupt schien die Spiegelherstellung unter Arcimboldo wenig mit jener althergebrachten Tradition zu tun zu haben, auf die man in Venedig von alters her stolz war. Früher, im sechzehnten Jahrhundert, hatte man nur Auserwählte in die Kunst des Spiegelmachens eingeweiht. Sie alle lebten auf der Glasbläserinsel Murano unter strengster Bewachung. Dort schwelgten sie im Luxus, es fehlte ihnen an nichts – mit Ausnahme der Freiheit. Sobald sie ihre Ausbildung begonnen hatten, durften sie die Insel nicht mehr verlassen. Wer es dennoch versuchte, war des Todes. Die Agenten der Serenissima jagten abtrünnige Spiegelmacher quer durch Europa und brachten die Verräter zur Strecke, ehe sie das Geheimnis der Spiegelherstellung an Fremde weitergeben konnten. Muranos Spiegel waren die einzigen, die alle großen Adelshäuser Europas schmückten, denn nur in Venedig verstand man sich auf diese Kunst. Für die Stadt ließ sich das Geheimnis nicht in Gold aufwiegen – wohl aber für einen Einzelnen, und schließlich gelang es einigen Spiegelmachern, von Murano zu fliehen und ihre geheime Kunst an die Franzosen zu verkaufen. Diese töteten sie zum Dank, eröffneten eigene Werkstätten und beraubten Venedig seines Monopols. Spiegel wurden bald darauf in vielen Ländern hergestellt, und die Verbote und Strafen für Muranos Spiegelmacher gerieten in Vergessenheit.

Arcimboldos Spiegel aber hatten ebenso viel mit Alchimie wie mit Glaskunst zu tun, und schon nach den ersten Tagen ahnte Merle, dass es Jahre dauern mochte, bis er sie einweihen würde. Selbst die drei Jungen, von denen der älteste, Dario, bereits über zwei Jahre im Haus lebte, hatten nicht den leisesten Schimmer, wie Arcimboldo seine Magie wirkte. Gewiss, sie hatten beobachtet, auch belauscht und spioniert, doch das wahre Geheimnis kannten sie nicht.

Der schlanke, schwarzhaarige Dario war der Anführer von Arcimboldos Lehrlingen. In Anwesenheit des Meisters zeigte er stets gutes Benehmen, insgeheim aber war er derselbe Flegel, als der er vor zwei Jahren aus dem Waisenhaus hierhergekommen war. Während ihrer knapp bemessenen Freizeit war er großmäulig, manchmal auch tyrannisch, worunter allerdings mehr die beiden Jungen zu leiden hatten als Merle und Junipa. Tatsächlich zog er es vor, die zwei weitgehend zu ignorieren. Es missfiel ihm, dass Arcimboldo Mädchen als Lehrlinge aufgenommen hatte, wohl auch, weil sein Verhältnis zu Unke nicht das beste war. Er schien zu fürchten, dass Merle und Junipa sich im Streit auf die Seite der Haushälterin schlagen oder ihr einige seiner kleinen Geheimnisse verraten könnten – etwa die Tatsache, dass er regelmäßig von Arcimboldos gutem Rotwein probierte, den Unke in der Küche unter Verschluss hielt. Sie ahnte nicht, dass Dario sich in mühsamer Arbeit einen Nachschlüssel zum Schrank gefertigt hatte. Merle hatte Darios Diebereien bereits in der dritten Nacht entdeckt, durch Zufall, als sie ihn mit einem Krug voll Wein im Dunkeln auf dem Gang getroffen hatte. Sie wäre nie auf die Idee gekommen, diese Beobachtung zu ihren Gunsten zu verwenden, doch offenbar war es genau das, was Dario befürchtete. Von dem Zeitpunkt an hatte er sich ihr gegenüber noch abweisender verhalten, regelrecht feindselig, wenngleich er nicht wagte, einen offenen Streit mit ihr anzuzetteln. Die meiste Zeit über ließ er sie links liegen – was genau genommen eine größere Aufmerksamkeit war, als er sie Junipa zuteilwerden ließ: Sie schien für ihn überhaupt nicht zu existieren.

Insgeheim fragte sich Merle, warum sich Arcimboldo gerade den aufsässigen Dario als Lehrling ins Haus geholt hatte. Damit aber drängte sich auch die unangenehme Frage auf, was er an ihr fand, und darauf war ihr bislang keine Antwort eingefallen. Junipa mochte ein ideales Versuchsobjekt für sein Experiment mit den Spiegelscherben sein – die Mädchen hatten mittlerweile erfahren, dass er dergleichen niemals zuvor gewagt hatte –, doch was hatte ihn veranlasst Merle aus dem Waisenhaus zu holen? Er war ihr nie begegnet und musste sich gänzlich auf das verlassen haben, was die Aufseher über sie zu berichten wussten – und Merle bezweifelte, dass Arcimboldo dabei allzu viel Gutes zu hören bekommen hatte. Im Heim hatte man sie für aufmüpfig und rotznasig gehalten, Wörter, die im Vokabular der Aufseher für wissbegierig und selbstbewusst standen.

Was die beiden anderen Lehrjungen anging, so waren sie nur ein Jahr älter als Merle. Der eine, ein bleichhäutiger, rothaariger Junge, trug den Namen Tiziano, der andere – schmächtiger und mit einer leichten Hasenscharte – hieß Boro. Die zwei schienen es zu genießen, endlich nicht mehr die Jüngsten zu sein und Merle herumscheuchen zu können, obgleich dies nie in Gemeinheiten ausartete. Wenn sie sahen, dass die angefallene Arbeit zu viel wurde, halfen sie bereitwillig, ohne sich erst bitten zu lassen. Junipa dagegen schien ihnen unheimlich zu sein, besonders Boro machte lieber einen Bogen um sie. Die Jungen akzeptierten Dario als ihren Anführer. Sie waren ihm nicht hündisch ergeben, wie Merle es von Banden im Waisenhaus kannte, blickten aber merklich zu ihm auf. Immerhin ging er bereits ein Jahr länger bei Arcimboldo in die Lehre als die beiden.

Nach etwa anderthalb Wochen, kurz vor Mitternacht, beobachtete Merle zum zweiten Mal, wie Unke hinab in den Brunnen stieg. Sie erwog kurz, Junipa aufzuwecken, entschied sich dann aber dagegen. Eine Weile stand sie reglos am Fenster und starrte auf den Zisternendeckel, dann legte sie sich unruhig zurück ins Bett.

Schon an einem der ersten Abende im Haus hatte sie Junipa von ihrer Entdeckung erzählt.

»Und sie ist wirklich in die Zisterne geklettert?«, hatte Junipa gefragt.

»Wenn ich's dir doch sage!«

»Vielleicht war das Seil vom Wassereimer abgerissen.«

»Würdest du mitten in der Nacht in einen stockdunklen Brunnen steigen, nur weil irgendein Seil gerissen ist? Wäre es wirklich so gewesen, hätte sie das tagsüber erledigen können. Außerdem wäre dann eine von uns geschickt worden.« Merle schüttelte entschieden den Kopf. »Sie hatte nicht einmal eine Lampe dabei.«

Junipas Spiegelaugen reflektierten den Mondschein, der an jenem Abend zum Fenster hereinfiel. Es sah aus, als glühten sie in weißem, eisigem Licht. Wie so oft musste Merle ein Schaudern unterdrücken. In solchen Momenten hatte sie das Gefühl, dass Junipa mit ihren neuen Augen mehr sah als nur die Oberfläche der Menschen und Dinge – fast so, als könnte sie direkt in Merles Innerstes blicken.

»Hast du Angst vor Unke?«, fragte Junipa.

Merle überlegte kurz. »Nein. Aber du musst doch zugeben, dass sie seltsam ist.«

»Vielleicht wären wir das alle, wenn wir eine Maske tragen müssten.«

»Und warum trägt sie die überhaupt? Keiner außer Arcimboldo scheint es zu wissen. Sogar Dario hab ich gefragt.«

»Vielleicht fragst du einfach mal sie selbst.«

»Das wäre unhöflich, falls es wirklich eine Krankheit ist.«

»Was denn sonst?«

Merle schwieg. Sie hatte eine Vermutung, ganz vage nur; seit sie ihr einmal in den Sinn gekommen war, ging sie ihr nicht mehr aus dem Kopf. Trotzdem hielt sie es für besser, Junipa nichts davon zu erzählen.

Seit jenem Abend hatten Merle und Junipa nicht mehr über Unke gesprochen. Es gab so viel anderes zu bereden, so viele neue Eindrücke, Entdeckungen, Herausforderungen. Vor allem für Junipa, deren Sehkraft sich rasch verbesserte, war jeder Tag ein neues Abenteuer. Merle beneidete sie ein wenig um die Leichtigkeit, mit der sie sich für die kleinsten Dinge begeistern konnte; zugleich aber freute sie sich mit ihr über die unverhoffte Heilung.

Am Morgen nach jener Nacht, in der Merle zum zweiten Mal Unkes Abstieg in den Brunnen beobachtet hatte, geschah etwas, das ihre Gedanken erneut vom heimlichen Treiben der Haushälterin ablenkte. Es kam zum ersten Zusammentreffen mit den Lehrlingen vom anderen Kanalufer, den Schülern des Webermeisters Umberto.

Während der elf Tage, die Merle bereits im Haus des Spiegelmachers lebte, hatte sie die Weberei auf der anderen Seite beinahe vergessen. Vom berüchtigten Streit der beiden Meister, der einst ganz Venedig beschäftigt hatte, war nichts zu spüren gewesen. Merle hatte das Haus in dieser Zeit kein einziges Mal verlassen. Ihr Alltag spielte sich in der Werkstatt, den angrenzenden Lagerräumen, im Speiseraum und in ihrem Zimmer ab. Hin und wieder musste einer der Lehrlinge Unke auf ihrem Weg zum Gemüsemarkt am Rio di San Barnaba begleiten, doch bislang war ihre Wahl stets auf einen der Jungen gefallen; sie waren größer und konnten mühelos die schweren Kisten schleppen.

So traf es Merle völlig unvorbereitet, als sich die Schüler vom anderen Kanalufer mit Nachdruck in Erinnerung riefen. Wie sie später erfuhr, war es seit vielen Jahren unter den Lehrlingen beider Häuser Tradition, sich gegenseitig Streiche zu spielen, die nicht selten mit zerbrochenen Scheiben, fluchenden Meistern, blauen Flecken und Schürfwunden endeten. Die letzte dieser Attacken lag drei Wochen zurück und ging auf das Konto von Dario, Boro und Tiziano. Der Gegenschlag der Weberjungen war demnach längst überfällig gewesen.

Merle erfuhr nicht, weshalb sie sich gerade diesen Morgen ausgesucht hatten, und sie war auch nicht sicher, wie ihre Gegner ins Haus gelangt waren – wenngleich sich später der Verdacht erhärtete, dass sie ein Brett von einer Balkonbrüstung zur anderen über den Kanal geschoben hatten und darauf zur Seite der Spiegelmacher balanciert waren. Dass sich all dies am hellen Vormittag, also während der Arbeitszeit, abspielte, war ein Hinweis darauf, dass es mit Umbertos Segen geschah, so wie frühere Übergriffe Darios und der anderen in Übereinstimmung mit Arcimboldo stattgefunden hatten.

Merle war gerade dabei, den Holzrahmen eines Spiegels zu verleimen, als am Eingang der Werkstatt Gepolter ertönte. Erschrocken blickte sie auf, fürchtete, Junipa sei über ein Werkzeug gestolpert.

Doch es war nicht Junipa. Eine kleine Gestalt war auf einem Schraubenzieher ausgerutscht und kämpfte taumelnd um ihr Gleichgewicht. Sie verbarg ihr Gesicht hinter einer Bärenmaske aus glasiertem Papier. Mit einer Hand ruderte sie wild in der Luft, während der Farbbeutel, den sie in der anderen gehalten hatte, als blauer Stern auf den Fliesen zerplatzte.

»Weber!«, brüllte Tiziano, ließ von seiner Arbeit ab und sprang auf.

»Weber! Weber!«, nahm Boro in einer anderen Ecke der Werkstatt den Ruf seines Freundes auf, und bald schon polterte auch Dario herbei.

Merle erhob sich irritiert von ihrem Platz. Ihr Blick geisterte ziellos durch den Raum. Sie verstand nicht, was vor sich ging, denn noch hatte ihr keiner vom Wettstreit der Lehrlinge erzählt.

Der Maskierte am Eingang rutschte auf seiner eigenen Farbe aus und knallte auf den Hosenboden. Bevor Dario und die anderen ihn auslachen oder gar auf ihn losgehen konnten, tauchten im Korridor schon drei weitere Jungen auf, alle mit bunten Papiermasken. Eine fiel Merle besonders ins Auge: Sie war das Antlitz eines edlen Fabeltiers, halb Mensch, halb Vogel. Der lange, gebogene Schnabel war golden lackiert, und in den aufgemalten Augenbrauen glitzerten winzige Glassteine.

Merle kam nicht dazu, auch die anderen Masken zu betrachten, denn schon flog ein ganzes Geschwader von Farbbeuteln in ihre Richtung. Einer platzte vor ihren Füßen und verspritzte klebriges Rot, ein anderer traf ihre Schulter und prallte ab, ohne kaputtzugehen. Er rollte davon, zu Junipa hinüber, die mit einem Reisigbesen in der Hand dastand und nicht recht wusste, was um sie herum geschah. Sie erfasste die Lage rascher als Merle, bückte sich, ergriff den Beutel und schleuderte ihn zurück auf die Eindringlinge. Der Junge mit der Bärenmaske sprang zur Seite und das Wurfgeschoss traf den Vogelgesichtigen hinter ihm. Der Beutel zerplatzte auf der Spitze des Schnabels und übergoss den Besitzer mit grüner Farbe.

Dario jubelte, und Tiziano schlug Junipa aufmunternd auf die Schulter. Dann folgte die zweite Angriffswelle. Diesmal kamen sie weniger glimpflich davon. Boro, Tiziano und auch Merle wurden getroffen und über und über mit Farbe bekleckert. Aus dem Augenwinkel sah Merle, wie Arcimboldo fluchend die Tür des Spiegellagers zuschlug und von innen verriegelte. Sollten sich doch seine Schüler die Köpfe einschlagen, solange nur die fertigen Zauberspiegel unbeschadet blieben.

Die Lehrlinge waren auf sich allein gestellt. Vier gegen vier. Eigentlich sogar fünf gegen vier, wenn man Junipa mitzählte – immerhin hatte sie trotz ihrer schwachen Augen den ersten Treffer für die Spiegelmacher erzielt.

»Das sind die Weberschüler vom anderen Ufer«, rief Boro Merle zu, während er nach einem Besen griff und ihn wie ein Schwert mit beiden Händen packte. »Egal was geschieht, wir müssen die Werkstatt verteidigen.«

Typisch Jungen, dachte Merle und patschte ein wenig hilflos in der Farbe auf ihrem Kleid herum. Warum mussten sie sich ständig mit solchem Unsinn beweisen?

Sie sah auf – und wurde von einem weiteren Farbbeutel an der Stirn getroffen. Zähes Gelb ergoss sich über ihr Gesicht und ihre Schultern.

Es reichte! Mit einem wütenden Schrei ergriff sie die Leimflasche, mit deren Inhalt sie den Spiegelrahmen geklebt hatte, und stürzte sich auf den erstbesten Weberjungen. Es war der mit der Bärenmaske. Er sah sie kommen und wollte nach einem Beutel in seiner Umhängetasche greifen. Zu spät! Merle war schon heran, schleuderte ihn mit einem Schlag nach hinten, ließ sich mit den Knien auf seine Brust fallen und schob das schmale Ende der Leimflasche in die linke Augenöffnung.

»Mach die Augen zu!«, warnte sie und pumpte einen kräftigen Leimschwall unter die Maske. Der Junge fluchte, dann gingen seine Worte in einem Blubbern unter, gefolgt von einem langgezogenen »Iiiiiiihhhhhhh!«.

Ihr Gegner war vorerst außer Gefecht gesetzt, sie stieß sich von ihm ab und sprang rückwärts auf die Beine. Die Leimflasche hielt sie jetzt wie eine Pistole, auch wenn das wenig Sinn ergab, denn ein Großteil des Inhalts war vergossen. Aus den Augenwinkeln beobachtete sie, wie Boro und Tiziano mit zwei Weberjungen rangen, eine wilde Prügelei, in deren Verlauf die Maske des einen bereits zu Bruch gegangen war. Statt jedoch einzugreifen, lief Merle hinüber zu Junipa, packte sie am Arm und zog sie hinter eine der Werkbänke.

»Rühr dich nicht von der Stelle«, raunte sie ihr zu.

Junipa protestierte. »Ich bin nicht so hilflos, wie du denkst.«

»Nein, bestimmt nicht.« Merle warf einen Blick auf den Jungen mit der Vogelmaske. Sein Oberkörper war grün von Junipas Farbbeutel. »Trotzdem – bleib lieber in Deckung. Das hier kann nicht mehr lange dauern.«

Als sie aufsprang, sah sie, dass ihre Hoffnung verfrüht war. Tizianos Gegner hatte die Oberhand gewonnen. Und von Dario fehlte jede Spur. Merle entdeckte ihn erst, als er plötzlich in der Tür stand. In seiner Hand blitzte eines der Messer, mit denen Arcimboldo gewöhnlich die hauchdünnen Silberplatten für die Rückseiten der Spiegel zurechtschnitt. Die Klinge war nicht lang, aber rasiermesserscharf.

»Serafin!«, rief Dario dem Jungen mit der Vogelmaske entgegen. »Komm her, wenn du dich traust.«

Der Weberjunge sah das Messer in Darios Hand und stellte sich der Herausforderung. Seine beiden Gefährten wichen zum Eingang zurück, und auch Boro half erst Tiziano auf die Beine und schob dann Merle an den Rand der Werkstatt.

»Sind die verrückt geworden?«, stieß sie hervor. »Die werden sich gegenseitig umbringen.«

Boros Stirnrunzeln verriet, dass er ihre Sorge teilte. »Dario und Serafin hassen sich, seit sie sich zum ersten Mal gesehen haben. Serafin ist der Anführer der Weber. Er hat das alles ausgeheckt.«

»Das ist kein Grund, mit einem Messer auf ihn loszugehen!«

Während sie noch sprachen, trafen Dario und Serafin in der Mitte des Raumes aufeinander. Merle fand, dass Serafin sich leichtfüßig wie ein Tänzer bewegte. Geschickt wich er den plumpen Angriffen Darios aus, dessen Messer silbrige Spuren in die Luft schnitt. Ehe sich's Dario versah, hatte der Weberjunge ihm das Messer aus den Fingern geprellt. Mit einem Wutschrei stürzte sich Dario auf seinen Gegner und versetzte ihm einen heimtückischen Faustschlag auf den Kehlkopf. Das gelbe Vogelantlitz flog zur Seite und enthüllte Serafins Gesicht. Seine Wangenknochen waren fein geschnitten, ein paar Sommersprossen sprenkelten seinen Nasenrücken. Er hatte blondes Haar, wenn auch nicht so hell wie das von Junipa; die grüne Farbe verklebte es zu Strähnen.

Die hellblauen Augen des Weberlehrlings waren zornig zusammengekniffen, und bevor Dario ausweichen konnte, hatte er ihm einen Schlag versetzt, der den Spiegelschüler gegen die Werkbank schleuderte, hinter der Junipa Schutz gesucht hatte. Dario machte einen Satz über die Bank hinweg, um sie zwischen sich und seinen Gegner zu bringen. Junipa wich erschrocken einen Schritt zurück. Serafin folgte Dario und wollte ihn abermals packen. Darios Nase blutete, der letzte Stoß hatte ihn geschwächt. Statt sich seinem Widersacher zu stellen, wirbelte er herum, packte die überraschte Junipa mit beiden Händen an den Schultern, zerrte sie grob vor sich und gab ihr einen kraftvollen Stoß, der sie in Serafins Richtung stolpern ließ.

Merle schrie wütend auf. »Dieser Feigling!«

Der Weberjunge sah Junipa auf sich zufliegen, sah auch Dario, der gleich hinterhersetzte, um seine Chance zu nutzen. Serafin hatte die Wahl: Er konnte Junipa auffangen, um zu verhindern, dass sie in ein Regal mit Glasflaschen stürzte – oder er konnte ihr ausweichen und sich gegen seinen Erzfeind zur Wehr setzen.

Serafin griff zu. Er bekam Junipa zu fassen und hielt sie einen Moment lang in einer Umarmung, die sie zugleich schützen wie auch besänftigen sollte.

»Schon gut«, flüsterte er ihr zu, »dir passiert nichts.«

Er hatte die Worte kaum ausgesprochen, da rammte Dario seine Faust über Junipas Schulter hinweg in Serafins Gesicht.

»Nein!«, brüllte Merle, sprang an Boro und Tiziano vorüber, lief um die Werkbank und zerrte Dario von Serafin und Junipa fort.

»Was tust du?«, keifte der ältere Junge, aber da hatte sie ihn schon rückwärts zu Boden gerissen.

Ganz kurz fing sie Serafins Blick auf, als er Junipa vorsichtig zur Seite schob. Er lächelte zwischen grüner Farbe und Blut, dann eilte er zurück zu seinen Freunden am Eingang.

»Wir verschwinden«, sagte er, und einen Augenblick später waren die Weber fort.

Merle achtete nicht auf Dario, sondern wandte sich Junipa zu, die verstört vor dem Flaschenregal stand.

»Alles in Ordnung?«

Junipa nickte. »Ja … danke. Schon gut.«

Hinter Merles Rücken begann Dario zu fluchen und zu zetern; sie konnte spüren, dass er ihr bedrohlich nahe kam. Abrupt wirbelte sie herum, blickte tief in seine schmalen Augen und versetzte ihm mit aller Kraft eine Ohrfeige.

Bevor Dario sich auf sie stürzen konnte, war plötzlich Unke zwischen ihnen. Merle spürte den kräftigen Griff, als die Haushälterin sie an der Schulter packte und von Dario fortzog. Aber sie hörte nicht, was Unke sagte, hörte auch nicht die groben Beschimpfungen von Dario, der sich nicht beruhigen konnte. Nachdenklich schaute sie hinaus auf den Korridor, in dem Serafin mit seinen Freunden verschwunden war.

Unkes Geschichte

»Und was, bitte, soll ich nun mit euch anstellen?«

Die Stimme des Meisters klang eher enttäuscht als verärgert. Arcimboldo saß hinter seinem Studiertisch in der Bibliothek. Die Wände des Raumes waren mit ledernen Buchrücken bedeckt. Merle fragte sich, ob er all diese Bände tatsächlich gelesen hatte.

»Der Schaden, den die Weberlehrlinge mit ihrer Farbkleckserei angerichtet haben, ist kaum erwähnenswert angesichts dessen, was ihr beiden getan habt«, fuhr Arcimboldo fort und ließ seinen Blick von Dario zu Merle und wieder zurück wandern.

Die beiden standen vor dem Studiertisch und schauten betreten zu Boden. Ihre Wut aufeinander war keineswegs verraucht, doch selbst Dario schien einzusehen, dass es angebracht war, sich zurückzuhalten.

»Ihr habt einen Streit unter Schülern entfacht. Und ihr habt andere verleitet, Partei zu ergreifen. Wäre Unke nicht eingeschritten, hätten sich Junipa, Boro und Tiziano für einen von euch entscheiden müssen.« Ein zorniges Funkeln erschien in den Augen des alten Mannes, er wirkte jetzt streng und unnahbar. »Ich kann nicht zulassen, dass ihr meine Schülerschaft entzweit. Was ich verlange, ist Zusammenarbeit und das Vermeiden aller unnötigen Konflikte. Zauberspiegel brauchen eine gewisse Harmonie, um zu dem heranzureifen, was sie sind. In einer Atmosphäre der Feindschaft legt sich ein Schatten über das Glas, der es blind werden lässt.«

Merle hatte das Gefühl, dass er schwindelte. Er wollte ihnen Schuldgefühle einreden. Dabei hätte es ihm besser zu Gesicht gestanden, wenn er sich nicht allzu laut zu »überflüssigen Konflikten« geäußert hätte: Immerhin war es der kindische Streit zwischen ihm und Umberto, der dieses ganze Durcheinander verursacht hatte.

Früher oder später wäre es ohnehin zum Bruch zwischen ihr und Dario gekommen, das hatte sie schon am ersten Tag gespürt. Sie ahnte, dass auch Arcimboldo es vorhergesehen hatte. Bedauerte er, sie aus dem Waisenhaus geholt zu haben? Musste sie nun wieder zurück in den Schmutz und in die Armut? Trotz ihrer Befürchtungen plagten sie keine Schuldgefühle. Dario war ein jämmerlicher Feigling, das hatte er gleich zweimal unter Beweis gestellt: einmal, als er mit dem Messer auf Serafin losgegangen war, und zum zweiten Mal, als er sich hinter der wehrlosen Junipa verschanzt hatte. Er hatte seine Ohrfeige redlich verdient und, wenn es nach ihr ginge, eine tüchtige Tracht Prügel noch dazu.

Offenbar sah Arcimboldo das ganz ähnlich. »Dario«, sagte er, »für dein unwürdiges und unangemessenes Verhalten wirst du allein die Werkstatt putzen. Ich will morgen früh keinen einzigen Farbklecks mehr finden. Verstanden?«

»Und was ist mit ihr?«, maulte Dario und zeigte auf Merle.

»Ob du mich verstanden hast?«, fragte Arcimboldo noch einmal, und seine buschigen Augenbrauen zogen sich zusammen wie zwei Gewitterwolken.

Dario senkte den Kopf, und Merle entging nicht, dass er sie dabei hasserfüllt ansah. »Ja, Meister.«

»Dario wird eine Menge Wasser brauchen. Deshalb wirst du, Merle, zehn Eimer voll aus der Zisterne holen, die Treppen hinauftragen und in die Werkstatt bringen. Das soll deine Strafe sein.«

»Aber, Meister –«, fuhr Dario auf.

Arcimboldo unterbrach ihn. »Mit deinem Verhalten hast du uns alle beschämt, Dario. Ich weiß, du bist aufbrausend und jähzornig, aber du bist auch mein bester Schüler, deshalb will ich es damit gut sein lassen. Was Merle angeht, so ist sie gerade zwei Wochen hier und muss sich erst daran gewöhnen, dass hier ein Zwist, anders als im Waisenhaus, nicht mit den Fäusten ausgetragen wird. Habe ich mich klar genug ausgedrückt?«

Beide verbeugten sich und sagten im Chor: »Ja, Meister.«

»Irgendwelche Einwände?«

»Nein, Meister.«

»So sei es.« Mit einem Wink gab er ihnen zu verstehen, dass sie sich entfernen durften.

Vor der Tür der Bibliothek wechselten Merle und Dario einen finsteren Blick, dann wandte sich jeder der ihm zugewiesenen Aufgabe zu. Während Dario sich anschickte, die Spuren der Farbattacke in der Werkstatt zu beseitigen, lief Merle hinab in den Hof. Neben dem Hintereingang standen ein Dutzend Eimer aus Holz aufgereiht. Sie ergriff den ersten und ging zur Zisterne.

Seltsame Wesen aus Stein waren in die Ummauerung des Brunnens eingelassen, phantastische Kreaturen mit Katzenaugen, Medusenhäuptern und Reptilienschwänzen, in einer erstarrten Prozession rund um die Zisterne. An ihrer Spitze ging ein Geschöpf, halb Mensch, halb Hai, mit Armen, deren Ellbogen in die falsche Richtung wiesen; in den Händen trug es den Kopf eines Menschen.

Der Metalldeckel war schwer. Nur unter Ächzen und Stöhnen gelang es Merle, ihn zu öffnen. Darunter war nichts als Schwärze. Erst tief, tief unten sah sie einen Schimmer von Licht, die Spiegelung des Himmels über dem Hof.

Sie drehte sich um und schaute nach oben. Der Anblick unterschied sich nur wenig vom Inneren der Zisterne: Um den Hof wuchsen die Mauern der alten Häuser wie ein Schacht empor. Vielleicht befand sich das Wasser gar nicht so tief unten, wie sie angenommen hatte. Vielmehr wurde die Höhe des Hofes reflektiert und schien so den Brunnenschacht um mehr als das Doppelte zu verlängern. Es würde weniger Mühe kosten, bis zur Oberfläche hinabzuklettern, als Merle bisher geglaubt hatte – zumal sie nun Griffe aus Metall erkannte, die an der Innenseite des Brunnens in den Abgrund führten. Was war es wohl, das Unke immer wieder dort hinuntertrieb?

Merle band den Eimer an ein langes Seil, das neben der Zisterne bereitlag, und ließ ihn hinab. Das Holz schabte über die steinerne Brunnenwand. Das Geräusch hallte in der Tiefe wider und drang verzerrt herauf ans Tageslicht. Außer Merle hielt sich niemand im Hof auf. Das Schaben des Eimers wurde von den Fassaden der umstehenden Häuser zurückgeworfen und klang fast wie ein Flüstern, das aus den Fenstermäulern der Gebäude herabraunte. Die Stimmen all jener, die längst nicht mehr hier lebten. Geisterwispern.

Merle konnte nicht sehen, wann der Eimer die Oberfläche erreichte. Es war zu dunkel dort unten. Wohl aber sah sie, dass mit einem Mal die Spiegelung des Himmels in der Tiefe in Bewegung geriet; wahrscheinlich war der Eimer jetzt ins Wasser getaucht. Seltsam war nur, dass sie kein Nachlassen des Zuges spürte und auch das Schaben an der Steinwand unverändert ertönte. Wenn nicht der Eimer die Oberfläche aufgewühlt hatte, was dann?

Sie hatte sich die Frage kaum gestellt, als dort unten etwas auftauchte. Ein Kopf. Er war zu weit entfernt, als dass sie Einzelheiten hätte ausmachen können, und doch war sie sicher, dass dunkle Augen zu ihr emporblickten.

Vor Schreck ließ Merle das Seil los und machte einen Schritt zurück. Der Strick sauste über die Mauerbrüstung in die Tiefe. Er wäre samt Eimer verlorengegangen, hätte nicht unverhofft eine Hand danach gegriffen.

Unkes Hand.

Merle hatte nicht bemerkt, dass die Haushälterin zu ihr auf den Hof getreten war. Unke zog den Eimer herauf.

»Danke«, stammelte Merle. »Das war ungeschickt von mir.«

»Was hast du gesehen?«, fragte Unke unter ihrer Halbmaske.

»Nichts.«

»Lüg mich bitte nicht an.«

Merle zögerte. Noch immer war Unke damit beschäftigt, den Eimer heraufzuziehen. Instinktiv schoss Merle der Gedanke durch den Kopf, sich herumzuwerfen und davonzulaufen. Das hätte sie noch vor wenigen Wochen im Waisenhaus gemacht. Hier jedoch widerstrebte es ihr, klein beizugeben. Sie hatte nichts Falsches oder Verbotenes getan.

»Da unten war etwas.«

»So?«

»Ein Gesicht.«

Die Haushälterin zog den vollen Eimer über die Brüstung und stellte ihn auf die Mauer. Wasser schwappte über den Rand und lief an den Fratzen der Steinreliefs herab.

»Ein Gesicht also. Und du bist ganz sicher?« Nach einem Seufzer beantwortete Unke sich die Frage selbst: »Natürlich bist du das.«

»Ich hab's gesehen.« Merle wusste nicht recht, wie sie sich verhalten sollte. Die Haushälterin war ihr unheimlich, dennoch verspürte sie keine echte Angst vor ihr. Eher eine Art Unbehagen bei der Art und Weise, wie sie über den Rand ihrer Maske blickte und aus jeder Regung, jedem noch so kleinen Zögern Merles Gedanken zu lesen schien.

»Du hast schon einmal etwas gesehen, oder?« Unke lehnte sich gegen die Brunnenmauer. »Neulich Nacht, zum Beispiel.«

Es hatte keinen Sinn, es zu leugnen. »Ich hab das Geräusch des Deckels gehört. Und da habe ich gesehen, wie Sie in die Zisterne geklettert sind.«

»Hast du irgendwem davon erzählt?«

»Nein«, log sie, um Junipa nicht in die Sache hineinzuziehen.

Unke fuhr sich über das Haar und seufzte tief. »Merle, ich muss dir einige Dinge erklären.«

»Wenn Sie das wollen.«

»Du bist nicht wie die übrigen Lehrlinge«, sagte die Haushälterin. War da ein Lächeln um ihre Augen? »Nicht wie Dario. Du kannst mit der Wahrheit umgehen.«

Merle trat näher an Unke heran, bis sie nur noch ihren Arm hätte auszustrecken brauchen, um die weiße Maske mit den roten Lippen zu berühren. »Sie wollen mir ein Geheimnis anvertrauen?«

»Wenn du bereit dafür bist.«

»Sie kennen mich doch überhaupt nicht.«

»Vielleicht besser, als du denkst.«

Merle verstand nicht, was Unke damit meinte. Ihre Neugier war jedoch geweckt, und sie fragte sich, ob nicht genau das in Unkes Absicht lag. Je interessierter Merle war, umso tiefer sie selbst in die Sache hineingezogen wurde, desto eher konnte Unke ihr vertrauen.

»Komm mit«, sagte die Haushälterin und ging vom Brunnen zur Hintertür eines leerstehenden Hauses. Der Eingang war nicht verschlossen, und nachdem Unke die Tür aufgestoßen hatte, gelangten sie in einen schmalen Korridor. Augenscheinlich war es der einstige Dienstbotenzugang des Palazzos.

Sie kamen an einer verlassenen Küche und an leeren Vorratsräumen vorüber, bis sie an eine kurze Treppe gelangten, die abwärts führte – ungewöhnlich in einer Stadt, deren Häuser auf Pfählen erbaut und nur selten unterkellert waren.

Wenig später erkannte Merle, dass Unke sie an eine unterirdische Bootsanlegestelle geführt hatte. Neben einem Wasserarm, der zu beiden Seiten in halbrunden Tunneln verschwand, erstreckte sich ein Gehweg. Von hier aus waren einst Güter auf Boote verladen worden. Es roch brackig, die Luft schmeckte nach Algen und Schimmel.

»Warum gehen Sie nicht auf diesem Weg ins Wasser?«, fragte Merle.

»Wie meinst du das?«

»Sie klettern in den Brunnen, weil Sie durch ihn irgendwohin gelangen. Natürlich könnte im Schacht ein Geheimgang abzweigen, aber ehrlich gesagt glaube ich das nicht. Ich denke, es ist das Wasser selbst, das Sie anzieht.« Sie machte eine kurze Pause und fügte dann hinzu: »Sie sind eine Meerjungfrau, nicht wahr?«

Falls Unke überrascht war, so zeigte sie es nicht. Merle verstand sehr wohl, was sie da behauptete; und auch, wie unsinnig es im Grunde war. Unke besaß Beine, menschliche, wohlgeformte Beine, ganz im Gegensatz zu allen bekannten Meerjungfrauen, deren Hüften in einen breiten Fischschwanz übergingen.

Unke griff sich mit beiden Händen an den Hinterkopf und nahm behutsam die Maske herunter, die Tag und Nacht die untere Hälfte ihres Gesichts bedeckte.

»Du hast keine Angst vor mir, oder?«, fragte sie mit ihrem breiten Maul, dessen Winkel einen Fingerbreit vor den Ohren endeten. Sie besaß keine Lippen, doch beim Sprechen zogen sich Hautfalten zurück und entblößten ein Gebiss aus mehreren Reihen kleiner, spitzer Zähne.

»Nein«, erwiderte Merle, und es war die Wahrheit.

»Das ist gut.«

»Verraten Sie es mir?«

»Was möchtest du wissen?«

»Warum Sie nicht diesen Weg hier nehmen, wenn Sie sich nachts mit den anderen Meerjungfrauen treffen. Weshalb gehen Sie das Risiko ein, beobachtet zu werden, wenn Sie in den Brunnen steigen?«

Unkes Augen verengten sich, doch was bei einem Menschen wie eine unausgesprochene Drohung gewirkt hätte, war bei ihr nur eine Äußerung von Abscheu. »Weil das Wasser verseucht ist. Es ist das gleiche wie in allen Kanälen der Stadt. Es ist giftig, es tötet uns. Deshalb kommen so wenige von uns freiwillig nach Venedig. Das Wasser der Kanäle bringt uns um, schleichend, aber mit absoluter Gewissheit.«

»Die Meerjungfrauen vor den Booten –«

»Werden sterben. Jede von uns, die ihr Menschen gefangen nehmt und einsperrt oder für eure Wettkämpfe missbraucht, wird sterben. Das Gift im Wasser zerfrisst erst die Haut und dann den Verstand. Nicht einmal die Fließende Königin kann uns davor bewahren.«

Merle schwieg erschüttert. All die Menschen, die sich zum Spaß Meerjungfrauen wie Haustiere hielten, waren Mörder. Manche mochten gar wissen, was die Gefangenschaft in den Kanälen den Meerweibern antat.

Beschämt schaute sie Unke in die Augen. Sie hatte Mühe, überhaupt einen Ton herauszubringen. »Ich habe noch nie eine Meerjungfrau gefangen.«

Unke lächelte und zeigte erneut ihre nadelspitzen Zähne. »Das weiß ich. Ich kann es fühlen. Du bist berührt von der Fließenden Königin.«

»Ich?«

»Hat man dich nicht aus dem Wasser geholt, als du ein Neugeborenes warst?«

»Sie haben mich und Junipa belauscht, am ersten Abend oben im Zimmer.« Bei jedem anderen wäre sie entrüstet gewesen, doch in Unkes Fall maß sie dem keine Bedeutung mehr bei.

»Ich habe gelauscht«, gestand die Meerjungfrau. »Und weil ich dein Geheimnis kenne, will ich dir meines verraten. Das ist nur gerecht. Und so, wie ich über deines mit niemandem reden werde, wirst du über das meine Stillschweigen bewahren.«

Merle nickte. »Wie haben Sie das vorhin gemeint – dass mich die Fließende Königin berührt hat?«

»Du bist auf den Kanälen ausgesetzt worden. Das passiert vielen Kindern. Aber die wenigsten überleben. Die meisten ertrinken. Du aber wurdest gefunden. Die Strömung hat dich getragen. Das kann nur bedeuten, dass sich die Fließende Königin deiner angenommen hat.«

In Merles Ohren klang es, als wäre Unke dabei gewesen, so groß war die Überzeugung, die in ihren Worten mitschwang. Es war naheliegend, dass die Meerjungfrauen die Fließende Königin als Göttin verehrten. Merle spann den Gedanken weiter und bekam eine Gänsehaut: Was, wenn die Königin gar nicht die Menschen der Lagune beschützte? Immerhin waren die Meerfrauen Geschöpfe des Wassers, und wenn man einigen Theorien Glauben schenkte, dann war die Königin selbst das Wasser. Eine unbegreifliche Macht des Meeres.

»Was ist die Fließende Königin?« Sie hatte keine echte Hoffnung, dass Unke eine Antwort auf diese Frage kannte.

»Falls es je bekannt war, so ist es längst vergessen«, entgegnete die Meerjungfrau leise. »So wie du und ich und die Königin selbst einmal vergessen sein werden.«

»Aber die Fließende Königin wird von allen verehrt. Jeder in Venedig liebt sie. Sie hat uns alle gerettet. Keiner kann das jemals vergessen.«

Unke beließ es bei einem stummen Schulterzucken, und Merle war bewusst, dass sie anderer Meinung war. Die Meerjungfrau deutete auf eine schlanke Gondel, die vertäut auf dem schwarzen Wasser lag. Sie sah aus, als schwebte sie im Nichts, so glatt und dunkel war rundum die Oberfläche.

»Dorthinein?«, fragte Merle.

Unke nickte.

»Und dann?«

»Ich will dir etwas zeigen.«

»Werden wir lange fort sein?«

»Höchstens eine Stunde.«

»Arcimboldo wird mich bestrafen. Er hat mir aufgetragen, die Eimer –«

»Schon erledigt.« Unke lächelte. »Er hat mir erzählt, was er mit euch vorhat. Ich habe zehn volle Eimer in der Werkstatt bereitgestellt.«

Merle war nicht überzeugt. »Und Dario?«

»Wird kein Wort darüber verlieren. Sonst erfährt Arcimboldo, wer nachts seinen Wein stibitzt.«

»Dann wissen Sie davon?«

»Nichts geschieht in diesem Haus, ohne dass ich davon weiß.«

Jetzt zögerte Merle nicht länger und folgte Unke in die Gondel. Die Meerjungfrau löste die Taue, stellte sich ins Heck des Bootes und steuerte es mit dem langen Ruder auf eine der beiden Tunnelöffnungen zu. Um sie herum wurde es stockdunkel.

»Keine Sorge«, sagte Unke. »Vor dir liegt eine Fackel. Daneben ist Zündzeug.«

Es dauerte nicht lange, da hatte Merle das Pech der Fackel in Brand gesteckt. Gelb und flackernd geisterte der Feuerschein über eine gewölbte Ziegeldecke.

»Darf ich Sie noch was fragen?«

»Du willst wissen, warum ich Beine habe und keinen Kalimar.«

»Kali– was?«

»Kalimar. So nennen wir in unserer Sprache den Schuppenschwanz.«

»Erzählen Sie es mir?«

Unke ließ die Gondel in die Finsternis des Tunnels gleiten. Modrige Mooslappen hatten sich von der Decke gelöst und hingen herab wie zerfranste Vorhänge. Es roch nach verfaultem Seetang und Verwesung.

»Das ist eine traurige Geschichte«, sagte Unke, »deshalb mache ich sie kurz.«

»Ich mag traurige Geschichten.«

»Kann sein, dass du selbst die Heldin in einer wirst.« Die Meerjungfrau blickte Merle an.

»Warum sagen Sie so etwas?«, wollte Merle wissen.

»Du bist von der Fließenden Königin berührt«, erwiderte Unke, als sei das Erklärung genug. Sie straffte sich und richtete ihren Blick wieder nach vorn. Ihre Züge wirkten ernst. »Einst wurde eine Meerjungfrau von einem Sturm an das Ufer einer Insel gespült. Sie war so geschwächt, dass sie hilflos zwischen den Binsen liegen blieb. Die Wolken rissen auf, die Sonne brannte vom Himmel herab, und der Leib der Meerjungfrau wurde trocken und spröde und begann zu sterben. Da tauchte ein junger Mann auf, der Sohn eines Händlers, der von seinem Vater den undankbaren Auftrag erhalten hatte, mit der Handvoll Fischer, die auf dem Eiland lebten, Handel zu treiben. Er hatte den ganzen Tag bei den armen Familien zugebracht, sie hatten mit ihm Wasser und Fisch geteilt, doch gekauft hatten sie nichts, denn sie besaßen kein Geld und nichts, gegen das sich zu tauschen lohnte. Bald war der junge Kaufmannssohn auf dem Rückweg zu seinem Boot, doch er wagte nicht, seinem Vater nach diesem Misserfolg gegenüberzutreten. Er fürchtete, gescholten zu werden, denn dies war nicht das erste Mal, dass er ohne Gewinn nach Venedig heimkehrte, und mehr noch fürchtete er um sein Erbe. Sein Vater war ein gestrenger, hartherziger Mann, der kein Verständnis für die Armut der Leute auf den äußeren Inseln hatte – eigentlich hatte er für nichts auf der Welt Verständnis, mit Ausnahme des Geldverdienens.

Der junge Mann schlenderte nun ziellos am Hafenufer entlang, um seine Heimkehr hinauszuzögern. Als er gedankenverloren durch das Schilf und das hohe Gras wanderte, stieß er auf die gestrandete Meerjungfrau. Er kniete neben ihr nieder, blickte in ihre Augen und verliebte sich auf der Stelle in sie. Er sah nicht den Schuppenschwanz unter ihren Hüften, sah auch nicht die Zähne, die jedem anderen Angst eingeflößt hätten. Er blickte nur in ihre Augen, die hilflos zu ihm aufschauten, und seine Entscheidung fiel auf der Stelle: Dies war die Frau, die er lieben und heiraten wollte. Er trug sie zurück ins Wasser, und während sie in den Wogen der Brandung allmählich zu Kräften kam, sprach er zu ihr über die Liebe. Je länger sie ihm zuhörte, desto mehr gefiel er ihr. Aus Gefallen wurde Zuneigung, und aus Zuneigung wurde mehr. Sie schworen sich, einander wiederzusehen, und schon am nächsten Tag trafen sie sich am Ufer einer anderen Insel, und am Tag darauf wieder an dem einer anderen, und so ging es weiter. Nach einigen Wochen nahm der junge Mann all seinen Mut zusammen und fragte, ob sie ihm nicht in die Stadt folgen wolle. Sie aber wusste, wie es den Meerjungfrauen in der Stadt erging, und so sagte sie nein. Er versprach ihr, sie zu seiner Frau zu machen, so dass sie an seiner Seite leben konnte wie ein Mensch. – ›Schau mich an‹, sagte sie, ›ich werde nie wie ein Mensch sein.‹ Daraufhin wurden beide sehr traurig, und der junge Mann sah ein, dass sein Plan nichts anderes als ein schöner Traum gewesen war.

In der darauffolgenden Nacht aber erinnerte sich die Meerjungfrau an die Legende von einer mächtigen Meerhexe, die weit draußen in der Adria in einer unterseeischen Höhle leben sollte. So schwamm sie hinaus, weiter, als sie oder eine ihrer Gefährtinnen je geschwommen war, und sie fand die Meerhexe auf einer Klippe tief in der See sitzen und nach Ertrunkenen Ausschau halten. Denn Meerhexen, musst du wissen, schätzen totes Fleisch, und am besten schmeckt es ihnen, wenn es alt und aufgequollen ist. Die Meerjungfrau war unterwegs an einem gesunkenen Fischerboot vorbeigekommen, und so konnte sie der Hexe einen besonders saftigen Brocken als Tribut mitbringen. Das stimmte die Alte gnädig, sie hörte sich die Geschichte der Meerjungfrau an und beschloss, wohl noch berauscht vom Geschmack des Todes, ihr zu helfen. Sie sprach einen Zauber und befahl der Meerjungfrau, in die Lagune zurückzukehren. Dort sollte sie sich an ein Ufer der Stadt legen und schlafen, bis der Morgen graute. Dann, so versprach die Hexe, würde sie statt eines Schwanzes Beine besitzen. ›Nur deinen Mund‹, setzte sie hinzu, ›den kann ich dir nicht nehmen, ohne dass du auf immer verstummst.‹

Die Meerjungfrau maß ihrem Mund keine Bedeutung zu, denn schließlich war er Teil des Gesichts, in das sich der Kaufmannssohn verliebt hatte. So tat sie, was die Meerhexe ihr aufgetragen hatte.

Am Morgen des nächsten Tages wurde sie an einer Anlegestelle gefunden. Und tatsächlich: Sie hatte jetzt Beine, wo einst ihr Schuppenschwanz gewesen war. Die Männer aber, die sie fanden, bekreuzigten sich, sprachen von Teufelswerk und schlugen sie, denn sie hatten sie an ihrem Mund als das erkannt, was sie war. Die Männer waren überzeugt, die Meerjungfrauen hätten einen Weg gefunden, zu Menschen zu werden, und fürchteten, dass sie bald schon über die Stadt herfallen, alle Menschen ermorden und ihre Reichtümer stehlen würden.

Was für eine Torheit! Als hätte auch nur einer einzigen Meerjungfrau jemals etwas am Reichtum der Menschen gelegen!

Während die Männer sie schlugen und traten, flüsterte die Meerjungfrau immer wieder den Namen ihres Geliebten, und so wurde denn bald nach ihm gerufen. Er eilte herbei, und zwar in Begleitung seines Vaters, der eine Verschwörung gegen sich und sein Haus vermutete. Die Meerjungfrau und der junge Mann wurden einander gegenübergestellt, und beide sahen einander lange und tief in die Augen. Der junge Mann weinte und auch die Meerjungfrau vergoss Tränen, die sich mit dem Blut auf ihren Wangen mischten. Dann aber wandte ihr Geliebter sich ab, denn er war schwach und fürchtete den Zorn seines Vaters.

›Ich kenne sie nicht‹, verleugnete er sie. ›Ich habe nichts mit dieser Missgeburt zu schaffen.‹

Die Meerjungfrau wurde sehr still und sagte nichts mehr, schwieg auch, als man sie noch heftiger prügelte, und selbst dann blieb sie stumm, als der Kaufmann und sein Sohn ihr mit den Stiefeln ins Gesicht und in die Rippen traten. Später warf man sie zurück ins Wasser wie einen toten Fisch, und dafür hielten sie auch alle: für tot.«

Unke verstummte und hielt einen Moment lang das Ruder starr in den Händen, ohne es ins Wasser zu tauchen. Das Fackellicht glänzte auf ihren Wangen, und eine einzelne Träne rann über ihr Gesicht. Sie erzählte nicht die Geschichte irgendeiner Meerjungfrau, sie erzählte ihre eigene.

»Ein Kind fand sie, ein Lehrjunge einer Spiegelwerkstatt, den sein Meister einst aus einem Waisenhaus geholt hatte. Er nahm sich ihrer an, versteckte sie, gab ihr Essen und Trinken und machte ihr immer dann neuen Mut, wenn sie ihrem Leben ein Ende setzen wollte. Der Name dieses Jungen war Arcimboldo, und die Meerjungfrau schwor sich aus Dankbarkeit, ihm ihr Leben lang zu folgen. Meerjungfrauen leben sehr viel länger als ihr Menschen, deshalb ist der Junge heute ein alter Mann und die Meerjungfrau noch immer jung. Sie wird noch jung sein, wenn er stirbt, und dann wird sie erneut ganz allein sein, eine Einsame zwischen zwei Welten, keine Meerjungfrau mehr und auch kein Mensch.«

Als Merle zu ihr aufblickte, war die Träne auf Unkes Wange getrocknet. Nun schien es wieder, als hätte sie die Geschichte einer anderen erzählt, ein Schicksal, fern und fremd. Merle wäre am liebsten aufgestanden und hätte sie in die Arme genommen, aber sie wusste, dass Unke dies nicht erwartete und wohl auch nicht gewollt hätte.

»Nur eine Geschichte«, flüsterte die Meerjungfrau. »So wahr und so unwahr wie alle anderen, die wir am liebsten niemals gehört hätten.«

»Ich bin froh, dass Sie sie mir erzählt haben.«

Unke nickte kaum merklich, dann deutete sie über Merle hinweg nach vorn. »Sieh mal«, sagte sie, »wir sind gleich am Ziel.«

Der Fackelschein um sie herum verblasste, obwohl die Flammen weiterloderten. Es dauerte einen Augenblick, ehe Merle erkannte, dass die Wände des Tunnels zurückblieben. Die Gondel glitt lautlos in einen unterirdischen Raum oder eine Höhle.

Vor ihnen schälte sich eine Steigung aus der Dunkelheit. Sie führte als schräger Abhang aus dem Wasser und war mit irgendetwas bedeckt, das Merle aus der Entfernung nicht erkennen konnte. Pflanzen vielleicht. Ein bleiches, verschlungenes Geäst. Aber welche Pflanzen dieser Größe konnten hier unten gedeihen?

Einmal, während sie den finsteren See überquerten, der den Grund der Halle ausmachte, glaubte sie, Bewegungen im Wasser zu sehen. Sie redete sich ein, dass es Fische waren. Sehr große Fische.

»Es gibt weit und breit keinen Berg«, sprach sie ihre Gedanken laut aus. »Wie also kann es mitten in Venedig eine Höhle geben?« Sie wusste genug über das Verhalten des Wasserspiegels, um sicher zu sein, dass sie sich nicht unter dem Meer befanden. Was immer dies für eine Halle war, sie lag in der Stadt, inmitten prachtvoller Paläste und eleganter Fassaden – und sie war künstlich angelegt worden.

»Wer hat das gebaut?«, fragte sie.

»Ein Freund der Meerjungfrauen.« Unkes Tonfall verriet, dass sie nicht darüber sprechen wollte.

Ein solcher Ort mitten in der Stadt! Falls er tatsächlich überirdisch lag, musste er eine Außenseite besitzen. Als was war er getarnt? Als verfallener Palazzo einer längst vergessenen Adelsfamilie? Als gewaltiger Lagerkomplex? Es gab keine Fenster, die Aufschluss über das Äußere gaben, und in der Finsternis waren weder die Decke noch die Seitenwände auszumachen. Nur der seltsame Hang rückte näher und näher.

Merle sah jetzt, dass sie mit ihren anfänglichen Zweifeln recht gehabt hatte. Auf dem Hang wuchsen keine Pflanzen. Die verzweigten Gebilde waren etwas anderes.

Jählings stockte ihr der Atem, als sie es erkannte.

Es waren Knochen. Die Gebeine Hunderter Meerjungfrauen. Über- und untereinander, ineinander verschlungen, vom Tod aneinandergeschmiedet, verkantet und verworren. Mit rasendem Herzschlag sah sie, dass die Oberkörper wie menschliche Gerippe aussahen, während der Schuppenschwanz Ähnlichkeit mit einer übergroßen Fischgräte hatte. Der Anblick war so absurd wie erschütternd.

»Sind sie alle hergekommen, um zu sterben?«

»Freiwillig, ja«, sagte Unke und lenkte die Gondel nach links, so dass die Steuerbordseite zum Berg aus Gebeinen wies.

Das Fackellicht täuschte in den verästelten Knochen Bewegungen vor, wo keine waren. Die dürren Schatten zuckten und zitterten, bewegten sich wie Spinnenbeine, die sich von ihren Körpern gelöst hatten und nun aus eigener Kraft umeinanderhuschten.

»Der Friedhof der Meerjungfrauen«, flüsterte Merle.

Jeder kannte die Legende. Bislang hatte man ihn weit draußen an den Rändern der Lagune oder auf hoher See vermutet. Schatzsucher und Glücksritter hatten versucht, ihn aufzuspüren, denn die Gebeine eines Meerweibs waren kostbarer als Elfenbein, härter und in alten Zeiten als Waffen in den Schlachten Mann gegen Mann gefürchtet. Dass der Friedhof in der Stadt lag, unter den Augen aller Bewohner, war schwer zu begreifen. Noch dazu, dass ein Mensch geholfen haben sollte, ihn anzulegen. Was nur hatte ihn dazu veranlasst? Und wer war er gewesen?

»Ich wollte, dass du diesen Ort siehst.« Unke verneigte sich leicht, und erst nach einem Augenblick wurde Merle klar, dass die Geste ihr galt. »Geheimnis gegen Geheimnis. Stillschweigen für alle Zeit. Darauf den Eid einer Berührten.«

»Ich soll schwören?«

Unke nickte.

Merle wusste nicht, wie sie es sonst tun sollte, deshalb hob sie eine Hand und sagte feierlich: »Ich leiste einen Eid auf mein Leben, dass ich niemandem vom Friedhof der Meerjungfrauen erzählen werde.«

»Den Eid als Berührte«, forderte Unke.

»Ich, Merle, die von der Fließenden Königin berührt wurde, leiste diesen Eid.«

Unke nickte zufrieden, und Merle atmete auf.

Der Rumpf der Gondel schabte über etwas hinweg, das unter der Wasseroberfläche lag.

»Noch mehr Knochen«, erklärte Unke. »Tausende.« Sie wendete die Gondel und ruderte zurück in Richtung Tunnelausgang.

»Unke?«

»Hm?«

»Du glaubst wirklich, dass ich etwas Besonderes bin?«

Die Meerjungfrau lächelte rätselhaft. »Das bist du gewiss. Etwas ganz Besonderes.«

Viel später, im Dunkeln, im Bett, schob Merle unter der Bettdecke den Arm in den Wasserspiegel, genoss die wohlige Wärme und tastete nach der Hand auf der anderen Seite. Es dauerte eine Weile, aber dann berührte etwas ihre Finger, ganz sanft, ganz vertraut. Merle seufzte und fiel in einen unruhigen Halbschlaf.

Vor dem Fenster ging der Abendstern auf. Sein Funkeln brach sich in Junipas offenen Spiegelaugen, die kalt und gläsern durch das dunkle Zimmer herüberstarrten.

Schemen

»Hast du jemals hineingeschaut?«, fragte Junipa am Morgen, nachdem Unkes Gongschläge auf dem Flur sie geweckt hatten.

Merle rieb sich mit den Knöcheln ihrer Zeigefinger den Schlaf aus den Augen. »Wohinein?«

»In deinen Wasserspiegel.«

»Na klar. Ständig.«

Junipa schwang ihre Beine über die Bettkante und sah Merle an. Die Spiegelscherben loderten golden vom Sonnenaufgang hinter den Dächern. »Ich meine, nicht einfach nur reingeschaut.«

»Hinter die Wasseroberfläche?«

Junipa nickte. »Hast du?«

»Zwei- oder dreimal«, sagte Merle. »Ich hab mein Gesicht so weit wie möglich hineingedrückt. Der Rahmen ist ziemlich eng, aber es hat geklappt. Meine Augen waren unter Wasser.«

»Und?«

»Nichts. Nur Dunkelheit.«

»Du konntest gar nichts sehen?«

»Das sag ich doch.«

Nachdenklich strich sich Junipa mit den Fingern durchs Haar. »Wenn du willst, versuche ich es.«

Merle, die gerade gähnen wollte, klappte den Mund wieder zu. »Du?«

»Mit den Spiegelaugen kann ich im Dunkeln sehen.«

Merle hob die Augenbrauen. »Davon hast du mir gar nichts erzählt.« Hastig überlegte sie, ob sie bei Nacht etwas getan hatte, dessen sie sich schämen müsste.

»Es hat erst vor drei Tagen angefangen. Aber jetzt wird es von Nacht zu Nacht stärker. Ich sehe wie bei Tageslicht. Manchmal kann ich nicht schlafen, weil die Helligkeit sogar durch meine Augenlider dringt. Alles wird dann ganz rot, so als würde man mit geschlossenen Augen in die grelle Sonne schauen.«

»Du musst mit Arcimboldo darüber reden.«

Junipa schaute unglücklich drein. »Und wenn er mir dann die Spiegel wieder rausnimmt?«

»Das würde er nie tun.« Besorgt versuchte Merle sich vorzustellen, wie es wohl war, wenn man Tag und Nacht von Licht umgeben war. Was, wenn es schlimmer wurde? Konnte Junipa dann überhaupt noch schlafen?

»Also«, hakte Junipa nach, »was ist nun? Soll ich es versuchen?«

Merle zog den Handspiegel unter ihrer Bettdecke hervor, wog ihn einen Moment lang in der Hand, dann zuckte sie mit den Schultern. »Warum nicht?«

Junipa kletterte zu ihr aufs Bett. Sie setzten sich im Schneidersitz einander gegenüber. Ihre Nachthemden spannten über ihren Knien, und beide hatten noch zerwühltes Haar von der Nacht.

»Lass es mich erst selbst versuchen«, sagte Merle und brachte den Spiegel ganz nah vor ihre Augen. Vorsichtig tauchte sie ihre Nasenspitze hinein, dann – so weit wie möglich – den Rest ihres Gesichts. Bald stieß der Rahmen gegen ihre Wangenknochen. Tiefer hinein ging es nicht.

Unter Wasser öffnete Merle die Augen. Sie wusste, was sie erwartete, deshalb war sie nicht enttäuscht. Alles war wie immer. Nichts als Finsternis.

Sie löste den Spiegel von ihrem Gesicht. Das Wasser blieb im Rahmen haften, nicht die feinste Spur von Feuchtigkeit blieb auf ihrer Haut.

»Und?«, fragte Junipa aufgeregt.

»Gar nichts.« Merle reichte ihr den Spiegel. »Wie gehabt.«

Junipa umschloss den Griff mit ihrer schmalen Hand. Sie blickte auf die spiegelnde Oberfläche und studierte ihre neuen Augen. »Findest du sie eigentlich schön?«, fragte sie unvermittelt.

Merle zögerte. »Ungewöhnlich.«

»Das ist keine Antwort auf meine Frage.«

»Tut mir leid.« Merle wünschte, Junipa hätte sich die Wahrheit erspart. »Manchmal bekomme ich eine Gänsehaut, wenn ich dich anschaue. Nicht, weil deine Augen hässlich sind«, fügte sie schnell hinzu. »Sie sind nur so … so …«

»Sie fühlen sich kalt an«, sagte Junipa leise, als wäre sie tief in Gedanken. »Manchmal friere ich, sogar wenn die Sonne scheint.«

Helligkeit bei Nacht, Kälte bei Sonnenschein.

»Willst du das wirklich tun?«, fragte Merle.

»Eigentlich wollte ich nicht, ich weiß schon«, sagte Junipa. »Aber wenn du meinst, probiere ich es für dich aus.« Sie schaute Merle an. »Oder möchtest du nicht wissen, was dahinter ist, dort, wo die Hand herkommt?«

Merle nickte nur stumm.

Junipa schob den Spiegel auf ihr Gesicht und tauchte darin ein. Ihr Kopf war kleiner als Merles – wie eben alles an ihr zierlicher, schmaler, verletzlicher war –, und so verschwand er bis zu den Schläfen im Wasser.

Merle wartete. Sie beobachtete Junipas dünnen Körper unter dem viel zu weiten Nachthemd, die Art und Weise, wie sich ihre Schultern darunter abhoben und ihre Schlüsselbeine an den Rändern das Ausschnitts hervorstachen, so scharf umrissen, als lägen sie über der Haut statt darunter.

Der Anblick war sonderbar, fast ein wenig verrückt, nun, da sie zum ersten Mal einen anderen Menschen im Umgang mit dem Spiegel sah. Verrücktheiten können ganz normal sein, solange man sie selbst tut; beobachtet man einen anderen dabei, rümpft man die Nase, dreht sich rasch um und geht davon.

Aber Merle schaute weiter zu und fragte sich, was es war, das Junipa in diesen Augenblicken sah.

Schließlich hielt sie es nicht länger aus und fragte: »Junipa? Kannst du mich hören?«

Natürlich konnte sie. Ihre Ohren befanden sich über der Wasseroberfläche. Trotzdem gab sie keine Antwort.

»Junipa?«

Merle war beunruhigt, aber noch schritt sie nicht ein. Ganz langsam quollen Visionen in ihr empor, Bilder von Bestien, die auf der anderen Seite am Gesicht ihrer Freundin nagten; gleich, wenn sie den Kopf zurückzog, würde er nur noch eine hohle Schale aus Knochen und Haar sein, wie die Helme der Stämme, die Professor Burbridge damals während seiner Expedition in die Hölle entdeckt hatte.

»Junipa?«, fragte sie erneut, diesmal eine Spur schärfer. Sie ergriff die freie Hand des Mädchens. Ihre Haut war warm. Merle konnte den Puls spüren.

Junipa kehrte zurück. Genau das war es: eine Rückkehr. Auf ihrem Gesicht lag der Ausdruck eines Menschen, der sehr weit fort gewesen war, in fernen, unvorstellbaren Ländern, die vielleicht auf der anderen Seite des Globus oder nur in seiner Vorstellung existierten.

»Was war dort?«, fragte Merle besorgt. »Was hast du gesehen?«

Sie hätte eine Menge dafür gegeben, wenn Junipa in diesem Moment normale Augen besessen hätte. Augen, in denen man lesen konnte. Manchmal sah man darin Dinge, die man lieber nicht erfahren hätte; immer aber die Wahrheit.

Doch Junipas Augen blieben blank und hart und ohne jede Regung.

Kann sie noch weinen?, durchfuhr es Merle, und die Frage schien mit einem Mal wichtiger als jede andere.

Aber Junipa weinte nicht. Nur ihre Mundwinkel

zuckten. Trotzdem sah es nicht aus, als wollte sie lächeln.

Merle beugte sich vor, nahm ihr den Spiegel aus der Hand, legte ihn auf die Decke und fasste sie sanft bei den Schultern. »Was ist in dem Spiegel?«

Junipa schwieg einen Moment, dann richtete sich silbernes Glas in Merles Richtung. »Es ist dunkel dort drüben.«

Das weiß ich, wollte Merle schon sagen, ehe ihr klar wurde, dass Junipa eine andere Dunkelheit meinte als jene, die Merle gesehen hatte.

»Erzähl es mir«, verlangte sie.

Junipa schüttelte den Kopf. »Darum darfst du mich nicht bitten.«

»Was?«, entfuhr es Merle.

Junipa löste sich von ihr und stand auf. »Frag mich nie, was ich dort gesehen habe«, sagte sie tonlos. »Niemals.«

»Aber, Junipa …«

»Bitte.«

»Es kann nichts Schlimmes sein!«, rief Merle aus. Trotz und Verzweiflung regten sich in ihr. »Ich habe die Hand gefühlt. Die Hand, Junipa!«

Als sich draußen vor dem Fenster eine Wolke vor die Morgensonne schob, verdüsterten sich auch Junipas Spiegelaugen. »Lass es bleiben, Merle. Vergiss die Hand. Vergiss am besten den Spiegel.«

Mit diesen Worten drehte sie sich um, öffnete die Tür und trat auf den Korridor.

Merle blieb starr auf dem Bett sitzen, unfähig, einen klaren Gedanken zu fassen. Bald hörte sie eine Tür zuschlagen, und dann fühlte sie sich sehr allein.

An diesem Tag schickte Arcimboldo seine beiden Lehrmädchen auf die Jagd nach Spiegelschemen.

»Ich will euch heute etwas ganz Besonderes zeigen«, sagte er am Nachmittag. Merle bemerkte aus dem Augenwinkel, dass Dario und die beiden anderen Jungen sich ansahen und grinsten.

Der Spiegelmeister zeigte auf die Tür, die zum Lagerraum hinter der Werkstatt führte. »Ihr seid noch nie dort drinnen gewesen«, sagte er. »Und zwar aus gutem Grund.«

Merle hatte angenommen, dass er um seine fertigen Zauberspiegel fürchtete, die dort aufbewahrt wurden.

»Der Umgang mit Spiegeln, wie ich sie herstelle, ist nicht ganz ungefährlich.« Arcimboldo lehnte sich an eine Werkbank in seinem Rücken. »Hin und wieder muss man sie von gewissen« – er zögerte – »von gewissen Elementen reinigen.«

Wieder grinsten die drei Jungen, und Merle wurde langsam wütend. Sie hasste es, wenn Dario mehr wusste als sie.

»Dario und die anderen bleiben hier in der Werkstatt«, sagte Arcimboldo. »Junipa und Merle, ihr kommt mit mir.«

Damit wandte er sich um und ging zur Tür des Lagerraums. Merle und Junipa wechselten einen Blick, dann folgten sie ihm.

»Viel Glück«, sagte Boro. Es klang aufrichtig.

»Viel Glück«, äffte Dario ihn nach und murmelte etwas, das Merle nicht verstand.

Arcimboldo ließ die Mädchen ein und schloss die Tür hinter ihnen. »Willkommen«, sagte er, »im Herzen meines Hauses.«

Der Anblick, der sich ihnen bot, rechtfertigte die Feierlichkeit seiner Worte.

Es war schwer zu sagen, wie groß der Raum war. Seine Wände waren über und über mit Spiegeln bedeckt, und Reihen von Spiegeln zogen sich auch durch seine Mitte, hintereinander aufgestellt wie Dominosteine kurz vor dem Umfallen. Durch ein gläsernes Dach schien Tageslicht herein – die Werkstatt befand sich in einem Anbau, der nicht annähernd so hoch war wie der Rest des Hauses.

Die Spiegel waren mit Streben und Ketten gesichert, die in den Wänden verankert waren. Umstürzen würden sie nicht, es sei denn, ein Erdbeben suchte Venedig heim oder die Hölle selbst täte sich unter der Stadt auf – so, wie sie es angeblich unter Marrakesch getan hatte, einer Stadt im Norden Afrikas. Aber das war vor über dreißig Jahren gewesen, gleich nach Ausbruch des Krieges. Heute redete niemand mehr über Marrakesch. Es war von den Landkarten und aus den Gesprächen der Menschen verschwunden.

»Wie viele Spiegel sind es?«, fragte Junipa.

Es war unmöglich, ihre Zahl zu schätzen, geschweige denn, sie zu zählen. Wieder und wieder reflektierten sie einander in ihren gläsernen Oberflächen, addierten und multiplizierten sich gegenseitig. Merle kam ein Gedanke: War ein Spiegel, der nur in einem Spiegel existierte, nicht ebenso real wie sein Original? Er erfüllte seine Aufgabe genauso gut wie sein Gegenstück – er spiegelte. Merle fiel nichts anderes ein, das dies vermochte: etwas zu tun, ohne selbst zu sein.

Zum ersten Mal stellte sie sich die Frage, ob nicht alle Spiegel immer auch Zauberspiegel sind.

Spiegel können sehen, hatte Arcimboldo gesagt. Jetzt glaubte sie ihm aufs Wort.

»Ihr werdet nun eine ganz besondere Art von Quälgeistern kennenlernen«, erklärte er. »Meine speziellen Freunde – die Spiegelschemen.«

»Was sind das … Spiegelschemen?« Junipa sprach leise, fast zaghaft, so als tanzten die Abbilder dessen, was sie hinter Merles Wasserspiegel gesehen hatte, noch vor ihren Augen und machten ihr Angst.

Arcimboldo trat vor den ersten Spiegel der Mittelreihe. Er reichte ihm fast bis zum Kinn. Sein Rahmen war aus schlichtem Holz, wie die Rahmen aller Spiegel aus Arcimboldos Werkstatt. Sie dienten nicht zur Zier, sondern verhinderten, dass man sich beim Transport die Finger zerschnitt.

»Schaut genau hin«, verlangte er.

Die Mädchen traten an seine Seite und starrten auf den Spiegel.

Junipa bemerkte es als Erste. »Da ist etwas im Glas.«

Es sah aus wie Nebelfetzen, die blitzschnell über die Spiegelfläche trieben, formlos wie Gespenster. Und es gab keinen Zweifel, dass sich die blassen Umrisse unter dem Glas befanden, im Inneren der Spiegel.

»Spiegelschemen«, sagte Arcimboldo sachlich. »Ärgerliche Parasiten, die sich von Zeit zu Zeit in meinen Spiegeln einnisten. Es ist die Aufgabe der Lehrlinge, sie einzufangen.«

»Und wie sollen wir das machen?«, wollte Merle wissen.

»Ihr werdet in die Spiegel eintreten und den Schemen mit einem kleinen Hilfsmittel, das ich euch mitgebe, den Garaus machen.« Er lachte laut auf. »Liebe Güte, schaut mich nicht so entgeistert an! Dario und die anderen haben das schon unzählige Male getan. Es mag euch ein wenig ungewöhnlich erscheinen, aber im Grunde ist es nicht besonders schwer. Nur lästig. Deshalb dürft ihr Lehrlinge das erledigen, während euer alter Meister die Füße auf den Tisch legt, eine leckere Pfeife raucht und den lieben Gott einen guten Mann sein lässt.«

Merle und Junipa wechselten einen Blick. Beide waren verunsichert, doch sie waren auch entschlossen, diese Angelegenheit mit Würde hinter sich zu bringen. Immerhin: Wenn Dario es hinbekommen hatte, würden sie es wohl auch schaffen.

Arcimboldo zog etwas aus einer Tasche seines Kittels. Zwischen Daumen und Zeigefinger hielt er es den Mädchen vor die Nase. Eine durchsichtige Glaskugel, nicht größer als Merles Faust.

»Ziemlich unscheinbar, nicht wahr?« Arcimboldo grinste, und Merle fiel zum ersten Mal auf, dass er eine Zahnlücke hatte. »Tatsächlich ist es die beste Waffe gegen die Spiegelschemen. Leider auch die einzige.«

Nach einer kurzen Pause, während der er ihnen Gelegenheit gab, die Glaskugel näher zu betrachten, sagte er: »Ein Glasbläser auf Murano stellt diese bezaubernden kleinen Dinger nach meinen Plänen her.«

Pläne?, dachte Merle verwundert. Für eine einfache Kugel aus Glas?

»Wenn ihr einem Spiegelschemen gegenübersteht, müsst ihr nur ein bestimmtes Wort aussprechen, und sofort wird er im Inneren der Kugel gefangen«, erläuterte Arcimboldo. »Das Wort lautet intorabiliuspeteris. Ihr müsst es euch einprägen, als wäre es euer Name. Intorabiliuspeteris.«

Die Mädchen wiederholten das seltsame Wort, verhaspelten sich ein paarmal, waren dann aber sicher, es im Kopf behalten zu können.

Der Meister zog eine zweite Kugel hervor, reichte jedem Mädchen eine und ließ sie vor den Spiegel treten. »Mehrere Spiegel sind befallen, aber für heute wollen wir es mit einem gut sein lassen.« Er machte eine Art Verbeugung in Richtung des Spiegels und sprach ein Wort in einer fremden Sprache.

»Tretet ein«, sagte er dann.

»Einfach so?«, fragte Merle.

Arcimboldo lachte. »Natürlich. Oder wollt ihr lieber auf einem Pferd hineinreiten?«

Merles Blick tastete über die Spiegelfläche. Sie sah glatt und solide aus, nicht nachgiebig wie die ihres Handspiegels. Die Erinnerung ließ sie kurz zu Junipa hinüberschauen. Was immer sie heute Morgen gesehen hatte, es hatte einen tiefen Eindruck bei ihr hinterlassen. Jetzt schien sie Angst zu haben, Arcimboldos Anweisung zu befolgen. Für einen Moment war Merle versucht, dem Meister alles zu erzählen und um Verständnis dafür zu bitten, dass Junipa hierbleiben und Merle allein gehen würde.

Dann aber machte Junipa einen ersten Schritt und streckte die Hand aus. Ihre Finger durchbrachen die Spiegelfläche wie die Haut auf gekochter Milch. Kurz schaute sie über die Schulter zurück zu Merle, dann lächelte sie gezwungen und trat ins Innere des Spiegels. Ihre Gestalt war immer noch zu erkennen, sah jetzt aber flach und irgendwie unecht aus, wie eine Figur auf einem Gemälde. Sie winkte Merle zu.

»Tapferes Mädchen«, murmelte Arcimboldo zufrieden.

Merle durchbrach die Spiegelfläche mit einem einzigen Schritt. Sie spürte ein kaltes Kribbeln, wie einen Windhauch um Mitternacht, dann war sie auf der anderen Seite und schaute sich um.

Sie hatte einmal von einem Spiegellabyrinth gehört, das sich in einem Palazzo am Campo Santa Maria Nova befinden sollte. Sie kannte niemanden, der es mit eigenen Augen gesehen hatte, doch die Bilder, die die Gerüchte in ihr heraufbeschworen hatten, hielten keinem Vergleich mit dem stand, was sie jetzt vor sich sah.

Eines ließ sich auf den ersten Blick erkennen: Die Spiegelwelt war ein Reich der Täuschungen. Es war der Ort unter dem doppelten Boden des Zauberzylinders, die Räuberhöhle aus Tausendundeiner Nacht, der Palast der Götter auf dem Olymp. Sie war künstlich, ein Trugbild, ein Traum, den nur jene träumten, die daran glaubten. Und doch erschien sie Merle in diesem Augenblick so greifbar wie sie selbst. Glaubten auch die Gestalten auf einem Gemälde, sich an einem realen Ort aufzuhalten? Gefangene, die sich ihrer Gefangenschaft nicht bewusst waren?

Vor ihnen befand sich ein Saal aus Spiegeln. Nicht wie Arcimboldos Lagerraum, vielmehr ein Gebilde, das von oben bis unten, von rechts nach links einzig und allein aus Spiegeln bestand. Doch der erste Eindruck täuschte: Machte man einen Schritt nach vorn, stieß man unverhofft gegen das eigene Spiegelbild auf Glas, während dort, wo das Ende der Halle zu sein schien, nichts anderes war als Leere, gefolgt von weiteren Spiegeln, unscheinbaren Durchgängen und neuerlichen Täuschungen.

Nach allen Seiten setzte sich dieses Phänomen bis ins Unendliche fort, eine Welt aus Silber und Kristall.

Merle und Junipa machten mehrere Versuche, sich tiefer in das Labyrinth hineinzubewegen, doch wieder und wieder stießen sie auf gläsernen Widerstand.

»Das hat doch keinen Zweck«, schimpfte Merle und stampfte vor Wut mit dem Fuß auf. Unter ihrer Sohle knirschte das Spiegelglas, ohne zu splittern.

»Sie sind überall um uns herum«, flüsterte Junipa.

»Die Schemen?«

Junipa nickte.

Merle blickte sich um. »Ich kann keinen sehen.«

»Sie fürchten sich. Meine Augen machen ihnen Angst. Sie weichen vor uns zurück.«

Merle drehte sich um sich selbst. Eine Art Tor befand sich an der Stelle, an der sie die Spiegelwelt betreten hatten. Dort glaubte sie, eine Bewegung wahrzunehmen, aber vermutlich war das nur Arcimboldo, der in der wirklichen Welt auf sie wartete.

Etwas wischte an ihrem Gesicht vorüber, ein blasses Flirren. Zwei Arme, zwei Beine, ein Kopf. Aus der Nähe sah es nicht mehr aus wie Nebelschwaden, eher wie eine Unschärfe, die ein Wassertropfen auf dem Auge verursacht.

Merle hob die Glaskugel und kam sich ein wenig albern vor. »Intorabiliuspeteris«, rief sie und fühlte sich gleich noch viel alberner.

Ein leises Seufzen ertönte, dann schoss der Schemen auf sie zu. Die Kugel saugte ihn in ihr Inneres, die daraufhin flimmerte und Schlieren zog, als sei sie mit einer weißen, öligen Flüssigkeit gefüllt.

»Es funktioniert!«, stieß Merle hervor.

Junipa machte keine Anstalten, ihre eigene Kugel einzusetzen. »Sie haben jetzt sehr große Angst.«

»Du kannst sie wirklich überall um uns sehen?«

»Ganz deutlich.«

Es musste an Junipas Augen liegen, an der Magie der Spiegelscherben. Auch Merle nahm jetzt weitere Unschärfen am Rande ihres Blickfeldes wahr, doch ihr fehlte die Klarheit, mit der Junipa die Schemen auszumachen schien.

»Wenn sie Angst haben, bedeutet das doch, dass sie Lebewesen sind«, überlegte sie laut.

»Ja«, sagte Junipa. »Aber es ist, als wären sie nicht wirklich hier. Als wären sie nur ein Teil ihrer selbst, wie ein Schatten, der seinem Besitzer verlorengegangen ist.«

»Vielleicht ist es dann sogar gut, wenn wir sie hier rausbringen. Vielleicht sind sie Gefangene.«

»Glaubst du, in der Glaskugel sind sie das nicht?«

Junipa hatte natürlich recht. Aber Merle wollte so schnell wie möglich zurück in die wirkliche Welt, fort von diesem gläsernen Irrgarten. Arcimboldo würde sich erst zufriedengeben, wenn sie alle Schemen eingefangen hatten; ansonsten, so fürchtete sie, würde er sie schnurstracks zurück in den Spiegel schicken.

Sie achtete nicht länger auf das, was Junipa tat, streckte den Arm mit der Kugel aus, schwenkte ihn in verschiedene Richtungen und rief immer wieder das magische Wort: »Intorabiliuspeteris … Intorabiliuspeteris … Intorabiliuspeteris!«

Das Zischen und Sausen wurde lauter und schärfer und zugleich füllte sich die Kugel mit dem nebeligen

Tosen, bis es aussah, als sei das Glas von innen beschlagen. Einmal, im Waisenhaus, hatte einer der Aufseher Zigarrenrauch in ein Weinglas geblasen und der Effekt war ganz ähnlich gewesen: Die Schlieren drehten sich hinter dem Glas wie etwas Lebendiges, das darum kämpfte, nach außen zu entweichen.

Was waren das für Wesen, die Arcimboldos Zauberspiegel heimsuchten wie Blattläuse ein Gemüsebeet? Merle hätte zu gerne mehr darüber gewusst.

Junipa umklammerte ihre Kugel so verbissen mit der Faust, dass mit einem Mal ein Knacken ertönte und das Gebilde in ihrer Hand zerplatzte. Winzige Splitter regneten auf den Spiegelboden, gefolgt von dunklen Blutstropfen, als die scharfen Kanten Junipas Finger zerschnitten.

»Junipa!« Merle stopfte ihre Kugel in die Tasche, sprang an Junipas Seite und musterte besorgt deren Hand. »Oh, Junipa …« Sie schlüpfte aus ihrer Jacke und wickelte sie mit der Innenseite um den Unterarm ihrer Freundin. Dabei wurde der obere Rand des Handspiegels sichtbar, der in einer Tasche ihres Kleides steckte.

Plötzlich sauste einer der Schemen in einer engen Spirale um Merles Oberkörper und verschwand in der Oberfläche des Wasserspiegels.

»O nein«, jammerte Junipa, »das ist alles meine Schuld.«

Merle machte sich mehr Sorgen um Junipas Wohlergehen als um den Spiegel. »Ich glaube, wir haben sowieso alle erwischt«, presste sie hervor und konnte ihren Blick nicht von dem Blut am Boden nehmen. Ihr Gesicht spiegelte sich in den Tropfen; als hätte das Blut winzige Augen, die zu ihr emporstarrten. »Verschwinden wir von hier.«

Junipa hielt sie zurück. »Willst du Arcimboldo erzählen, dass einer von denen in deinen Spiegel –«

»Nein«, fiel Merle ihr ins Wort. »Er würde ihn mir nur abnehmen.«

Junipa nickte betroffen, und Merle legte tröstend einen Arm um ihre Schulter. »Mach dir deshalb keine Gedanken.«

Sanft schob sie Junipa zurück zum Tor, einem glitzernden Rechteck, nicht weit von ihnen. Engumschlungen traten sie aus dem Spiegel zurück in den Lagerraum.

»Was ist geschehen?«, fragte Arcimboldo, als er den Wickel um Junipas Hand sah. Er machte sich gleich daran zu schaffen, entdeckte die Schnittwunden und lief zur Tür. »Unke!«, brüllte er hinaus in die Werkstatt. »Bring Verbandszeug! Schnell!«

Auch Merle begutachtete die Schnitte. Glücklicherweise schien keiner wirklich gefährlich zu sein. Die meisten waren nicht tief, nur rote Kratzer, auf denen sich bereits hauchdünne Krusten bildeten. Junipa deutete auf die Blutflecken in Merles zerknüllter Jacke. »Ich werde das gleich saubermachen.«

»Das kann Unke erledigen«, schaltete Arcimboldo sich ein. »Sagt mir lieber, wie das passiert ist!«

Merle erzählte mit wenigen Worten, was vorgefallen

war. Nur die Flucht des letzten Schemens in ihren Handspiegel verschwieg sie. »Ich habe alle Schemen gefangen«, sagte sie und zog die Kugel aus ihrer Tasche. Die hellen Schlieren im Inneren rotierten hektischer.

Arcimboldo ergriff die Kugel und hielt sie ins Gegenlicht. Was er sah, schien ihm zu gefallen. »Das habt ihr gut gemacht.« Kein Wort über die zerbrochene Kugel.

»Ruht euch jetzt aus«, riet er ihnen, nachdem Unke die Schnitte verarztet hatte. Dann winkte er Dario, Boro und Tiziano herbei, die durch die Lagertür lugten. »Den Rest erledigt ihr drei.«

Bevor Merle mit Junipa die Werkstatt verließ, drehte sie sich noch einmal zu Arcimboldo um. »Was geschieht jetzt mit ihnen?« Sie deutete auf die Kugel in der Hand des Meisters.

»Wir werfen sie in den Kanal«, erklärte er mit einem Schulterzucken. »Sollen sie sich im Spiegelbild auf dem Wasser einnisten.«

Merle nickte, als hätte sie mit nichts anderem gerechnet, dann führte sie Junipa hinauf in ihr Zimmer.

Die Nachricht sprach sich wie ein Lauffeuer in der Werkstatt herum. Es würde ein Fest geben! Morgen waren es auf den Tag genau sechsunddreißig Jahre, seit die Heerscharen des Ägyptischen Imperiums an den Rändern der Lagune gestanden hatten. Dampfboote und Galeeren waren auf dem Wasser gekreuzt, und

Sonnenbarken hatten am Himmel bereitgestanden für den Angriff auf die hilflose Stadt. Doch die Fließende Königin hatte Venedig beschützt, und seither feierte man an diesem Tag in der ganzen Stadt Freudenfeste.

Eines davon fand in der Nähe statt. Tiziano hatte es heute Morgen erfahren, als er Unke zum Fischmarkt begleitet hatte, und er erzählte sogleich Dario davon, der es wiederum an Boro und, ein wenig widerwillig, an Merle und Junipa weitergab.

»Eine Feier zu Ehren der Fließenden Königin! Gleich hier um die Ecke! Es werden schon überall Lampions aufgehängt und Bierfässer angeschlagen und Weinflaschen entkorkt!«

»Etwa auch für euch Kinder?«, warf Arcimboldo schmunzelnd ein, der alles mitangehört hatte.

»Wir sind keine Kinder mehr!«, empörte sich Dario. Mit einem spöttischen Seitenblick auf Junipa fügte er hinzu: »Zumindest die meisten von uns.«

Merle wollte Junipa in Schutz nehmen, doch das war nicht nötig. »Wenn es Ausdruck von Erwachsensein ist«, sagte Junipa ungewohnt schnippisch, »im Dunkeln in der Nase zu bohren, sich am Hintern zu kratzen und noch ganz andere Dinge zu tun, dann bist du natürlich sehr erwachsen. Nicht wahr, Dario?«

Der Junge wurde bei ihren Worten puterrot. Auch Merle schaute ihre Freundin verwundert an. Hatte Junipa sich nachts in die Zimmer der Jungen geschlichen und sie beobachtet? Oder konnte sie dank ihrer Spiegelaugen neuerdings sogar durch Wände blicken? Ihr wurde unwohl bei diesem Gedanken.

Dario plusterte sich entrüstet auf, doch Arcimboldo schlichtete den Streit mit einem Wink. »Ruhe jetzt, sonst geht keiner von euch zum Fest! Andererseits, wenn ihr morgen eure Aufgaben pünktlich zum Sonnenuntergang erledigt habt, sehe ich keinen Grund ...«

Der Rest seiner Worte ging im Jubel der Lehrlinge unter. Sogar Junipa strahlte übers ganze Gesicht. Es sah aus, als hätte sich ein Schatten von ihren Zügen gehoben.

»Eines allerdings sollt ihr wissen«, sagte der Meister. »Die Schüler aus der Weberwerkstatt werden mit Sicherheit auch dort sein. Ich will keinen Ärger. Schlimm genug, dass unser Kanal zum Schlachtfeld geworden ist. Ich werde nicht zulassen, dass dieser Streit andernorts ausgetragen wird. Wir haben auch so schon genug Aufmerksamkeit auf uns gezogen. Also – keine Beleidigungen, keine Kämpfe, nicht einmal ein schiefer Blick.« Er musterte Dario etwas länger. »Verstanden?«

Dario atmete tief durch und nickte hastig. Auch die anderen beeilten sich, ihre Zustimmung zu murmeln. Im Grunde genommen war Merle dankbar für Arcimboldos Worte, denn das Letzte, worauf sie Lust hatte, war eine neuerliche Keilerei mit den Weberjungen. Junipas Wunden hatten sich in den vergangenen drei Tagen geschlossen; sie brauchten jetzt Ruhe, um endgültig zu verheilen.

»Na, dann alle zurück an die Arbeit«, sagte der Meister zufrieden.

Merle erschien die Zeit bis zum Fest endlos. Sie war aufgeregt und konnte es kaum erwarten, wieder unter Menschen zu kommen, nicht etwa, weil sie die Werkstatt und ihre Bewohner satthatte – Dario einmal ausgenommen –, sondern weil sie das wilde Leben in den Gassen vermisste, die schnatternden Stimmen der Frauen und das durchschaubare Prahlen der Männer.

Endlich war der Abend da, und sie verließen gemeinsam das Haus. Die Jungen liefen voraus, während Merle und Junipa langsam folgten. Arcimboldo hatte für Junipa eine Brille aus dunklem Glas angefertigt, die verhindern sollte, dass jedermann auf ihre Spiegelaugen aufmerksam wurde.

Die kleine Truppe bog um die Ecke, dort, wo der Kanal der Ausgestoßenen in eine breitere Wasserstraße mündete. Schon von weitem sahen sie Hunderte Lichter an den Fassaden der Häuser, Lichter in den Fenstern und Türen. Eine schmale Brücke, kaum mehr als ein Überweg, verband an dieser Stelle die Ufer. Ihr Geländer war mit Lampions und Kerzen geschmückt. Die Menschen saßen auf den Gehwegen, manche auf Stühlen und Sesseln, die sie aus ihren Häusern herangeschafft hatten, andere auf Kissen oder dem blanken Stein. An mehreren Stellen wurden Getränke ausgeschenkt, wobei, wie Merle in einem Anflug von Schadenfreude feststellte, Dario sicher enttäuscht war: Wein und Bier gab es kaum, denn dies war ein Fest der armen Leute. Niemand hier konnte es sich leisten, Unsummen für Trauben oder Gerste auszugeben, die auf gefahrvollen Wegen in die Stadt geschmuggelt werden mussten. Der Belagerungsring des Pharaos war auch nach all den Jahren so dicht wie zu Beginn des Krieges. Mochte man ihn im Alltag nicht wahrnehmen, so bezweifelte doch niemand, dass kaum eine Maus, geschweige denn ein Schmugglerboot, an den ägyptischen Heerlagern vorüberschlüpfte. Gewiss, man konnte an Wein herankommen – so wie Arcimboldo es tat –, aber meist war es schwierig, sogar gefährlich. Die arme Bevölkerung trank für gewöhnlich Wasser, während man sich bei Festen mit Säften und allerlei selbstgebrannten Schnäpsen aus Obst und Gemüse zufriedengab.

Oben auf der Brücke entdeckte Merle den Weberlehrling, der während des Überfalls als Erster seine Maske verloren hatte. Bei ihm waren zwei weitere Jungen. Der eine hatte ein rotes Gesicht, wie von einem Sonnenbrand; offenbar war es ihm nicht leichtgefallen, den Leim abzuwaschen, den Merle ihm unter die Maske gespritzt hatte.

Ihr Anführer Serafin war nirgends zu sehen. Verblüfft stellte Merle fest, dass sie unwillkürlich nach ihm Ausschau gehalten hatte und fast enttäuscht war, ihn nicht zu entdecken.

Junipa dagegen war wie ausgewechselt. Sie kam aus dem Staunen nicht heraus. »Siehst du den dort?« und »Schau dir die an!«, flüsterte sie Merle immer wieder kichernd zu und lachte gelegentlich so laut, dass sich manch einer verwundert zu ihnen umdrehte, zumal ihre dunklen Augengläser Aufsehen erregten. Dergleichen trugen für gewöhnlich nur reiche Gecken, die sich selten unter das gemeine Volk mischten. Jedoch ließ Junipas zerschlissenes Kleid wenig Zweifel daran, dass sie nie einen Palazzo von innen gesehen hatte.

Die beiden Mädchen standen am linken Fuß der Brücke und nippten an ihrem Saft, der mit viel zu viel Wasser gestreckt war. Am anderen Ufer spielte ein Geiger zum Tanz auf, bald gesellte sich ein Flötenspieler dazu. Die Röcke junger Frauen wirbelten wie bunte Kreisel.

»Du bist so ruhig«, stellte Junipa fest und wusste offenbar nicht so recht, wohin sie zuerst schauen sollte. Merle hatte sie noch nie so aufgekratzt gesehen. Sie war froh, hatte sie doch befürchtet, dass der Trubel Junipa Angst machen könnte.

»Du suchst nach diesem Jungen.« Junipa blickte silbrig über den Rand der Brille. »Serafin.«

»Wie kommst du denn darauf?«

»Ich war dreizehn Jahre lang blind. Ich kenne die Menschen. Wenn die Leute wissen, dass du nichts siehst, werden sie unvorsichtig. Sie verwechseln Blindheit mit Taubheit. Man muss nur genau zuhören, und sie verraten dir alles über sich.«

»Und was hab ich dir über mich verraten?«, fragte Merle stirnrunzelnd.

»Dich kann ich ja sehen, und das reicht völlig aus.

Du schaust dich schon die ganze Zeit nach allen Richtungen um. Und wen könntest du schon suchen außer Serafin?«

»Das bildest du dir nur ein.«

»Tu ich nicht.«

»Tust du doch.«

Junipas Lachen klang gläsern und hell. »Ich bin deine Freundin, Merle. Mädchen reden über so was.«

Merle tat, als würde sie nach ihr schlagen, und Junipa kicherte wie ein Kind. »Ach, lass mich in Ruhe«, rief Merle lachend.

Junipa blickte auf. »Da drüben ist er.«

»Wo?«

»Da, auf der anderen Seite.«

Junipa hatte recht. Serafin saß ein wenig abseits am Rande des Gehwegs und ließ die Beine über dem Kanal schaukeln. Seine Sohlen kamen dem Wasser gefährlich nahe.

»Nun geh schon zu ihm«, sagte Junipa.

»Nie im Leben.«

»Wieso denn nicht?«

»Er ist Weberlehrling. Einer unserer Gegner, schon vergessen? Ich kann doch nicht einfach … Es gehört sich nicht.«

»Es gehört sich noch viel weniger, so zu tun, als würde man seiner Freundin zuhören, wenn man in Wahrheit mit den Gedanken ganz woanders ist.«

»Kannst du mit deinen Augen auch Gedanken lesen?«, fragte Merle amüsiert.

Junipa schüttelte ernsthaft den Kopf, als hätte sie die Möglichkeit tatsächlich in Betracht gezogen. »Man muss dich doch nur anschauen.«

»Du meinst wirklich, ich soll mit ihm reden?«

»Sicher.« Junipa grinste. »Oder hast du etwa Angst?«

»Unsinn. Ich will ihn eigentlich nur fragen, wie lange er schon für Umberto arbeitet«, rechtfertigte sich Merle.

»Ganz schlechte Ausrede!«

»Blöde Ziege! Nein, bist du nicht. Du bist ein Schatz!« Damit fiel sie Junipa um den Hals, drückte sie kurz an sich und lief dann über die Brücke hinüber zum anderen Ufer. Unterwegs schaute sie über die Schulter zurück und sah, dass Junipa ihr mit sanftem Lächeln nachblickte.

»Hallo.«

Merle blieb erschrocken stehen. Serafin musste sie entdeckt haben, denn er stand plötzlich direkt vor ihr.

»Hallo«, gab sie zurück und klang dabei, als hätte sie sich gerade an einem Obstkern verschluckt. »Du bist auch hier?«

»Sieht ganz danach aus.«

»Ich dachte, du sitzt vielleicht lieber zu Hause und heckst Pläne aus, wie man anderen Leuten Farbe ins Gesicht klatscht.«

»Ach, das …« Er grinste. »Das machen wir nicht jeden Tag. Möchtest du was trinken?«

Sie hatte ihren Becher bei Junipa zurückgelassen, deshalb nickte sie. »Saft. Bitte.«

Serafin wandte sich um und trat an einen Ausschank. Merle beobachtete ihn von hinten. Er war eine Handbreit größer als sie, etwas dünn vielleicht, aber das waren sie schließlich alle. Wer in einen Belagerungszustand hineingeboren wird, kommt nicht in die Verlegenheit, sich Sorgen um zu viel Gewicht zu machen. Es sei denn, dachte sie zynisch, man heißt Ruggero und frisst heimlich die halbe Waisenhausküche leer.

Serafin kam zurück und reichte ihr einen Holzbecher. »Apfelsaft«, sagte er. »Ich hoffe, den magst du.«

Aus Höflichkeit trank sie sofort einen Schluck. »Ja, gern sogar.«

»Du bist neu bei Arcimboldo, oder?«

»Das weißt du doch ganz genau.« Sofort bereute sie ihre Worte. Warum war sie so schnippisch? Konnte sie ihm nicht normal antworten? »Seit ein paar Wochen«, setzte sie hinzu.

»Waren du und deine Freundin im selben Waisenhaus?«

Sie schüttelte den Kopf. »Mm-mm.«

»Arcimboldo hat irgendwas mit ihren Augen gemacht.«

»Sie war blind. Jetzt kann Junipa wieder sehen.«

»Dann stimmt es, was Meister Umberto behauptet.«

»Und das wäre?«

»Er sagt, Arcimboldo verstehe sich auf Zauberei.«

»Das sagen andere über Umberto.«

Serafin grinste. »Ich bin jetzt seit über zwei Jahren

in seinem Haus, und mir hat er noch keinen einzigen Zaubertrick gezeigt.«

»Ich glaube, Arcimboldo hebt sich das auch bis zum Schluss auf.«

Sie lachten ein wenig nervös, nicht weil sie ihre erste Gemeinsamkeit entdeckt hatten, sondern weil sie beide nicht so recht wussten, wie sie das Gespräch fortsetzen sollten.

»Gehen wir ein Stück?« Serafin deutete den Kanal hinunter, dorthin, wo sich der Menschenpulk auflöste und die Lampions leeres Wasser beschienen.

Merle grinste spitzbübisch. »Nur gut, dass wir nicht zur feinen Gesellschaft gehören. Sonst wäre das wohl unschicklich, oder?«

»Ich pfeif auf die feine Gesellschaft.«

»Gemeinsamkeit Nummer zwei.«

Eng beieinander, aber ohne sich zu berühren, wanderten sie am Kanal entlang. Die Musik wurde leiser und blieb bald hinter ihnen zurück. Das Wasser schwappte rhythmisch gegen die dunklen Mauern. Irgendwo über ihnen gurrten Tauben in den Nischen und Stuckverzierungen der Häuser. Sie bogen um eine Ecke und verließen den Schein der Lampionschwärme.

»Musstest du schon Spiegelgeister jagen?«, fragte Serafin nach einer Weile.

»Geister? Meinst du, dass es Geister sind, die in den Spiegeln hausen?«

»Meister Umberto sagt, es sind die Geister all jener Leute, die Arcimboldo übers Ohr gehauen hat.«

Merle lachte. »Und das glaubst du?«

»Nein«, gab Serafin ernst zurück. »Weil ich es besser weiß.«

»Aber du bist Weber, kein Spiegelmacher.«

»Weber bin ich erst seit zwei Jahren. Vorher war ich mal hier, mal dort, überall in Venedig.«

»Hast du noch Eltern?«

»Nicht dass ich wüsste. Zumindest haben sie sich mir nicht vorgestellt.«

»Aber du warst nicht im Waisenhaus.«

»Nein. Ich hab auf der Straße gelebt. Wie gesagt, mal hier, mal dort. Und während dieser Zeit habe ich viele Dinge aufgeschnappt. Dinge, die nicht jeder weiß.«

»Wohl wie man eine Ratte ausnimmt, bevor man sie isst?«, fragte sie spöttisch.

Er schnitt ihr eine Grimasse. »Auch das, ja. Aber das meine ich nicht.«

Eine schwarze Katze huschte an ihnen vorüber, schlug dann einen Haken und kehrte zu ihnen zurück. Ohne Warnung sprang sie Serafin an. Doch es war kein Angriff. Stattdessen landete sie zielsicher auf seiner Schulter und schnurrte. Serafin zuckte nicht einmal, hob nur eine Hand und begann das Tier zu streicheln.

»Du bist ein Dieb!«, entfuhr es Merle. »Nur Diebe sind so vertraut mit Katzen.«

»Streuner unter sich«, sagte er mit einem Lächeln. »Diebe und Katzen haben vieles gemeinsam. Und teilen so manches miteinander.« Er seufzte. »Aber du hast recht. Ich bin unter Dieben aufgewachsen. Mit fünf bin ich Mitglied der Gilde geworden, später dann einer ihrer Meister.«

»Ein Meisterdieb!« Merle war verblüfft. Die Meisterdiebe der Gilde waren die geschicktesten Langfinger Venedigs. »Aber du bist doch nicht älter als fünfzehn!«

»Mit dreizehn habe ich die Gilde verlassen und bin in die Dienste Umbertos getreten. Jemanden wie mich konnte er gut gebrauchen. Jemand, der heimlich bei Nacht durch die Fenster der Damen klettert und ihnen die bestellte Ware liefert. Du weißt wahrscheinlich, dass die meisten Ehemänner es nicht gerne sehen, wenn ihre Frauen Geschäfte mit Umberto machen. Sein Ruf ist –«

»Schlecht?«

»Na ja, so ungefähr. Aber seine Kleider machen schlank. Und die wenigsten Frauen wollen, dass ihre Männer erfahren, um wie viel fülliger sie in Wahrheit sind. Umbertos Ruf mag nicht der beste sein, aber seine Geschäfte laufen einträglicher denn je.«

»Die Männer erfahren die Wahrheit spätestens dann, wenn die Frauen sich …« Merles Wangen färbten sich rot. »Wenn sie sich ausziehen.«

»Oh, auch da gibt es Tricks und Kniffe. Sie löschen das Licht, oder sie machen ihre Männer betrunken. Frauen sind geschickter, als du denkst.«

»Ich bin eine Frau!«

»In ein paar Jahren vielleicht.«

Sie blieb entrüstet stehen. »Serafin Meisterdieb, ich

denke nicht, dass du genug über Frauen weißt – abgesehen davon, wo sie ihre Geldbörse verstecken –, um solche Dinge von dir zu geben.«

Die schwarze Katze auf Serafins Schulter fauchte Merle an, doch Serafin flüsterte der Katze etwas ins Ohr, und sogleich wurde sie ruhiger.

»Ich wollte dich nicht beleidigen.« Er wirkte aufrichtig betroffen über Merles Wutausbruch. »Wirklich nicht.«

Sie sah ihn durchdringend an. »Na, dann werde ich dir dieses eine Mal verzeihen.«

Er verbeugte sich, so dass die Katze sich fest in sein Hemd krallen musste. »Meinen untertänigsten Dank, gnädige Frau.«

Merle schaute schnell weg, damit er ihr Lachen nicht bemerkte. Als sie ihn wieder ansah, war die Katze verschwunden. Wo ihre Krallen sich in Serafins Schulter gehakt hatten, leuchteten rote Blutpunkte im Stoff seines Hemdes.

»Das muss doch weh tun«, sagte sie besorgt.

»Was ist wohl schmerzhafter? Die tierische oder die menschliche Kratzbürste?«

Sie zog es vor, darauf keine Antwort zu geben. Stattdessen ging sie weiter, und Serafin war sofort wieder neben ihr.

»Du wolltest mir noch etwas über die Spiegelschemen erzählen«, sagte sie.

»Wollte ich das?«

»Du hättest sonst nicht davon anfangen dürfen.«

Serafin nickte. »Stimmt. Es ist nur –« Er verstummte plötzlich, blieb stehen und horchte in die Nacht.

»Was ist?«

»Psst«, machte er und legte sanft einen Finger an ihre Lippen.

Sie lauschte angestrengt ins Dunkel. In den engen Gassen und Wasserstraßen Venedigs hörte man oft die seltsamsten Laute. Die engen Schächte zwischen den Häusern verzerrten Geräusche bis zur Unkenntlichkeit. Das verwinkelte Labyrinth der Gassen wirkte bei Dunkelheit wie ausgestorben, weil die meisten Menschen um diese Uhrzeit lieber die belebteren Hauptwege benutzten. Räuber und Meuchelmörder machten viele Viertel unsicher, und so hallten gelegentlich Schreie, Wimmern oder hektische Fußtritte zwischen den alten Mauern wider und wurden als Echo an Orte transportiert, die weit entfernt vom Ursprung der Laute lagen. Falls Serafin tatsächlich etwas Besorgniserregendes gehört hatte, mochte das alles und nichts bedeuten: Die Gefahr konnte hinter der nächsten Biegung lauern oder aber viele Hundert Meter entfernt sein.

»Soldaten!«, zischte er, packte die überraschte Merle am Arm und zerrte sie in einen der schmalen Tunnel, die unter vielen Häusern der Stadt verliefen, überbaute Gassen, in denen bei Nacht völlige Finsternis herrschte.

»Bist du sicher?«, flüsterte sie ganz nah an seiner Wange und spürte, dass er nickte.

»Zwei Männer auf Löwen. Hinter der Ecke.«

Dann sah sie die beiden, Uniformierte mit Schwert und Gewehr, die auf grauen Basaltlöwen ritten. Die Raubkatzen trugen ihre Reiter mit majestätischen Schritten an der Mündung des Durchgangs vorüber. Es war erstaunlich, mit welcher Grazie sich die Löwen bewegten. Ihre Körper waren aus massivem Stein, und trotzdem glitten sie dahin wie flinke Hauskater. Ihre Krallen, spitz wie Dolchklingen, scharrten über das Pflaster und hinterließen tiefe Furchen.

Als die Patrouille weit genug entfernt war, flüsterte Serafin: »Manche von denen kennen mein Gesicht. Ich bin nicht scharf darauf, ihnen zu begegnen.«

»Wer es mit dreizehn schon zum Meisterdieb gebracht hat, hat sicher allen Grund dazu.«

Er lächelte geschmeichelt. »Mag schon sein.«

»Warum hast du die Gilde verlassen?«

»Die älteren Meister konnten es nicht ertragen, dass ich mehr Beute machte als sie. Sie verbreiteten Lügen über mich und versuchten mich aus der Gilde zu werfen. Da hab ich es vorgezogen, freiwillig zu gehen.« Er trat aus dem Durchgang in den weichen Schein einer Gaslaterne. »Aber komm – ich hab versprochen, dir mehr über die Spiegelgeister zu erzählen. Dazu muss ich dir erst was zeigen.«

Der Verrat

Sie wanderten weiter durch den Irrgarten enger Gassen und Durchgänge, bogen hier nach rechts, dort nach links, überquerten Brücken über stillen Kanälen und gingen durch Torbögen und unter Wäsche entlang, die sich auf Leinen zwischen den Häusern spannte wie ein Aufmarsch bleicher Gespensterlaken. Unterwegs begegnete ihnen nicht ein einziger Mensch, ein weiteres Merkmal dieser seltsamsten aller Städte: Man lief oft kilometerweit und sah niemanden, nur Katzen und Ratten auf ihrer Beutejagd im Abfall.

Vor ihnen endete die Gasse an der Wasserkante eines Kanals. Es führten keine Gehwege an seinem Ufer entlang, die Mauern der Häuser reichten geradewegs ins Wasser. Nirgends war eine Brücke zu sehen.

»Eine Sackgasse«, brummte Merle. »Wir müssen wieder zurück.«

Serafin schüttelte den Kopf. »Wir sind genau da, wo ich hinwollte.« Er beugte sich ein Stück weit über die Kante und sah zum Himmel empor, eine schwarze Schneise zwischen den Häusern. Dann schaute er über das Wasser. »Siehst du das da?«

Merle trat neben ihn. Ihr Blick folgte seinem Fingerzeig auf die sanft gewellte Oberfläche. Der brackige Geruch des Kanals stieg ihr in die Nase, Algenschlingen trieben umher, mehr als gewöhnlich.

Im Wasser spiegelte sich ein erleuchtetes Fenster, das einzige weit und breit. Es befand sich im zweiten Stock eines Hauses auf der anderen Kanalseite. Das gegenüberliegende Ufer war etwa fünf Meter entfernt.

»Ich weiß nicht, was du meinst«, sagte sie.

»Siehst du das Licht in dem Fenster?«

»Sicher.«

Serafin zog eine silberne Taschenuhr hervor, ein teures Stück, das vermutlich noch aus der Zeit seiner Diebeslaufbahn stammte. Er ließ den Deckel aufschnappen. »Zehn nach zwölf. Wir sind pünktlich.«

»So?«

Er grinste. »Ich erklär's dir. Die Spiegelung auf dem Wasser siehst du also, ja?«

Sie nickte.

»Gut. Dann schau jetzt mal an dem Haus hinauf und zeig mir das Fenster, das sich dort spiegelt. Das mit dem Licht dahinter.«

Merle blickte an der düsteren Fassade empor. Alle Fenster waren dunkel, kein einziges erleuchtet. Wieder schaute sie hinab aufs Wasser. Die Spiegelung blieb unverändert: In einem der reflektierten Fenster brannte Licht. Als sie aber wieder zum Haus sah, war das Rechteck in der Mauer dunkel.

»Wie kann das sein?«, fragte sie verwirrt. »In der Spiegelung ist das Fenster hell, in Wirklichkeit aber rabenschwarz.«

Serafins Grinsen wurde noch breiter. »Soso.«

»Zauberei?«

»Nicht ganz. Oder vielleicht doch. Je nachdem, wie man es betrachtet.«

Ihr Blick verdüsterte sich. »Könntest du dich ein wenig klarer ausdrücken?«

»Es passiert immer in der Stunde nach Mitternacht. Zwischen zwölf und ein Uhr nachts tritt an mehreren Stellen der Stadt das gleiche Phänomen auf. Die wenigsten wissen davon, und auch ich kenne nicht viele dieser Orte, aber es ist wahr: In dieser Stunde werfen ein paar Häuser ein Spiegelbild auf das Wasser, das nicht mit der Wirklichkeit übereinstimmt. Es sind nur winzige Unterschiede. Erleuchtete Fenster, manchmal eine andere Tür oder Menschen, die an den Häusern entlanggehen, in Wahrheit aber gar nicht da sind.«

»Und was bedeutet das?«

»Niemand weiß es so ganz genau. Aber es gibt Gerüchte.« Er senkte die Stimme und gab sich sehr mysteriös. »Geschichten über ein zweites Venedig.«

»Ein zweites Venedig?«

»Eines, das nur im Spiegelbild auf dem Wasser existiert. Oder zumindest so weit von unserem entfernt liegt, dass man es selbst mit dem schnellsten Schiff nicht erreichen könnte. Nicht einmal mit den Sonnenbarken des Imperiums. Man sagt, dass es in einer anderen Welt liegt, die so ähnlich ist wie unsere und doch ganz anders. Und immer um Mitternacht wird die Grenze zwischen den beiden Städten durchlässig, vielleicht einfach nur, weil sie so alt ist und sich in all den Jahrhunderten abgenutzt hat wie ein zerschlissener Teppich.«

Merle sah ihn mit großen Augen an. »Du meinst, dieses Fenster mit dem Licht … du meinst, es existiert tatsächlich – nur eben nicht hier?«

»Es kommt noch besser. Ein alter Bettler, der seit Jahren an einer dieser Stellen sitzt und sie Tag und Nacht beobachtet, behauptet, dass es manchmal Männern und Frauen aus diesem anderen Venedig gelingt, den Wall zwischen den Welten zu überschreiten. Was sie allerdings nicht wissen, ist, dass sie, wenn sie bei uns ankommen, keine Menschen mehr sind. Sie sind dann nur noch Schemen, die für immer in den Spiegelbildern der Stadt gefangen sind. Einigen von ihnen gelingt es, von Spiegel zu Spiegel zu springen, und so verirren sie sich hin und wieder auch in die Werkstatt deines Meisters und in seine Zauberspiegel.«

Merle überlegte, ob Serafin sich wohl einen Scherz mit ihr erlaubte. »Du versuchst doch nicht, mich reinzulegen, oder?«

Serafin zeigte grinsend die Zähne. »Sehe ich vielleicht aus, als könnte ich irgendwen beschwindeln?«

»Natürlich nicht, edler Meisterdieb.«

»Glaub mir, so habe ich es tatsächlich gehört. Wie viel davon stimmt, kann ich dir auch nicht sagen.« Er zeigte auf das erleuchtete Fenster im Wasser. »Immerhin spricht einiges dafür.«

»Aber das würde ja bedeuten, dass ich heute Menschen in dieser Glaskugel eingesperrt habe!«

»Mach dir keine Sorgen. Ich hab gesehen, wie Arcimboldo sie in den Kanal wirft. Sie werden da schon irgendwie wieder rauskommen.«

»Jetzt verstehe ich auch, was er gemeint hat, als er sagte, die Schemen könnten sich in den Spiegelbildern auf dem Wasser einnisten.« Sie atmete tief durch. »Arcimboldo weiß es! Er kennt die Wahrheit!«

»Was willst du jetzt tun? Ihn danach fragen?«

Sie zuckte die Achseln. »Warum nicht?« Sie kam nicht dazu, den Gedanken weiterzuspinnen, denn mit einem Mal war da eine Bewegung auf dem Wasser. Als sie genauer hinschaute, glitt ein Umriss über die Oberfläche des Kanals auf sie zu.

»Ist das –« Sie brach ab, als ihr klar wurde, dass diese Spiegelung keine Täuschung war.

»Zurück!« Serafin hatte es ebenfalls gesehen.

Sie huschten in die Gasse und pressten sich eng gegen die Wand.

Von links glitt etwas Großes über das Wasser, ohne es zu berühren. Es war ein Löwe mit mächtigen Schwingen aus Federn; wie der ganze Körper waren auch sie aus Stein. Ihre Spitzen berührten zu beiden Seiten des Kanals fast die Hauswände. Der Löwe flog nahezu lautlos, nur seine gemächlichen Flügelschläge erzeugten ein feines Säuseln wie Atemzüge. Eisig blies ihr Luftzug Merle und Serafin ins Gesicht. Die enorme Masse und Schwere dieses Körpers täuschte, er hielt sich so federleicht in der Luft wie ein Vogel. Seine Vorder- und Hinterläufe waren angewinkelt, das

Maul geschlossen. Hinter seinen Augen funkelte eine verwirrende Schläue, weit schärfer als der Verstand gewöhnlicher Tiere.

Ein grimmiger Soldat saß auf dem Rücken des Löwen. Seine Uniform war aus schwarzem Leder und mit Nieten aus Stahl besetzt. Ein Leibgardist der Ratsherren, abgestellt, einen der Hohen Herren persönlich zu beschützen. Man begegnete ihnen nur selten, und falls doch, verhieß es nichts Gutes.

Der Löwe schwebte mit seinem Meister an der Gassenmündung vorüber, ohne die beiden zu bemerken. Merle und Serafin wagten nicht zu atmen, bis die fliegende Raubkatze sie weit hinter sich gelassen hatte. Vorsichtig beugten sie sich vor und sahen, wie der Löwe an Höhe gewann, den engen Kanalschacht verließ und über den Dächern des Viertels zu einer weiten Schleife ansetzte. Dann verloren sie ihn aus den Augen.

»Er kreist«, stellte Serafin fest. »Derjenige, den er bewacht, kann nicht weit sein.«

»Ein Stadtrat?«, flüsterte Merle. »Um diese Uhrzeit? In diesem Viertel? Nie im Leben. Die verlassen ihre Paläste nur, wenn es unbedingt sein muss.«

»Es gibt nicht viele Löwen, die fliegen können. Die wenigen, die übriggeblieben sind, entfernen sich niemals weiter als nötig von ihren Herren.« Serafin holte tief Luft. »Einer der Räte muss ganz in der Nähe sein.«

Als wollte der Zufall seine Worte unterstreichen, ertönte aus der Schwärze des Nachthimmels das Grollen eines Fluglöwen. Ein zweiter beantwortete den Ruf. Dann ein dritter.

»Es sind mehrere.« Merle schüttelte verständnislos den Kopf. »Was tun die hier?«

Serafins Augen leuchteten. »Wir könnten's herausfinden.«

»Und die Löwen?«

»Ich bin schon öfter vor welchen davongelaufen.«

Merle war nicht sicher, ob er prahlte oder die Wahrheit sagte. Vielleicht beides. Sie kannte ihn einfach nicht gut genug. Ihr Instinkt sagte ihr, dass sie ihm trauen konnte. Trauen musste, wie es im Augenblick aussah – denn Serafin hatte sich schon auf den Weg zum anderen Ende der Gasse gemacht.

Sie eilte hinter ihm her, bis sie wieder auf einer Höhe waren. »Ich hasse es, anderen Leuten nachlaufen zu müssen.«

»Manchmal hilft es, Entscheidungen zu treffen.«

Sie schnaubte. »Noch viel mehr hasse ich es, wenn andere mir meine Entscheidungen abnehmen wollen.«

Er blieb stehen und hielt sie am Arm zurück. »Verzeih. Das hier müssen wir beide wollen. Es könnte ziemlich gefährlich werden.«

Merle seufzte. »Ich bin keines von diesen Mädchen, die leicht aufgeben – also behandle mich nicht wie eines. Und ich hab auch keine Angst vor fliegenden Löwen.« Natürlich nicht, setzte sie in Gedanken hinzu, ich bin ja auch noch von keinem gejagt worden.

»Kein Grund, gleich eingeschnappt zu sein.«

»Bin ich gar nicht.«

»Bist du doch.«

»Und du suchst ständig Streit.«

Er grinste. »Berufskrankheit.«

»Aufschneider! Du bist ja gar kein Dieb mehr.« Sie ließ ihn stehen und lief weiter. »Komm schon. Sonst gibt's heute Nacht weder Löwen noch Räte oder Abenteuer.«

Diesmal war er es, der ihr folgte. Sie hatte das Gefühl, dass er sie auf die Probe stellte. Würde sie dieselbe Richtung einschlagen, die auch er gewählt hätte? Deutete sie das ferne Flügelschlagen am Himmel richtig und ließ sich davon ans Ziel führen?

Sie würde ihm schon zeigen, wo es langging – und zwar im wahrsten Sinne des Wortes.

Sie eilte um weitere Ecken und schaute immer wieder zum Nachthimmel zwischen den Dachkanten empor, ehe sie schließlich langsamer wurde und sich Mühe gab, keinen Laut mehr zu verursachen. Von hier an liefen sie Gefahr, entdeckt zu werden. Sie wusste nur nicht, ob die Gefahr vom Himmel herab oder aus einem der Hauseingänge drohte.

»Es ist das Haus da drüben«, flüsterte Serafin.

Ihr Blick folgte seinem Zeigefinger zum Eingang eines schmalen Gebäudes, gerade breit genug für eine Tür und zwei verbarrikadierte Fenster. Es schien einst der Gesindebau eines benachbarten Herrschaftshauses gewesen zu sein, zu Zeiten, als die Fassaden Venedigs noch von Reichtum und Prunk kündeten. Heute aber standen die Palazzi ebenso leer wie die Häuser am Kanal der Ausgestoßenen und anderswo. Nicht einmal Herumtreiber und Bettler quartierten sich dort ein, denn im Winter war es unmöglich, die riesigen Säle zu heizen. Brennholz war seit Beginn der Belagerung Mangelware und längst war damit begonnen worden, die verlassenen Bauten der Stadt auszuschlachten, ihre Holzdecken und Balken herauszubrechen, um damit in den kalten Monaten die Öfen zu heizen.

»Warum soll es gerade dieses Haus sein?«, fragte Merle leise.

Serafin deutete hinauf zum Dach. Merle musste ihm zugestehen, dass er erstaunlich gute Augen hatte: Über der Kante des Daches schaute etwas hervor, eine steinerne Pranke, die sich um den Ziegelrand krallte. Von der Straße aus war es unmöglich, den Löwen zu sehen, der dort oben in der Finsternis Wache hielt. Trotzdem zweifelte Merle nicht, dass aus dem Dunkeln wachsame Augen in die Tiefe starrten. Merle und Serafin standen im Schatten eines Hauseingangs, unsichtbar von oben, doch wenn sie zu dem schmalen Gebäude hinüberlaufen würden, musste der Wachtposten auf dem Dach sie unweigerlich bemerken.

»Wir versuchen's hintenrum«, schlug Serafin vor.

»Aber die Rückseite des Hauses grenzt an den Kanal!« Merles Orientierungssinn war in den engen Gassen unschlagbar. Sie wusste genau, wie es hinter dieser Häuserzeile aussah. Die Mauern waren dort glatt, und es gab keine Uferwege.

»Wir schaffen's trotzdem«, sagte Serafin. »Vertrau mir.«

»Als Freund oder Meisterdieb?«

Er verharrte kurz, legte den Kopf schräg und sah sie verwundert an. Dann streckte er ihr die Hand entgegen. »Freunde?«, fragte er vorsichtig.

Sie nahm seine Hand fest in die ihre. »Freunde.«

Serafin strahlte übers ganze Gesicht. »Dann sag ich dir als Meisterdieb, dass wir irgendwie in dieses Haus hineinkommen werden. Und als Freund ...« Er zögerte kurz, setzte dann neu an: »Als Freund verspreche ich dir, dass ich dich nie im Stich lassen werde, ganz gleich, was heute Nacht passiert.«

Er wartete nicht ab, bis sie etwas erwidern konnte, sondern zog sie mit sich, zurück in den Schatten der Gasse, aus der sie gekommen waren. Zielsicher suchten sie sich ihren Weg durch Tunnel, über einen Hinterhof und durch leerstehende Häuser.

Es schien kaum Zeit vergangen, da hangelten sie sich schon einen schmalen Sims entlang, der an der Rückseite einer Gebäudereihe verlief. Unter ihnen schaukelte nachtschwarzes Wasser. Zwanzig Meter entfernt war in der Dunkelheit vage der gewölbte Umriss einer Brücke zu erkennen. An ihrer höchsten Stelle stand ein Löwe mit bewaffnetem Reiter. Der Mann wandte ihnen den Rücken zu. Selbst wenn er sich umdrehte, würde er sie in der Finsternis schwerlich erkennen können.

»Hoffentlich wittert uns der Löwe nicht«, flüsterte

Merle. Wie Serafin drückte sie sich flach an der Mauer entlang. Der Sims war gerade breit genug für ihre Fersen. Sie hatte Mühe, auf ihr Gleichgewicht zu achten und zugleich den Wachtposten auf der Brücke im Auge zu behalten.

Serafin bereitete der Mauersims weniger Probleme. Er war es gewohnt, auf den ungewöhnlichsten Wegen in fremde Häuser einzudringen, erst als Dieb, dann als Umbertos geheimer Bote. Trotzdem gab er Merle nicht das Gefühl, dass sie ihn aufhielt.

»Warum dreht er sich nicht um?«, brachte er zwischen zusammengebissenen Zähnen hervor. »Mir gefällt das nicht.«

Da Merle ein wenig kleiner war als er, konnte sie ein Stück weit unter der Brücke hindurchschauen. Jetzt sah sie, dass sich aus der anderen Richtung ein Boot näherte. Sie berichtete Serafin im Flüsterton von ihrer Entdeckung. »Den Wächter scheint das gar nicht zu beunruhigen. Sieht aus, als hätte er auf das Boot gewartet.«

»Ein geheimes Treffen«, sagte Serafin. »Das habe ich schon einige Male beobachtet. Ein Rat trifft einen seiner Informanten. Es heißt, der Stadtrat hat seine Spione überall, in allen Schichten der Bevölkerung.«

Merle hatte im Augenblick ganz andere Sorgen. »Wie weit ist es noch?«

Serafin beugte sich ein paar Zentimeter vor. »Ungefähr drei Meter, dann sind wir am ersten Fenster. Falls es offen steht, können wir ins Haus klettern.« Er schaute sich zu Merle um. »Kannst du erkennen, wer in dem Boot ist?«

Sie blinzelte angestrengt in der Hoffnung, die aufrechte Gestalt im Bug deutlicher sehen zu können. Doch wie die beiden Ruderer, die weiter hinten saßen, war sie in einen schwarzen Kapuzenmantel gehüllt. In Anbetracht der Uhrzeit und der Kälte kein Wunder, und doch fröstelte Merle bei diesem Anblick. Täuschte sie sich, oder scharrte der Löwe oben auf der Brücke nervös mit einer Tatze?

Serafin erreichte das Fenster. Sie waren jetzt keine zehn Meter mehr von der Brücke entfernt. Er schaute vorsichtig durch das Glas und nickte Merle zu. »Das Zimmer ist leer. Sie müssen sich irgendwo anders im Haus aufhalten.«

»Bekommst du das Fenster auf?« Merle war einigermaßen schwindelfrei, aber ihr Rücken begann zu schmerzen, und ein Kribbeln kroch ihre angespannten Beine herauf.

Serafin drückte gegen das Glas, erst sanft, dann ein wenig kraftvoller. Ein leises Knacken ertönte. Der rechte Flügel schwang nach innen.

Merle atmete auf. Gott sei Dank! Sie versuchte das Boot im Auge zu behalten, während Serafin ins Haus kletterte. Das Gefährt hatte auf der anderen Seite der Brücke angelegt. Der Löwe trug seinen Reiter auf festen Boden, um die Kapuzengestalt in Empfang zu nehmen.

Merle fielen die fliegenden Löwen am Himmel ein.

Mindestens drei. Vielleicht mehr. Wenn einer von ihnen erneut herabstieße und den Kanal entlangflöge, würde er sie sofort entdecken.

Doch da reichte Serafin ihr durchs Fenster seine Hand und zog sie ins Innere des Hauses. Aufatmend spürte sie Holzbohlen unter ihren Füßen. Vor Erleichterung hätte sie den Boden küssen mögen. Oder Serafin. Besser nicht.

»Du bist ganz rot«, stellte er fest.

»Ich hab mich angestrengt«, gab sie zurück und wandte ihr Gesicht ab. »Wie geht's jetzt weiter?«

Er ließ sich Zeit mit einer Antwort. Sie glaubte erst, dass er sie immer noch anstarrte, vielleicht, um herauszufinden, ob wirklich die Anstrengung der Grund für ihre roten Wangen war; dann bemerkte sie, dass er lauschte, ganz ähnlich, wie es Junipa während ihrer Fahrt zum Kanal der Ausgestoßenen getan hatte. Hochkonzentriert, damit ihm nicht der geringste Laut entging.

»Sie sind weiter vorne im Haus«, sagte er schließlich. »Mindestens zwei Männer, vielleicht auch drei.«

»Mit den Soldaten zusammen macht das ungefähr ein halbes Dutzend.«

»Angst?«

»Keine Spur.«

Er lächelte. »Wer ist hier der Aufschneider?«

Sie konnte nicht anders und erwiderte sein Lächeln. Er durchschaute sie sogar im Dunkeln. Bei jedem anderen wäre ihr das unangenehm gewesen. Vertrau mir, hatte er gesagt, und tatsächlich, sie vertraute ihm. Alles ging viel zu schnell, aber ihr blieb keine Zeit, sich davon verwirren zu lassen.

Mucksmäuschenstill schlichen sie aus dem Zimmer und tasteten sich einen stockfinsteren Gang hinunter. An seinem Ende lag die Haustür. Durch den ersten Durchgang auf der rechten Seite fiel ein Schimmer Kerzenlicht. Zu ihrer Linken führten Treppenstufen hinauf in den ersten Stock.

Serafin brachte seine Lippen ganz nah an Merles Ohr. »Warte hier. Ich seh mich um.«

Sie wollte protestieren, doch er schüttelte rasch den Kopf. »Bitte«, fügte er hinzu.

Schweren Herzens blickte sie ihm nach, als er zu dem erleuchteten Durchgang pirschte. Jeden Moment konnte die Haustür aufgehen und der Mann mit der Kapuze hereinkommen, begleitet von dem Soldaten.

Serafin erreichte die Tür, schaute vorsichtig hindurch, verharrte einen Moment und kehrte dann zu Merle zurück. Stumm deutete er auf die Stufen nach oben.

Tonlos folgte sie seiner Anweisung. Er war der Meisterdieb, nicht sie. Vermutlich wusste er am besten, was zu tun war, auch wenn es ihr schwerfiel, sich das einzugestehen. Sie tat ungern, was andere von ihr verlangten. Sogar dann, wenn es zu ihrem Besten war.

Die Treppe war aus solidem Stein. Merle ging voran

und schlug im ersten Stock den Weg zu jenem Zimmer ein, das über dem Kerzenraum im Erdgeschoss lag. Dort angekommen, verstand sie, was Serafin nach oben getrieben hatte.

Ein Drittel des Fußbodens war vor langer Zeit eingestürzt. Holzbalken standen wirr und zersplittert von den Rändern ab und umrahmten eine weite Öffnung in der Mitte des Zimmers. Von unten drang Kerzenschein herauf. Leise Stimmen waren zu hören. Ihr Tonfall klang unsicher und eingeschüchtert, auch wenn Merle die genauen Worte nicht verstehen konnte.

»Drei Männer«, wisperte Serafin ihr ins Ohr. »Alle drei Stadträte. Hohe Herren.«

Merle spähte über den Rand. Die Wärme des Lichts kroch an ihren Zügen empor. Serafin hatte recht. Die drei Männer, die dort unten bei Kerzenschein beieinanderstanden, trugen die langen Roben der Ratsmitglieder, golden und purpur und scharlachrot.

In ganz Venedig gab es keine höhere Instanz als die Ratsherren. Seit der Invasion des Imperiums und dem Abbruch aller Kontakte zum Festland oblag ihnen die Entscheidungsbefugnis in sämtlichen Angelegenheiten der belagerten Stadt. Sie hielten alle Macht in Händen und unterhielten den Kontakt zur Fließenden Königin – zumindest behaupteten sie das. Nach außen hin gaben sie sich weltmännisch und unfehlbar. Doch hinter vorgehaltener Hand munkelte man über Machtmissbrauch, Vetternwirtschaft und die Dekadenz der alten Adelsgeschlechter, denen die meisten Ratsmitglieder angehörten. Wer Geld hatte, wurde bevorzugt, das war kein Geheimnis; wer einen alten Familiennamen vorweisen konnte, galt mehr als das gemeine Volk.

Einer der drei Männer im Erdgeschoss trug ein hölzernes Kästchen in Händen. Es sah aus wie eine Schmuckschatulle aus Ebenholz.

»Was tun die hier?«, formten Merles Lippen ohne einen Laut.

Serafin zuckte mit den Achseln.

Unten im Flur ertönte ein Knirschen. Die Haustür wurde geöffnet. Schritte erklangen, dann war die Stimme eines Soldaten zu hören.

»Meine Herren Räte«, verkündete er ergeben, »der ägyptische Gesandte ist eingetroffen.«

»Um Himmels willen, halt den Mund!«, zischte der Rat im Purpurgewand. »Oder willst du, dass gleich das ganze Viertel davon erfährt?«

Der Soldat trollte sich und verließ das Haus, während sein Begleiter den Raum betrat. Es war der Mann vom Boot, und er trug die Kapuze auch jetzt noch tief ins Gesicht gezogen. Das Kerzenlicht reichte nicht aus, um die Schatten darunter zu vertreiben.

Er verzichtete auf eine Begrüßung. »Ihr führt bei Euch, was Ihr versprochen habt?«

Merle hatte noch nie einen Ägypter sprechen hören. Sie war erstaunt, dass die Worte des Mannes keinen Akzent aufwiesen. Aber sie war zu angespannt, um auf

Anhieb die Tragweite der Situation einzuschätzen. Erst nach und nach sickerte die ungeheure Bedeutung zu ihr durch. Ein geheimes Treffen zwischen Ratsmitgliedern und einem Gesandten der Ägypter! Einem Spion, vermutlich, der getarnt in der Stadt lebte, sonst wäre sein venezianischer Dialekt nicht so makellos gewesen.

Serafin war kreidebleich. Schweiß perlte auf seiner Stirn. Erschüttert schaute er über den Rand in die Tiefe.

Der Rat in Gold deutete eine Verneigung an, und die beiden anderen taten es ihm gleich. »Wir freuen uns, dass Ihr unserer Bitte nach einer Begegnung nachgekommen seid. Und gewiss, wir führen bei uns, was Ihr begehrt.«

Der Rat in Scharlach verschränkte nervös die Finger. »Der Pharao wird sich doch dankbar zeigen, nicht wahr?«

Mit einem Ruck wandte sich ihm die schwarze Öffnung der Kapuze zu. »Gottkaiser Amenophis wird von Eurer Bitte, sich uns anzuschließen, erfahren. Was dann geschieht, liegt allein in seiner göttlichen Hand.«

»Gewiss, gewiss«, sagte der purpurne Rat beschwichtigend. Er warf dem Mann im Scharlachgewand einen zornigen Blick zu. »Wir wollen keine Entscheidung Seiner Göttlichkeit in Frage stellen.«

»Wo habt Ihr es?«

Der Rat in Gold streckte dem Gesandten die Schatulle entgegen. »Mit den ergebensten Grüßen an Pharao Amenophis. Von seinen getreuen Dienern.«

Verräter, durchfuhr es Merle voller Verachtung. Verräter, Verräter, Verräter! Ihr wurde ganz schlecht bei dem kriecherischen Ton, den die drei Stadträte anschlugen. Oder war es die Angst, die ihr den Magen umkrempelte?

Der Gesandte nahm die Schatulle entgegen und öffnete den Verschluss. Die Ratsherren wechselten unsichere Blicke.

Merle beugte sich weiter vor, um ins Innere des Kästchens sehen zu können. Auch Serafin bemühte sich, Genaueres zu erkennen.

Die Schatulle war mit Samt ausgelegt. Darauf lag eine kleine Karaffe aus Kristall, nicht länger als ein Finger. Der Gesandte nahm sie vorsichtig heraus und ließ das Kästchen achtlos fallen. Scheppernd krachte es auf den Boden. Die Räte zuckten bei dem Geräusch zusammen.

Mit Daumen und Zeigefinger hielt der Mann die Karaffe vor die Öffnung seiner Kapuze, geradewegs gegen das Licht der Kerzen.

»Nach all den Jahren, endlich!«, murmelte er gedankenverloren.

Merle sah Serafin verwundert an. Was war Wertvolles an einer so winzigen Karaffe?

Der Rat in Purpur hob die Hände zu einer feierlichen Geste. »Sie ist es, wahrhaftig. Die Essenz der Fließenden Königin. Der Zauber, den Ihr uns zur Verfügung gestellt habt, hat ein wahres Wunder bewirkt.«

Merle hielt die Luft an und tauschte einen alarmierten Blick mit Serafin.

»Die Alchimisten des Pharaos haben zweimal zehn Jahre daran gearbeitet«, sagte der Gesandte kühl. »Es gab nie einen Zweifel, dass der Zauber wirksam sein würde.«

»Natürlich nicht, natürlich nicht.«

Der Rat in Scharlach, der eben schon unangenehm aufgefallen war, trat aufgeregt von einem Fuß auf den anderen. »Aber all Eure Zauberei hätte Euch nicht weitergeholfen, wenn wir uns nicht bereit erklärt hätten, sie in Gegenwart der Fließenden Königin auszuführen. Ein Diener des Pharaos wäre niemals so nah an sie herangekommen.«

Der Ton des Gesandten wurde lauernd. »So seid Ihr also kein Diener des Pharaos, Rat de Angeliis?«

Der Angesprochene wurde kreidebleich. »Gewiss bin ich das, gewiss, gewiss.«

»Ihr seid nichts als ein jämmerlicher Feigling. Und davon noch die schlimmste Sorte: ein Verräter!«

Trotzig rümpfte der Ratsherr die Nase. Er schüttelte die Hand ab, die ihm der Rat in Purpur beschwichtigend auf den Arm legen wollte. »Ohne uns wärt Ihr nie –«

»Rat de Angeliis!«, keifte der Gesandte, und nun klang er wie eine zornige alte Frau. »Ihr werdet den Lohn für Euren Freundschaftsdienst erhalten, falls das Eure Sorge ist. Spätestens wenn der Pharao mit seinen Armeen Einzug in die Lagune hält und Euch als seine

Verwalter im Amt bestätigt. Doch jetzt, in Amenophis' Namen, schweigt endlich still!«

»Mit Verlaub«, sagte der Rat in Purpur und achtete nicht auf den kläglich dreinschauenden de Angeliis, »Ihr solltet wissen, dass die Zeit drängt. Erneut hat ein Höllenbote sein Kommen angekündigt, um uns einen Pakt gegen das Imperium anzubieten. Ich weiß nicht, wie lange wir dem noch entgegenwirken können. Andere im Stadtrat sind diesem Angebot gegenüber aufgeschlossener als wir. Sie in Schach zu halten wird nicht ewig gelingen. Zumal der Bote erklärt hat, beim nächsten Mal in aller Öffentlichkeit zu erscheinen, damit auch das Volk von seinem Ansinnen erfährt.«

Der Gesandte stieß rasselnd die Luft aus. »Das darf nicht geschehen. Der Angriff auf die Lagune steht kurz bevor. Ein Pakt mit der Hölle könnte alles zunichtemachen.« Er hielt kurz inne, um die Situation zu überdenken. »Falls dieser Bote tatsächlich erscheint, sorgt dafür, dass er sich nicht an das Volk wenden kann. Tötet ihn.«

»Und die Rache der Hölle –«, begann de Angeliis kleinlaut, doch der dritte Ratsherr brachte ihn mit einer Handbewegung zum Schweigen.

»Gewiss, Herr«, sagte der Rat in Gold mit einer Verbeugung in die Richtung des Gesandten. »Wie Ihr befehlt. Das Imperium wird uns vor allen Konsequenzen bewahren, wenn es die Stadt erst unter seine Kontrolle gebracht hat.«

Der Ägypter nickte huldvoll. »So sei es.«

Merles Lungen verlangten panisch nach Luft, keine Sekunde länger konnte sie ihren Atem anhalten. Das Geräusch war leise, kaum hörbar, und doch laut genug, um den Rat in Scharlach aufmerksam zu machen. Er blickte hinauf zum Loch in der Decke. Merle und Serafin gelang es gerade noch, die Köpfe einzuziehen. Deshalb hörten sie nur die weiteren Worte des Gesandten, konnten aber nicht sehen, was vor sich ging.

»Der Wüstenkristall der Karaffe ist stark genug, um die Fließende Königin zu binden. Ihre Regentschaft über die Lagune ist beendet. Ein Heer von vielen tausend Kriegern steht an Land und auf dem Wasser bereit. Sobald der Pharao diese Karaffe in Händen hält, werden die Galeeren und Sonnenbarken zuschlagen.«

Merle spürte eine Bewegung an ihrer rechten Seite. Sie schaute sich um, doch Serafin war zu weit entfernt. Dennoch – etwas bewegte sich an ihrer Hüfte! Eine Ratte? Die Wahrheit wurde ihr erst bewusst, als es bereits zu spät war.

Der Wasserspiegel war wie etwas Lebendiges aus der Tasche ihres Kleides geglitten, mit ruckartigen, unbeholfenen Bewegungen, wie ein erblindetes Tier. Dann ging alles rasend schnell. Merle wollte den Spiegel packen, doch er schoss unter ihrer Hand hindurch, rutschte auf die Kante im Boden zu, glitt darüber hinaus – und fiel.

In einem langen Augenblick, wie festgefroren in der Zeit, sah Merle, dass die Oberfläche des Spiegels milchig geworden war, vernebelt von der Präsenz des Schemens.

Der Spiegel stürzte in die Tiefe, unerreichbar für Merles ausgestreckte Hand, fiel genau auf den Gesandten zu, verfehlte seine Kapuze, schlug gegen seine Hand und prellte ihm die Kristallkaraffe aus den Fingern. Der Mann heulte auf, vor Schmerz, vor Wut, vor Überraschung, während Spiegel und Karaffe fast gleichzeitig am Boden aufkamen.

»Nein!« Serafins Schrei ließ die drei Ratsherren auseinanderspritzen wie Tropfen heißen Fetts. Mit einem wagemutigen Satz schwang er sich über den Rand und sprang mitten unter sie. Merle blieb keine Zeit, über diese plötzliche Verkettung von Katastrophen nachzudenken. Sie folgte Serafin in die Tiefe, mit flatterndem Kleid und einem Brüllen, das grimmig klingen sollte, vermutlich aber alles andere war als das.

Der Gesandte wich ihr aus. Ihre Füße hätten sonst seinen Kopf getroffen. Hastig bückte er sich, um die Karaffe aufzuheben. Seine Finger aber griffen an dem Kristallgefäß vorbei und streiften den Wasserspiegel. Für den Bruchteil eines Augenblicks zerfurchten seine Fingerspitzen die Oberfläche, verschwanden darunter – und waren fort, als der Gesandte seine Hand mit einem Schmerzensschrei zurückriss. Schwarze Knochensplitter ragten aus den Resten seiner Finger, rauchend und verbrannt, als hätte er seine Hand in ein Säurefass gesteckt.

Ein irrsinniges Kreischen drang unter der Kapuze

hervor, unmenschlich, weil es kein Gesicht zu geben schien, keinen Mund, aus dem die Schreie quollen.

Serafin schlug auf beiden Händen ein Rad, beinahe zu schnell für das Auge. Als er neben dem Fenster zum Stehen kam, hielt er in der Rechten die Karaffe und in der Linken Merles Spiegel.

Derweil packte der Rat in Purpur, der Wortführer der Verräter, Merle am Oberarm und riss sie herum. Mit geballter Faust holte er zum Schlag aus, während die beiden anderen Räte wie aufgescheuchte Hennen umherliefen und nach ihrer Leibgarde brüllten. Merle wich blitzschnell aus und konnte auch die Hand an ihrem Arm abschütteln, prallte dabei jedoch mit dem Rücken gegen schwarzen Stoff. Die Robe des Gesandten. Gestank von verbranntem Fleisch umgab ihn.

Ein Luftzug zischte durch die Zwischenräume des vernagelten Fensters: Draußen vor dem Haus landeten fliegende Löwen. Stahl schrammte über Stahl, als Säbel aus ihren Scheiden gerissen wurden.

Ein Arm legte sich von hinten um Merle, aber sie tauchte darunter hinweg wie schon in so vielen Keilereien im Waisenhaus. Sie hatte Erfahrung darin, wie man sich schlug, und sie wusste, was sie treffen musste, damit es weh tat. Als Rat de Angeliis sich ihr in den Weg stellte, platzierte sie einen gezielten Tritt. Der fette Mann in der Scharlachrobe brüllte wie am Spieß und hielt sich mit beiden Händen den Unterleib.

»Raus hier!«, rief Serafin und hielt die beiden übrigen Räte in Schach, indem er drohte, die Karaffe am Boden zu zerschmettern – was immer das bewirken mochte.

Merle stürmte an seiner Seite zum Ausgang. Sie bogen in den Flur, gerade in dem Moment, als die Haustür aufgestoßen wurde und zwei Leibgardisten in schwarzem Leder hereinpolterten.

»Beim Uralten Verräter!«, fluchte Serafin.

Verdutzt blieben die Soldaten stehen. Sie hatten mit einer List der Ägypter gerechnet, mit Männern, bis an die Zähne bewaffnet, würdigen Gegnern für zwei kampfgeschulte Recken der Garde. Stattdessen sahen sie ein Mädchen in ärmlichem Kleid und einen Jungen, der zwei glänzende Gegenstände in den Händen hielt, die keineswegs wie Klingen aussahen. Merle und Serafin nutzten das Überraschungsmoment. Ehe die Gardisten reagieren konnten, waren die beiden unterwegs zum Hinterzimmer.

Dort, vor dem offenen Fenster, erwartete sie der Gesandte. Er hatte gewusst, dass es nur einen Fluchtweg für sie gab. Nach hinten hinaus, zum Wasser.

»Den Spiegel!«, rief Merle Serafin zu.

Er warf ihn zu ihr herüber, und sie fing ihn mit beiden Händen auf, packte ihn am Griff und schlug damit nach dem Gesandten. Geschickt wich er aus, gab dabei aber auch den Weg zum Fenster frei. Seine versengten Fingerspitzen rauchten noch immer.

»Die Karaffe!«, verlangte er mit zischelnder Stimme. »Ihr stellt euch gegen den Pharao!«

Serafin stieß ein tollkühnes Lachen aus, das selbst Merle überraschte. Dann schlug er aus dem Stand eine Rolle in der Luft, die ihn an dem Gesandten vorübertrug, zwischen seinen zupackenden Händen hindurch. Er kam sicher im Fensterrahmen auf und saß da wie ein Vogel, mit beiden Füßen im Rahmen, die Knie angezogen und mit einem breiten Grinsen auf den Lippen.

»Alle Ehre der Fließenden Königin!«, rief er aus, während Merle den Augenblick nutzte und an seine Seite sprang. »Mir nach!«

Damit ließ er sich rückwärts aus dem Fenster fallen, dem Wasser des stillen Kanals entgegen.

Es war nicht wirklich seine Hand, die Merle mit sich zog; es waren seine Begeisterung, sein purer Wille, nicht aufzugeben. Zum ersten Mal spürte sie Bewunderung für einen anderen Menschen.

Der Gesandte kreischte und bekam den Saum von Merles Kleid zu fassen, doch es waren die Finger seiner verätzten Hand, und er ließ gleich wieder los und brüllte wie am Spieß.

Das Wasser war eisig. Innerhalb eines einzigen Herzschlags schien es ihre Kleidung, ihr Fleisch, ihren ganzen Körper zu durchdringen. Merle konnte nicht mehr atmen, sich nicht bewegen, nicht einmal denken. Im Nachhinein wusste sie nicht, wie lange dieser Zustand angehalten hatte – es kam ihr vor wie Minuten –, doch dann tauchte sie auf, Serafin war neben ihr, und das Leben kehrte zurück in ihre Glieder. Sie konnte höchstens ein paar Sekunden unter der Oberfläche gewesen sein.

»Hier, nimm das!« Unter Wasser drückte er ihr die Karaffe in die linke Hand. In der Rechten hielt sie noch immer den Spiegel, er lag zwischen ihren Fingern wie festgewachsen.

»Was soll ich damit?«

»Wenn es hart auf hart kommt, lenke ich sie ab«, sagte Serafin und spuckte Wasser. Die Wellen schlugen ihm gegen die Lippen.

Hart auf hart?, dachte Merle. Noch härter?

Der Gesandte erschien im Fenster und rief etwas. Serafin stieß einen Pfiff aus. Es gelang erst beim zweiten Versuch, vorher sprühte nur Wasser von seinen Lippen. Merle folgte seinem Blick zum Fenster, dann sah sie, wie schwarze Umrisse von oben herabhuschten, vierbeinige Schatten, die aus Löchern und Nischen und Dachrinnen sprangen, kreischend und miauend, mit ausgefahrenen Krallen, die sie in die Robe des Gesandten schlugen. Eine Katze kam auf dem Fensterbrett auf, stieß sich gleich wieder ab und verschwand komplett im Dunkel der Kapuze. Schreiend stolperte der Ägypter rückwärts ins Zimmer.

»Harmlose Diebeslist«, bemerkte Serafin süffisant.

»Wir müssen aus dem Wasser!« Merle drehte sich um und ließ dabei den Spiegel in die Tasche ihres Kleides gleiten, zusammen mit der Karaffe, an die sie im Augenblick keinen weiteren Gedanken verschwendete. Sie machte ein paar Schwimmstöße in die Richtung des gegenüberliegenden Ufers. Dort reichten die Mauern in den Kanal, und es gab keinen Halt, um sich ins Trockene zu ziehen. Egal, sie musste irgendetwas tun!

»An Land?«, wiederholte Serafin und blickte zum Himmel. »Sieht so aus, als würde sich das gleich von selbst erledigen.«

Atemlos wandte sich Merle um, viel zu langsam, weil das Kleid sie im Wasser behinderte. Endlich sah sie, was er meinte.

Zwei Löwen stießen mit ausgebreiteten Schwingen auf sie herab, steil von oben aus der Schwärze der Nacht.

»Tauch unter!«, schrie sie und sah nicht mehr, ob Serafin ihrer Aufforderung nachkam. Sie selbst hielt den Atem an und glitt unter Wasser, spürte die salzige Kälte auf ihren Lippen, den Druck in Ohren und Nase. Etwa drei Meter mochte der Kanal tief sein, und sie wusste, dass sie mindestens die Hälfte davon zwischen sich und die Krallen der Löwen bringen musste.

Sie sah und hörte nicht, was um sie herum geschah, drehte sich in die Waagerechte und tauchte mit ein paar heftigen Stößen den Kanal entlang. Vielleicht schaffte sie es, wenn sie eine der alten Verladetüren erreichte.

Damals, als Venedig noch eine bedeutende Handelsstadt gewesen war, hatten die Kaufleute ihre Waren von den Kanälen aus in ihre Häuser bringen lassen, durch Türen, die auf Höhe des Wasserspiegels lagen. Heute mochten viele dieser Häuser leer stehen, ihre Besitzer längst tot sein, doch die Türen existierten noch immer, verrottet zumeist, zerfressen vom Wasser und vom Salz. Oft war ihr unteres Drittel weggefault. Für Merle boten sie eine ideale Möglichkeit zur Flucht.

Und Serafin?

Sie konnte nur beten, dass er hinter ihr war, nicht zu weit oben, wo die Löwenpranken ihn auch im Wasser würden packen können. Steinlöwen sind wasserscheu, sind es schon immer gewesen, und die letzten fliegenden Exemplare ihrer Art sind keine Ausnahmen. Ihre Krallen mögen sie ins Wasser strecken, aber niemals, niemals würden sie selbst eintauchen. Merle kannte diese Schwäche der Löwen, und sie hoffte sehr, dass auch Serafin sich dessen bewusst war.

Allmählich ging ihr die Luft aus, und in ihrer Not sandte sie ein Stoßgebet an die Fließende Königin. Dann fiel ihr ein, dass die Königin sich in einer Karaffe in der Tasche ihres Kleides befand, gefangen wie ein Flaschengeist und vermutlich so hilflos wie sie selbst.

Die Essenz der Fließenden Königin, hatte der Rat gesagt.

Wo war Serafin? Und wo eine Tür?

Ihre Sinne schwanden. Die schwarze Umgebung schien sich um sie zu drehen, und ihr war, als fiele sie tiefer und tiefer, während sie in Wahrheit nach oben trieb, der Oberfläche entgegen.

Dann brach sie durch. Luft strömte in ihre Lungen. Sie riss die Augen auf.

Sie war weiter gekommen, als sie gehofft hatte. Ganz in der Nähe war tatsächlich eine Tür, kantig und zersplittert, wo das Wasser wieder und wieder am Holz geleckt und es schließlich zerfressen hatte. Die obere Hälfte hing unbeschadet in den Angeln, darunter klaffte ein schwarzer Schlund ins Innere des Hauses. Das verfaulte Holz sah aus wie die Kiefer eines Seeungeheuers, eine Reihe scharfer Spitzen, geborsten und von Algen und Schimmel grün gefärbt.

»Merle!«

Serafins Stimme ließ sie im Wasser herumwirbeln. Was sie sah, lähmte sie von Kopf bis Fuß; beinahe wäre sie untergegangen.

Einer der Löwen schwebte über dem Wasser und hielt den triefenden Serafin in den Vorderpranken, wie einen Fisch, den er gepackt und aus den Fluten gerissen hatte.

»Merle!«, brüllte Serafin noch einmal. Sie erkannte jetzt, dass er sie gar nicht sah, dass er nicht wusste, wo sie war und ob sie noch lebte. Er hatte Angst um sie. Er fürchtete, sie wäre ertrunken.

In ihr schrie es danach, ihm zu antworten, die Aufmerksamkeit der Löwen auf sich zu lenken, um ihm so vielleicht die Gelegenheit zur Flucht zu geben.

Aber damit betrog sie sich nur selbst. Kein Löwe lässt los, was er einmal gefangen hat.

Schon vollzog die Bestie mit gezieltem Flügelschlag eine Drehung, entfernte sich und stieg nach oben, den wehrlosen Serafin fest unter ihren Körper gepresst.

»Merle, wo immer du bist«, rief Serafin mit leiser werdender Stimme. »Du musst fliehen! Versteck dich! Rette die Fließende Königin!«

Dann lösten sich Löwe, Reiter und Serafin in der Nacht auf wie eine Aschewolke, die der Wind zerstäubt.

Merle tauchte unter. Ihre Tränen wurden eins mit dem Kanal, wurden eins mit ihm wie Merle selbst. So lange, bis sie durch das hölzerne Zahnmaul tauchte, durch die verfaulte Tür in noch tiefere Schwärze; bis sie sich in der Finsternis ins Trockene zog, sich zusammenkrümmte wie ein kleines Kind, einfach nur dalag und weinte.

Atmete und weinte.

Ende und Anfang

Die Fließende Königin sprach zu ihr.

»Merle«, sagte ihre Stimme. »Merle, hör mir zu!«

Merle fuhr auf, ihr Blick raste suchend durch die Dunkelheit. Der alte Laderaum roch nach Nässe und verfaultem Holz. Der einzige Lichtschein fiel durch die zerstörte Tür vom Kanal herein. In der Luft lag ein Flirren und Flimmern – jemand suchte dort draußen mit Fackeln die Wasseroberfläche ab!

Sie musste so schnell wie möglich von hier verschwinden.

»Du träumst nicht, Merle.« Die Worte waren in ihr, die Stimme sprach zwischen ihren Ohren.

»Wer bist du?«, flüsterte sie und kam auf die Füße.

»Du weißt, wer ich bin. Hab keine Angst vor mir.«

Merles Hand zog den Spiegel aus der Tasche ihres Kleides und hielt ihn in den zuckenden Feuerschein. Die Oberfläche war glatt, der Schemen nirgends zu sehen. Aber sie ahnte auch so, dass nicht er es war, der zu ihr sprach. Rasch ließ sie den Spiegel zurück in ihr Kleid gleiten und nahm die Karaffe heraus. Sie passte bequem in ihre Hand.

»Du?« Wenn sie nur in einzelnen Wörtern sprach, nicht in ganzen Sätzen, würde vielleicht nicht auffallen, wie sehr ihre Stimme schwankte.

»Du musst fort von hier. Sie werden alle Häuser

durchsuchen, die an den Kanal grenzen. Und danach den Rest des Viertels.«

»Was ist mit Serafin?«

»Er ist jetzt ein Gefangener der Garde.«

»Sie werden ihn umbringen!«

»Vielleicht. Aber nicht sofort. Das hätten sie schon im Wasser tun können. Sie werden versuchen herauszubekommen, wer du bist und wo sie dich finden können.«

Merle schob die Karaffe zurück in die Tasche und tastete sich durchs Dunkel. Sie fror erbärmlich in ihrem nassen Kleid, aber ihre Gänsehaut hatte nichts mit der Temperatur zu tun.

»Bist du die Fließende Königin?«, fragte sie leise.

»Willst du mich so nennen? Königin?«

»Erst einmal will ich nur weg von hier.«

»Dann sollten wir das in Angriff nehmen.«

»Wir? Ich seh hier nur eine, die Beine hat, um darauf wegzulaufen.«

Im Dunkeln fand sie eine Tür, die tiefer ins Haus führte. Sie schlüpfte hindurch und stand alsbald in einer verlassenen Eingangshalle. Boden und Treppengeländer waren dicht mit Staub bedeckt. Merles Füße hinterließen Spuren im Schmutz wie in einer Schneedecke. Ihren Verfolgern würde es nicht schwerfallen, ihrer Fährte zu folgen.

Die Haustür war von außen vernagelt, wie viele Türen Venedigs in diesen Zeiten, aber sie fand ein Fenster, dessen Scheibe sie mit dem abgefallenen Kopf einer Statue einschlagen konnte. Wie durch ein Wunder zerschnitt sie sich beim Hinausklettern weder Hände noch Knie.

Was nun? Am besten zurück zum Kanal der Ausgestoßenen. Arcimboldo würde wissen, was zu tun war. Oder Unke. Oder Junipa. Irgendjemand! Sie konnte dieses Geheimnis nicht allein mit sich herumtragen.

»Wenn dein Freund redet, werden sie dich dort zuerst suchen«, warnte die Stimme unvermittelt.

»Serafin verrät mich nicht«, gab sie erbost zurück. Und in Gedanken fügte sie hinzu: Er hat geschworen, mich niemals im Stich zu lassen.

Sie dagegen hatte tatenlos zugesehen, wie der Löwe ihn davontrug. Aber was hätte sie auch tun können?

»Nichts«, sagte die Stimme. »Du warst hilflos. Bist es noch immer.«

»Liest du meine Gedanken?«

Darauf bekam sie keine Antwort, was wiederum Antwort genug war.

»Lass das sein«, sagte sie scharf. »Ich habe dich gerettet. Du bist mir was schuldig.«

Weiterhin Schweigen. Hatte sie die Stimme verärgert? Umso besser, dann ließ sie Merle vielleicht in Frieden. Es war schwer genug, für einen allein zu denken. Sie brauchte keine innere Stimme, die jeden ihrer Entschlüsse in Frage stellte.

Vorsichtig lief sie eine Gasse hinunter, hielt wieder und wieder inne, horchte auf Verfolger und verdächtige Laute. Auch den Himmel behielt sie im Auge, obgleich er noch immer so dunkel war, dass sich dort oben ein ganzer Schwarm von Löwen unbemerkt hätte tummeln können. Bis zum Sonnenaufgang würden noch Stunden vergehen.

Bald wusste sie, wo sie sich befand: nur wenige Ecken vom Campo San Polo entfernt. Sie hatte die halbe Strecke bis zur Werkstatt zurückgelegt. Nicht mehr weit, und sie war in Sicherheit.

»Keine Sicherheit«, widersprach die Stimme. »Nicht, solange der Junge ein Gefangener ist.«

Merle platzte der Kragen. »Was soll das?«, rief sie aus, und ihre Stimme hallte laut von den Mauern wider. »Was bist du? Meine Stimme der Vernunft?«

»Wenn du es willst, so bin ich auch das.«

»Ich will nur, dass du mich in Ruhe lässt!«

»Ich gebe dir Ratschläge, keine Befehle.«

»Ich brauche keinen Rat.«

»Ich fürchte, den brauchst du doch.«

Merle blieb stehen, schaute sich wütend um und fand einen Spalt in einem Bretterverschlag zwischen zwei Häusern. Sie musste diese Sache ein für alle Mal klären, hier und jetzt. Sie zwängte sich durch die Öffnung, zog sich tiefer in den dunklen Schacht zwischen den Häuserwänden zurück und ließ sich dann mit angezogenen Knien nieder.

»Du willst mit mir reden? Na gut, dann reden wir.«

»Wie du meinst.«

»Wer oder was bist du?«

»Ich denke, das weißt du bereits.«

»Die Fließende Königin?«

»Im Augenblick nur eine Stimme in deinem Kopf.«

Merle zögerte. Falls die Stimme wirklich der Königin gehörte, war es dann nicht angebracht, ein wenig respektvoller mit ihr umzugehen? Aber noch war sie voller Zweifel. »Du redest nicht wie eine Königin.«

»Ich rede wie du. Ich spreche mit deiner Stimme, mit deinen Gedanken.«

»Ich bin nur irgendein Mädchen.«

»Jetzt bist du mehr als das. Du hast eine Aufgabe übernommen.«

»Gar nichts hab ich übernommen!«, sagte Merle. »Ich hab das alles nicht gewollt. Und erzähl mir jetzt nichts von Bestimmung und solchem Blödsinn. Das hier ist kein Märchen.«

»Leider nicht. In einem Märchen lägen die Dinge einfacher. Du gehst nach Hause, entdeckst, dass die Soldaten dein Haus niedergebrannt und deine Freunde verschleppt haben, du wirst zornig, erkennst, dass du den Kampf gegen den Pharao aufnehmen musst, begegnest ihm schließlich und tötest ihn durch eine List. Das wäre das Märchen. Aber leider haben wir es mit der Wirklichkeit zu tun. Der Weg ist der gleiche und doch ein anderer.«

»Ich könnte einfach die Karaffe nehmen und das, was darin ist, in den nächsten Kanal kippen.«

»Nein! Das würde mich töten!«

»Dann bist du also nicht die Fließende Königin! Sie ist in den Kanälen zu Hause.«

»Die Fließende Königin ist nur, was du wünschst, das sie ist. Im Augenblick eine Flüssigkeit in einer Karaffe. Und eine Stimme in deinem Kopf.«

»Das ist wirres Zeug.«

»Die Ägypter haben mich aus den Kanälen vertrieben, indem sie einen Bann auf das Wasser gelegt haben. Nur deshalb ist es den Verrätern gelungen, mich in diese Karaffe zu sperren. Der Zauber durchzieht noch immer das Wasser der Lagune, und es wird Monate dauern, ehe er verflogen ist. Bis dahin darf sich meine Essenz nicht mit dem Wasser verbinden.«

»Wir dachten alle, du bist etwas … etwas anderes.«

»Tut mir leid, wenn ich dich enttäusche.«

»Etwas Geistiges.«

»Wie Gott?«

»Ja, ich glaube schon.«

»Auch Gott ist immer nur in demjenigen, der an ihn glaubt. So wie ich jetzt in dir.«

»Das ist nicht das Gleiche. Du lässt mir keine Wahl. Du redest mit mir. Ich muss an dich glauben, sonst …«

»Sonst was?«

»Sonst würde das bedeuten, dass ich verrückt bin. Dass ich nur mit mir selbst spreche.«

»Wäre das denn so schlimm? Auf die Stimme in seinem Inneren zu hören?«

Merle schüttelte ungeduldig den Kopf. »Das ist Wortklauberei. Du versuchst bloß, mich durcheinanderzubringen. Vielleicht bist du wirklich nur dieser dumme Schemen, der in meinen Spiegel gefahren ist.«

»Stell mich auf die Probe. Lass den Spiegel irgendwo liegen. Trenn dich von ihm. Dann wirst du merken, dass ich noch immer bei dir bin.«

»Ich würde den Spiegel niemals freiwillig zurücklassen. Ich schätze, das weißt du genau.«

»Es soll ja nicht für immer sein. Nur für einen Augenblick. Leg ihn hinten an das Ende der Schneise, komm hierher zurück, und horch, ob ich noch da bin.«

Merle dachte kurz nach, dann trug sie den Spiegel in den äußersten Winkel des Schachtes, etwa fünfzehn Meter vom Eingang entfernt. Sie musste dabei über allerlei Abfälle steigen, die sich hier im Laufe der Jahre angesammelt hatten. Mit dem Fuß vertrieb sie Ratten, die nach ihren Fersen schnappten. Schließlich lief sie ohne den Spiegel zurück in den vorderen Teil der Schneise.

»Nun?«, fragte sie leise.

»Hier bin ich«, erwiderte die Stimme amüsiert.

Merle seufzte. »Heißt das, du behauptest weiterhin, du bist die Fließende Königin?«

»Ich habe das nie behauptet. Du hast es gesagt.«

Merle eilte zurück zum Spiegel und nahm ihn an sich. Rasch ließ sie ihn in ihrem Kleid verschwinden und schloss den Knopf der Tasche. »Du hast gesagt, du benutzt meine Worte und meine Gedanken. Bedeutet das auch, dass du meinen Willen beeinflussen kannst?«

»Selbst wenn ich es könnte, würde ich es nicht tun.«

»Das muss ich dir wohl glauben, hm?«

»Vertrau mir.«

Es war schon das zweite Mal in dieser Nacht, dass jemand das von ihr verlangte. Es gefiel ihr ganz und gar nicht.

»Es könnte trotzdem sein, dass ich mir das alles nur einbilde, oder?«

»Was wäre dir denn lieber? Eine eingebildete Stimme, die zu dir spricht, oder eine wahrhaftige?«

»Keine von beiden.«

»Ich werde deine Dienste nicht länger als nötig in Anspruch nehmen.«

Merle riss die Augen auf. »Meine Dienste?«

»Ich brauche deine Hilfe. Der ägyptische Spion und die Verräter werden nichts unversucht lassen, um mich wieder in ihre Gewalt zu bringen. Sie werden dich jagen. Wir müssen Venedig verlassen.«

»Die Stadt verlassen? Aber das ist unmöglich! Den Belagerungsring gibt es seit über dreißig Jahren, und es heißt, er ist noch immer so dicht wie am ersten Tag.«

Die Stimme klang betroffen. »Ich habe mein Bestes gegeben, aber zuletzt bin auch ich der List des Feindes zum Opfer gefallen. Ich kann die Lagune nicht länger beschützen. Wir müssen einen anderen Weg finden.«

»Aber … aber was ist mit all den Menschen? Und mit den Meerjungfrauen?«

»Keiner kann verhindern, dass die Ägypter einmarschieren. Im Augenblick wissen sie nicht, was mit mir geschehen ist. Das verhilft uns zu einem Aufschub. Aber es bleibt nur wenig Zeit, bis sie die Wahrheit herausfinden. Nur so lange ist die Stadt noch sicher.«

»Das ist nichts als eine Galgenfrist.«

»Ja«, sagte die Stimme traurig. »Nicht mehr und nicht weniger. Aber wenn sich die Faust des Pharaos um die Lagune schließt, wird er Ausschau nach dir halten. Der Gesandte kennt dein Gesicht. Er wird nicht ruhen, bis du tot bist.«

Merle dachte an Junipa und Serafin, an Arcimboldo und an Unke. An all diejenigen, die ihr etwas bedeuteten. Sie sollte diese Menschen zurücklassen und fliehen?

»Nicht fliehen«, widersprach die Stimme. »Sondern auf die Suche machen. Ich bin die Lagune. Ich werde sie niemals aufgeben. Stirbt sie, sterbe auch ich. Aber wir müssen die Stadt verlassen, um Hilfe zu finden.«

»Da draußen gibt es niemanden mehr, der uns helfen könnte. Das Imperium herrscht längst über die ganze Welt.«

»Vielleicht. Vielleicht auch nicht.«

Merle hatte die rätselhaften Andeutungen satt, auch wenn sie kaum noch Zweifel hatte, dass die Stimme in ihrem Kopf tatsächlich der Fließenden Königin gehörte. Und obschon sie in einer Stadt aufgewachsen war, in der die Königin über alle Maßen verehrt wurde, mochte sich keine Ehrfurcht einstellen. Sie hatte nicht darum gebeten, in diesen Schlamassel hineingezogen zu werden.

»Erst gehe ich zurück zur Werkstatt«, sagte Merle. »Ich muss mit Junipa sprechen und mit Arcimboldo.«

»Wir verlieren kostbare Zeit.«

»Das ist meine Entscheidung!«, gab Merle zornig zurück.

»Wie du meinst.«

»Heißt das, du versuchst nicht, mich umzustimmen?«

»Nein.«

Das überraschte sie, aber es gab ihr auch ein Stück ihres Selbstbewusstseins zurück. Sie wollte gerade aus dem Spalt hinaus auf die Gasse klettern, als sich die Stimme noch einmal zu Wort meldete.

»Da ist noch etwas.«

»So?«

»Ich kann nicht viel länger in dieser Karaffe bleiben.«

»Warum nicht?«

»Der Wüstenkristall lähmt meine Gedanken.«

Merle lächelte. »Bedeutet das, du wirst weniger reden?«

»Es bedeutet, dass ich sterben werde. Meine Essenz muss sich mit lebenden Organismen verbinden. Das Wasser der Lagune ist voll davon. Aber die Karaffe ist nur aus kaltem, totem Kristall. Ich werde verwelken wie eine Pflanze, der man die Erde und das Licht entzieht.«

»Wie kann ich dir helfen?«

»Du musst mich trinken.«

Merle verzog das Gesicht. »Dich … trinken?«

»Wir müssen eins werden, du und ich.«

»Du bist schon in meinem Kopf. Und jetzt willst du auch noch meinen ganzen Körper? Kennst du das Sprichwort von demjenigen, dem man den kleinen Finger reicht und der stattdessen die ganze –«

»Ich werde sterben, Merle. Und die Lagune mit mir.«

»Das ist Erpressung, weißt du das? Wenn ich dir nicht helfe, werden alle sterben. Wenn ich dich nicht trinke, werden alle sterben. Was kommt als Nächstes?«

»Trink mich, Merle.«

Sie zog die Karaffe aus der Tasche. Die Facetten des Kristalls funkelten wie ein Insektenauge. »Und es gibt keinen anderen Weg?«

»Keinen.«

»Wie wirst du … ich meine, wie kommst du wieder aus mir raus? Und wann?«

»Wenn die Zeit dafür gekommen ist.«

»Dachte ich's mir, dass du so was sagen würdest.«

»Ich würde dich nicht darum bitten, wenn wir eine Wahl hätten.«

Merle dachte einen kurzen Moment daran, dass sie sehr wohl eine Wahl hatte. Noch konnte sie die Karaffe fortwerfen und so tun, als hätte diese Nacht nie stattgefunden. Doch wie hätte sie all das vor sich selbst leugnen können? Serafin, den Kampf mit dem Gesandten, die Fließende Königin.

Manchmal schleicht sich die Verantwortung an, ohne dass man sie kommen sieht, und dann, ganz plötzlich, lässt sie einen nicht mehr los.

Merle zog den Pfropfen aus der Karaffe und schnupperte daran. Nichts, kein Geruch.

»Wie … ähm, wie schmeckst du eigentlich?«

»Nach allem, was du willst.«

»Wie wär's mit frischen Himbeeren?«

»Warum nicht?«

Nach einem letzten Zögern hob Merle die Öffnung der Karaffe an ihren Mund und trank. Die Flüssigkeit im Inneren war klar und kühl wie Wasser. Zwei, drei kleine Schlucke, nicht mehr, dann war die Karaffe leer.

»Das hat nicht nach Himbeeren geschmeckt!«

»Wonach sonst?«

»Nach gar nichts.«

»Dann war es nicht so schlimm, wie du gedacht hast, oder?«

»Ich kann es nicht leiden, wenn man mich anschwindelt.«

»Wird nicht wieder vorkommen. Fühlst du dich jetzt anders?«

Merle horchte in sich hinein, aber sie konnte keine Veränderung feststellen. In der Karaffe hätte ebenso gut einfaches Wasser sein können.

»Genauso wie vorher.«

»Gut. Dann wirf die leere Karaffe jetzt fort. Man darf sie nicht bei dir finden.«

Merle steckte den Stopfen auf das kleine Kristallgefäß und schob es unter einen Haufen Abfälle. Allmählich wurde ihr bewusst, was gerade geschehen war.

»Trage ich jetzt tatsächlich die Fließende Königin in mir?«

»Das hast du schon immer. Wie jeder, der an sie glaubt.«

»Das klingt nach Kirche und Priestern und religiösem Geschwätz.«

Die Stimme in ihrem Kopf seufzte. »Falls es dich beruhigt: Ich bin jetzt in dir. Wirklich in dir.«

Merle runzelte die Stirn, dann zuckte sie mit den Schultern. »Lässt sich wohl nicht mehr ändern.«

Die Stimme schwieg. Merle verließ ihr Versteck und lief, so schnell sie konnte, durch die Gassen zum Kanal der Ausgestoßenen. Sie hielt sich nahe an den Häuserwänden, damit man sie aus der Luft nicht entdeckte. Vermutlich wimmelte es am Himmel mittlerweile von den Löwen der Garde.

»Das glaube ich nicht«, widersprach die Fließende Königin. »Es sind nur drei Stadträte, die mich verraten haben, und sie müssen sich mit ihrem Teil der Leibgarde begnügen. Kein Ratsherr gebietet über mehr als zwei fliegende Löwen. Insgesamt macht das also höchstens sechs.«

»Sechs Löwen, die nichts anderes tun, als mich zu suchen?«, entfuhr es Merle. »Und das soll mich beruhigen? Herzlichen Dank!«

»Gern geschehen.«

»Du weißt nicht viel über uns Menschen, stimmt's?«

»Ich hatte nie Gelegenheit, mehr über euch herauszufinden.«

Merle schüttelte stumm den Kopf. Seit Jahrzehnten wurde die Fließende Königin nun schon verehrt, es gab Kulte, die sich allein ihrer Anbetung widmeten. Doch die Königin selbst wusste nichts davon. Wusste nichts über die Menschen, nichts über das, was sie ihnen bedeutete.

Sie war die Lagune. Aber war sie deshalb auch ein Gott?

»Ist der Pharao ein Gott, weil die Ägypter ihn als Gott verehren?«, fragte die Stimme. »Für sie mag er einer sein. Für euch nicht. Göttlichkeit liegt allein im Auge des Betrachters.«

Merle war nicht in der Stimmung, sich darüber Gedanken zu machen, deshalb fragte sie: »Vorhin, die Sache mit dem Spiegel, das warst du, oder?«

»Nein.«

»Dann war es der Spiegel selbst? Oder der Schemen darin?«

»Hast du schon daran gedacht, dass du selbst ihn auf den Gesandten geworfen haben könntest?«

»Das müsste ich ja wohl wissen.«

»Du hörst eine Stimme in deinem Kopf, die vielleicht nur deine eigene ist. Möglich, dass du auch Dinge tust, ohne dir dessen bewusst zu sein – nur weil sie richtig sind.«

»Blödsinn.«

»Wie du meinst.«

Sie verloren kein weiteres Wort darüber, aber der Gedanke ließ Merle nicht mehr los. Wenn sie sich die

Stimme der Fließenden Königin nun wirklich einbildete? Wenn sie sich die ganze Zeit über mit einem Trugbild unterhielt? Und, schlimmer noch, wenn sie ihre eigenen Handlungen nicht mehr unter Kontrolle hatte und sie überirdischen Mächten zusprach, die in Wahrheit gar nicht existierten?

Diese Vorstellung erschreckte sie mehr als die Tatsache, dass sich etwas Fremdes in ihr eingenistet hatte. Andererseits spürte sie dieses Fremde ja gar nicht. Es war alles so furchtbar verwirrend.

Merle erreichte die Mündung des Kanals der Ausgestoßenen. Das Fest war noch nicht beendet, ein paar Nimmermüde saßen auf der Brücke, unterhielten sich leise oder starrten stumm in ihre Becher. Junipa und die Jungen waren nirgends zu sehen. Vermutlich hatten sie sich längst auf den Weg nach Hause gemacht.

Merle lief den schmalen Gehweg am Kanalufer entlang, bis sie Arcimboldos Werkstatt erreichte. Das Wasser schwappte flüsternd gegen den Stein. Ein letztes Mal schaute sie zum Nachthimmel empor und stellte sich vor, wie die Löwen dort oben kreisten, außerhalb des Scheins aller Gaslichter und Fackeln. Die Soldaten auf ihren Rücken mochten im Dunkeln blind sein, doch waren Katzen nicht Nachttiere? In Gedanken sah sie gelbe Raubtieraugen vor sich, die voller Mordlust in die Tiefe starrten, auf der Suche nach einem Mädchen in nassen, zerrupften Kleidern, mit strähnigem Haar und einem Wissen, das den Tod bedeuten mochte.

Sie klopfte an die Tür. Niemand antwortete. Sie pochte erneut. Die Schläge kamen ihr lauter vor als sonst, sie mussten im ganzen Viertel zu hören sein. Vielleicht war schon ein Löwe auf dem Weg hierher, schoss gerade im Sturzflug in die Tiefe, durch Schichten kalter Luft, dann durch die Dunstglocke über der Stadt, den Rauch der Feuer und Kamine, den schwachen Schein der Laternen, geradewegs auf Merle herab. Sie blickte alarmiert nach oben, über sich ins Dunkel, und vielleicht war da tatsächlich etwas, riesenhafte Schwingen aus Stein, Pranken so groß wie junge Hunde und –

Die Tür ging auf. Unke packte sie am Arm und zog sie ins Haus.

»Was hast du dir dabei gedacht, einfach fortzulaufen?« Der Blick der Meerjungfrau glühte vor Zorn, während sie hinter Merle die Haustür zuwarf. »Gerade von dir hätte ich mehr Vernunft erwartet als –«

»Ich muss mit dem Meister sprechen.« Merle blickte angstvoll zurück zur Tür.

»Da war niemand«, sagte die Königin besänftigend.

»Mit dem Meister?«, fragte Unke. Offenbar konnte sie die Stimme nicht hören. »Weißt du eigentlich, wie spät es ist?«

»Tut mir leid. Wirklich. Aber es ist wichtig.«

Sie hielt Unkes Blicken stand und versuchte in den Augen der Meerjungfrau zu lesen. Du bist von der Fließenden Königin berührt, hatte sie zu ihr gesagt. Im Nachhinein klangen die Worte wie eine Prophezeiung, die sich heute Nacht erfüllt hatte. Konnte Unke die Veränderung spüren, die mit Merle vorgegangen war? Witterte sie die fremde Präsenz in ihren Gedanken?

Welche Gründe sie auch immer haben mochte, sie hörte auf, Merle Vorwürfe zu machen, und drehte sich um. »Komm mit.«

Schweigend gingen sie bis zum Tor der Werkstatt. Dort ließ Unke Merle stehen. »Arcimboldo arbeitet noch. Er arbeitet jede Nacht. Erzähl ihm, was du zu erzählen hast.« Damit verschwand sie im Dunkeln, und bald konnte Merle ihre Schritte nicht mehr hören.

Allein blieb sie vor der Tür zurück. Es kostete sie Überwindung, die Hand zu heben und anzuklopfen. Was konnte sie Arcimboldo sagen? Die Wahrheit? Würde er sie nicht für verrückt erklären und aus dem Haus werfen? Und noch viel schlimmer: Musste ihm nicht sogleich klarwerden, welche Bedrohung sie für die Werkstatt und ihre Bewohner darstellte?

Trotzdem verspürte sie eine merkwürdige Gewissheit, dass es richtig war, mit ihm statt mit Unke darüber zu sprechen. Die Meerjungfrau vergötterte die Fließende Königin. Merles Geschichte musste in ihren Ohren wie Blasphemie klingen, das Gerede eines Mädchens, das sich wichtigmachen wollte.

Schritte erklangen auf der anderen Seite, dann erschien Arcimboldos Gesicht im Türspalt.

»Merle! Du bist wieder da!«

Sie hatte nicht erwartet, dass er ihr Verschwinden überhaupt wahrgenommen hatte. Unke musste ihm davon erzählt haben.

»Komm rein, komm rein!« Hastig winkte er sie in die Werkstatt. »Wir haben uns große Sorgen gemacht.«

Das war etwas Neues. Nie hatte Merle im Waisenhaus erlebt, dass sich jemand Sorgen um einen anderen gemacht hatte. Verschwand eines der Kinder, wurde halbherzig danach gesucht, zumeist ohne Erfolg. Eine Last weniger, ein freier Platz mehr.

In der Werkstatt war es warm. Wasserdampf pulsierte in weißen Wölkchen aus Arcimboldos Gerätschaften, die durch ein Netz aus Rohren, Schläuchen und Glaskugeln miteinander verbunden waren. Der Spiegelmacher benutzte die Maschinen nur in der Nacht, wenn er allein war. Tagsüber wurde auf traditionelle Art und Weise gearbeitet, vielleicht, weil er seinen Schülern keinen allzu tiefen Einblick in die Geheimnisse seiner Kunst gewähren wollte.

Schlief er überhaupt jemals? Schwer zu sagen. In Merles Wahrnehmung gehörte Arcimboldo zum festen Inventar der Werkstatt, so wie die Eichentür und die hohen Fenster mit ihren staubverkrusteten Scheiben, in die Generationen von Schülern ihre Initialen gekratzt hatten.

Arcimboldo trat an eines der Geräte, justierte einen Regler und drehte sich dann zu ihr um. Hinter ihm spie die Maschine in kurzen Schüben drei Dampfwolken aus. »So, nun erzähl! Wo warst du?«

Merle hatte auf dem Rückweg lange darüber nachgedacht, was sie Arcimboldo sagen wollte. Die Entscheidung war ihr nicht leichtgefallen. »Ich glaube nicht, dass Sie mich verstehen werden.«

»Darüber mach dir keine Sorgen. Ich will nur die Wahrheit hören.«

Sie atmete tief durch. »Ich bin gekommen, um mich zu bedanken. Und damit Sie wissen, dass es mir gutgeht.«

»Das klingt, als wolltest du uns verlassen.«

»Ich gehe fort aus Venedig.«

Sie hatte mit allen möglichen Reaktionen auf diese Nachricht gerechnet: damit, dass er sie auslachen, beschimpfen oder einsperren würde. Nicht aber mit der Trauer, die jetzt seinen Blick verdüsterte. Keine Wut, keine Häme, nur schlichtes Bedauern. »Was ist geschehen?«

Sie erzählte ihm alles. Angefangen bei ihrer Begegnung mit Serafin über den Kampf in dem leerstehenden Haus bis zur Karaffe mit der Fließenden Königin und Serafins Gefangennahme. Sie beschrieb ihm die Roben und Gesichter der drei Verräter, und er nickte verdrossen bei jedem Einzelnen, so als wüsste er genau, um wen es sich handelte. Von der Stimme in ihrem Kopf sprach sie und, ein wenig beschämt, von der Tatsache, dass sie den Inhalt der Karaffe ausgetrunken hatte.

Nachdem sie geendet hatte, sank Arcimboldo bedrückt auf einen hölzernen Schemel. Mit einem Tuch tupfte er sich Schweiß von der Stirn, schnaubte kräftig hinein und warf es in die Ofenluke. Beide sahen zu, wie der Stoff von den Flammen verzehrt wurde. Sie schwiegen fast andächtig, so als verbrannte dort noch etwas anderes: eine Erinnerung vielleicht, oder die Vorstellung dessen, was hätte sein können – ohne die Ägypter, ohne Verräter und das Zaubergift, das die Fließende Königin aus den Kanälen vertrieben hatte.

»Du hast recht«, sagte Arcimboldo nach einer Weile. »Hier ist es nicht mehr sicher für dich. Nirgends in Venedig. Aber in dir kann die Fließende Königin die Lagune verlassen, denn du bist hier geboren und damit ein Teil von ihr.«

»Sie wissen viel mehr über sie, als Sie uns bisher erzählt haben«, stellte Merle fest.

Er lächelte betrübt. »Ein wenig. Sie war immer ein wichtiger Teil meiner Arbeit. Ohne sie wird es keine Zauberspiegel mehr geben.«

»Aber das würde bedeuten, dass …«

»Dass ich die Werkstatt früher oder später schließen muss. So ist es. Das Wasser der Lagune ist ein Bestandteil meiner Kunst. Ohne den Hauch der Fließenden Königin, der in jeden Spiegel fährt, sind alle meine Fähigkeiten nutzlos.«

Beklommenheit legte sich um Merles Herz. »Was ist mit den anderen? Mit Junipa und Boro und …« Ein Kloß saß in ihrem Hals. »Müssen sie zurück ins Heim?«

Arcimboldo dachte kurz nach. »Nein, das nicht.

Aber wer weiß, was geschehen wird, wenn die Ägypter einmarschieren? Niemand kann das vorhersagen. Vielleicht gibt es Kämpfe. Dann werden sich die Jungen bestimmt auf die Seite der Verteidiger schlagen wollen.« Er rieb sich mit beiden Händen durchs Gesicht. »Als ob das einen Zweck hätte.«

Merle wünschte sich, dass die Fließende Königin ihr eine Erwiderung darauf eingeben würde. Ein paar tröstende Worte, irgendetwas! Doch die Stimme in ihrem Inneren schwieg, und sie selbst wusste nicht, wie sie den Spiegelmacher hätte aufmuntern können.

»Sie müssen sich weiter um Junipa kümmern«, sagte sie. »Das müssen Sie mir versprechen.«

»Gewiss.« In Merles Ohren klang die Zustimmung längst nicht so überzeugend, wie sie sie sich wünschte.

»Glauben Sie, dass ihr durch die Ägypter Gefahr droht? Wegen ihrer Augen?«

»Ganz gleich, wo das Imperium einmarschiert ist, immer hatten als Erste die Kranken, die Verwundeten, die Schwachen darunter zu leiden. Gesunde Männer und Frauen steckt der Pharao in seine Fabriken, aber die Übrigen … Ich kann dir keine Antwort darauf geben, Merle.«

»Aber Junipa darf nichts geschehen!« Merle verstand nicht, wie sie je hatte aufbrechen wollen, ohne Junipa Lebewohl zu sagen. Sie musste zu ihr, so schnell wie möglich. Vielleicht konnte sie sie sogar mitnehmen …

»Nein«, meldete sich die Fließende Königin zu Wort. »Das ist unmöglich.«

»Warum nicht?«, fragte Merle trotzig.

Arcimboldo blickte auf, da er annahm, sie spräche mit ihm. Dann aber erkannte er, dass ihr Blick nach innen gerichtet war, und da wusste er, wem ihre Worte galten.

»Der Weg, den wir gehen müssen, ist schwer genug für einen allein. Der alte Mann hat versprochen, sich um deine Freundin zu kümmern.«

»Aber ich –«

»Es geht nicht.«

»Schneid mir nicht das Wort ab!«

»Du musst mir glauben. Hier ist sie in Sicherheit. Dort draußen würdest du sie unnötig in Gefahr bringen. Euch beide.«

»Uns beide?«, fragte Merle bissig nach. »Dich, meinst du!«

»Merle!« Arcimboldo stand auf und ergriff sie an den Schultern. »Wenn es wirklich die Fließende Königin ist, mit der du sprichst, dann solltest du einen anderen Ton anschlagen.«

»Pah!« Sie trat einen Schritt zurück. Plötzlich waren Tränen in ihrem Blick. »Was wisst ihr denn schon? Junipa ist meine Freundin! Ich kann sie nicht einfach im Stich lassen!«

Sie ging weiter rückwärts und rieb sich wütend die Augen. Sie wollte nicht weinen. Nicht hier, nicht jetzt.

»Du lässt mich nicht im Stich«, sagte eine Stimme in ihrem Rücken, sehr sanft, sehr leise.

Merle wirbelte herum. »Junipa!«

Im Dunkel der offenen Werkstatttür blitzten die Silberaugen wie ein Paar Sterne, das sich vom Himmel hierherverirrt hatte. Junipa trat vor. Das gelbe Flackern des Ofenfeuers legte sich irrlichternd um ihre hageren Züge. Sie trug ihr weißes Nachthemd, darüber einen roten Überwurf.

»Ich konnte nicht schlafen«, sagte sie. »Ich hab mir Sorgen um dich gemacht. Unke ist zu mir gekommen und hat gesagt, dass ich dich hier finden würde.«

Liebe, beste Unke, dachte Merle dankbar. Sie würde es nie offen zeigen, aber sie weiß genau, was in jedem von uns vorgeht.

Erleichtert schloss sie Junipa in die Arme. Es tat gut, die Freundin zu sehen und ihre Stimme zu hören. Ihr kam es vor, als wären sie seit Wochen getrennt gewesen, obwohl sie Junipa erst vor wenigen Stunden auf dem Fest zurückgelassen hatte.

Als Merle sich wieder von ihr löste, blickte sie Junipa geradewegs in die Spiegelaugen. Der Anblick beunruhigte sie nicht mehr; sie hatte in der Zwischenzeit Schlimmeres gesehen.

»Ich habe an der Tür gelauscht«, gestand Junipa mit dem Hauch eines Lächelns. »Unke hat mir gezeigt, wie man das am besten macht.« Sie deutete über ihre Schulter nach hinten, und dort, im Dunkel des Korridors, stand Unke und hob eine Augenbraue, sagte aber nichts.

Merle konnte nicht anders: Sie lachte, obschon ihr

gar nicht danach zumute war. Sie hatte sich selbst nicht mehr unter Kontrolle, lachte nur und lachte …

»Ihr habt alles gehört?«, gluckste sie schließlich. »Alle beide?«

Junipa nickte, während Unke ein Lächeln unterdrückte, aber stocksteif stehen blieb.

»Dann haltet ihr mich sicher für verrückt.«

»Nein«, sagte Junipa ernsthaft, und Unke flüsterte halblaut:

»Die Berührte ist heimgekehrt, um Abschied zu nehmen. Der Weg des Helden nimmt seinen Anfang.«

Merle fühlte sich nicht wie eine Heldin, und dass dies alles der Anfang von irgendetwas sein könnte, daran wollte sie erst recht nicht denken. Aber insgeheim wusste sie natürlich, dass Unke richtiglag. Ein Abschied, ein Anfang, und dann eine Reise. Ihre Reise.

Junipa ergriff ihre Hand und hielt sie fest. »Ich bleibe hier bei Arcimboldo und Unke. Geh du, wohin du gehen musst.«

»Junipa, erinnerst du dich noch an das, was du mir erzählt hast in der allerersten Nacht?«

»Dass ich früher für alle nur ein Klotz am Bein war?«

Merle nickte. »Aber das bist du nicht! Und du wärst es auch nicht, wenn du mit mir kommen würdest!«

Junipas Lächeln überstrahlte das kühle Silber ihrer Augen. »Ich weiß. Seit jener Nacht hat sich vieles verändert. Arcimboldo kann meine Hilfe gebrauchen, vor allem, wenn es wirklich zu einem Kampf der Venezianer gegen die Ägypter kommen sollte. Die Jungen werden die Ersten sein, die sich einem Widerstand anschließen.«

»Das müsst ihr verhindern.«

»Du kennst doch Dario«, sagte Arcimboldo. »Er wird sich von niemandem eine ordentliche Rauferei verbieten lassen.«

»Aber ein Krieg ist keine Rauferei!«

»Das wird er nicht einsehen. Und Boro und Tiziano werden mit ihm gehen.« Der Spiegelmacher sah jetzt sehr alt und grau aus, so als koste ihn das Eingeständnis seiner Machtlosigkeit große Kraft. »Junipa wird uns eine wertvolle Hilfe sein. In allen Dingen.«

Merle fragte sich, ob Arcimboldo Unke wohl liebte, so wie ein Mann eine Frau eben lieben kann. Sah er in Junipa die Tochter, die er und die Meerjungfrau nie haben würden?

Aber wer war sie schon, dass sie die Gefühle anderer ermessen wollte? Sie hatte nie eine Familie gehabt, wusste nicht, wie es war, wenn sich Vater und Mutter um einen sorgten. Vielleicht würde immerhin Junipa es erfahren, wenn sie Arcimboldo und Unke eine Chance gab.

Es war richtig, allein zu gehen. Nur sie und die Fließende Königin. Junipas Platz war hier, in diesem Haus, zwischen diesen Menschen.

Sie drückte die Freundin noch einmal an sich, umarmte dann Arcimboldo und schließlich auch Unke.

»Lebt wohl«, sagte sie. »Wir sehen uns alle wieder, irgendwann.«

»Kennst du denn den Weg?«, fragte Junipa.

»Ich werde ihn ihr zeigen«, sagte Unke, bevor Merle etwas erwidern konnte. Arcimboldo stimmte mit einem Nicken zu.

Merle und die Meerjungfrau wechselten einen Blick. Unkes Augen glänzten, aber vielleicht lag das nur an dem harten Kontrast zu dem Schatten, den der Rand der Maske über ihre Züge warf.

Ein letztes Mal ergriff Junipa Merles Hände. »Viel Glück«, sagte sie mit belegter Stimme. »Pass gut auf dich auf.«

»Die Fließende Königin ist bei mir.« Die Worte waren heraus, ehe Merle überhaupt den Gedanken fassen konnte, sie auszusprechen. Sie fragte sich, ob die Königin nachgeholfen hatte, um Junipa zu trösten.

»Komm jetzt«, sagte Unke und ging mit raschen Schritten den Korridor hinunter.

Nach ein paar Metern blickte Merle sich noch einmal um, blickte zurück zum Tor der Werkstatt. Dort stand Junipa neben Arcimboldo. Einen irritierenden Augenblick lang sah Merle sich selbst an der Seite des Spiegelmachers stehen, seinen Arm auf ihrer Schulter. Dann verwandelte sich ihr Ebenbild wieder zurück in das Mädchen mit den Spiegelaugen, dunkles Haar wurde blond, ihre Statur noch schmaler, verletzlicher.

Unke führte sie auf den Innenhof, führte sie schnurstracks zur Zisterne, führte sie hinab in die Tiefe.

Der Schacht nahm sie auf wie etwas Lebendiges,

und trotz der Kühle des Steins um sie herum wurde Merle warm, und sie dachte:

Ja, so kann es beginnen. So kann es wahrhaftig beginnen.

Durch die Kanäle

Meerjungfrauen! So viele Meerjungfrauen!

In der grüngrauen Dunkelheit ging von ihren Schuppenschwänzen ein silbriges Leuchten aus, wie das Flirren von Glühwürmchen in einer Sommernacht. Zwei von ihnen hielten Merle an den Händen und zogen sie mit sich durch die Kanäle.

Unke war gemeinsam mit Merle in die Zisterne gestiegen. Erst allmählich war Merle klargeworden, dass das sanfte Rumoren an ihren Beinen nicht vom Wasser selbst stammte. Etwas bewegte sich in raschen Wirbeln um sie herum, betastete sie mit federleichten Fingern, zarter noch als eine Hundenase, die einen Fremden beschnuppert, ganz vorsichtig, ganz leicht. Sie hatte das Gefühl, als reichten die Berührungen tief unter ihre Haut, als lese jemand in ihrem Geist.

Unke sprach ein paar Worte in der seltsamen Sprache des Meervolkes. Fremd und geheimnisvoll hallten sie von den Wänden des Brunnenschachts wider, drangen tief unter die Oberfläche, an die Ohren derjenigen, die sie verstanden und wussten, was zu tun war.

Eine blasse Hand tauchte vor Merle aus dem Wasser und reichte ihr eine Kugel aus geädertem Glas. Es schien eine Art Helm zu sein. Unke half ihr, ihn über den Kopf zu stülpen und das Lederbändchen am Hals fest zu verschnüren. Merle hatte jetzt keine Angst mehr, nicht an diesem Ort, nicht zwischen diesen Geschöpfen.

»Ich bin bei dir«, sagte die Fließende Königin. Für sie war dies eine Heimkehr in ihr Reich, gefangen in Merles Körper, und doch durch ihn beschützt vor dem Gift der ägyptischen Magier.

Unke war im Brunnen zurückgeblieben, und nun tauchte Merle im Schwarm der Meerjungfrauen durch die Kanäle. Wohin brachte man sie? Weshalb konnte sie in der gläsernen Kugel atmen? Und warum strahlten die Meerjungfrauen eine angenehme Wärme aus, so dass Merle im eisigen Wasser nicht fror? Fragen über Fragen, und immer noch kamen neue hinzu, eine Armee von Zweifeln, die sich in ihrem Kopf formierte.

»Auf einige kann ich dir Antworten geben«, sagte die Fließende Königin.

Merle wagte nicht zu sprechen, aus Furcht, dadurch die Luft im Glashelm aufzubrauchen.

»Du brauchst nichts zu sagen, damit ich dich hören kann«, sagte die Königin in Merles Innerstem. »Ich dachte, so viel hättest du bereits verstanden.«

Merle gab sich Mühe, in ihren Gedanken klare Sätze zu formulieren. »Wie lange kann ich unter diesem Ding atmen?«

»Solange du möchtest.«

»Benutzt Unke es auch, wenn sie nachts hinunter in den Brunnen steigt?«

»Ja. Doch es wurde nicht für sie geschaffen. Es

stammt aus einer Zeit, als das Meervolk noch über das alte Wissen verfügte, aus Zeitaltern, als das Wasser überall und die Vielfalt des Lebens in den Ozeanen unermesslich war. Manches davon ist geblieben, begraben in den Städten unter der See, in den tiefen Gräben und Spalten am Meeresgrund. Damals, vor unzähligen Jahren, wurden gelegentlich Expeditionen zu den versunkenen Städten ausgesandt, und manchmal kehrten sie zurück mit Schätzen wie diesem Helm.«

»Ist er Technik oder Magie?«

»Was ist Magie anderes als eine Technik, die die meisten Menschen nicht verstehen – noch nicht oder nicht mehr?« Die Königin schien sich einen Moment lang über ihre eigenen Worte zu amüsieren, dann wurde sie wieder ernst. »Aber du hast nicht ganz unrecht. Aus deiner Sicht ist er eher ein Werk der Magie als der Technik. Was für dich wie Glas aussieht, ist in Wirklichkeit gehärtetes Wasser.«

»Arcimboldo hat davon gesprochen, dass er für die Herstellung seiner Zauberspiegel das Wasser der Lagune benutzt. Und dass er es nur verarbeiten kann, wenn du dich darin aufhältst.«

»Er benutzt ein ähnliches Verfahren. Äußerlich sehen seine Spiegel aus, als bestünden sie aus gewöhnlichem Glas. In Wahrheit aber ist ihre Oberfläche eine Legierung aus gehärtetem Wasser. Vor Jahrtausenden, im Zeitalter der subozeanischen Reiche, arbeiteten die Handwerker mit Wasser wie ihr Menschen heute mit Holz und Metall. Eine andere Zeit, ein anderes Wissen. Arcimboldo ist einer der wenigen, die heute noch damit umzugehen vermögen – wenngleich auch sein Können nur ein Schatten von dem ist, was die Subozeaner vollbrachten. Und Arcimboldo hat die Wahrheit gesagt: Meine Präsenz hat das Wasser der Lagune zu dem gemacht, was es war. Ohne mich lässt es sich nicht härten.«

Merle nickte nachdenklich. Alle Erklärungen der Fließenden Königin liefen auf eines hinaus. Sie zögerte, ehe sie den Gedanken an die Königin richtete:

»Bist du ein Subozeaner? Eine aus dem alten Volk unter dem Meer?«

Die Königin schwieg eine ganze Weile, während um Merle herum die schillernden Fischschwänze der Meerjungfrauen in der Finsternis tanzten.

»Ich bin alt«, sagte sie schließlich. »Unendlich viel älter als alles Leben unter dem Meer.«

Irgendetwas war am Ton der Fließenden Königin, das Merle an ihren Worten zweifeln ließ. Was sie sagte, war gewiss keine Lüge – aber war es die ganze Wahrheit? Merle wusste, dass die Königin in diesem Augenblick ihre Gedanken las und somit auch ihre Zweifel erkannte. Doch aus irgendeinem Grund ging sie nicht darauf ein. Stattdessen wechselte sie das Thema:

»Vorhin wolltest du wissen, wohin uns die Meerjungfrauen bringen.«

»Aus der Lagune heraus?«

»Nein, das können sie nicht. Die Gefahr wäre zu groß. Wenn ein ägyptischer Aufklärer einen ganzen

Schwarm von ihnen unter der Oberfläche entdeckte, würde er sie verfolgen. Das dürfen wir nicht riskieren. Zu viele aus dem Meervolk sind schon durch die Hand der Menschen gestorben – ich werde nicht verlangen, dass sie ihr Leben jetzt auch noch für deren Unterdrücker lassen.«

Gebannt hingen Merles Blicke an den schlanken Leibern, die sie umschwärmten und sicher durch die tiefen Kanäle geleiteten. Von den Händen der beiden Meerjungfrauen, die sie sanft durch das Wasser zogen, ging eine tröstliche Wärme aus.

»Sie bringen uns zur Piazza San Marco«, sagte die Königin.

»Aber das ist –«

»Der Mittelpunkt der Stadt, ich weiß.«

»Und dort laufen wir der Garde geradewegs in die Arme!«

»Nicht, wenn ich es verhindern kann.«

»Es ist mein Körper, vergiss das nicht! Ich bin diejenige, die weglaufen muss. Und gefoltert wird. Und getötet.«

»Es geht nicht anders. Es gibt nur einen Weg, wie wir die Stadt verlassen können. Und dabei muss uns jemand behilflich sein.«

»Ausgerechnet auf der Piazza San Marco?«

»Wir haben keine andere Wahl, Merle. Wir können ihn nur dort treffen. Er wird dort … nun, er wird gefangen gehalten.«

Merle verschluckte sich an ihrem eigenen Atem. An

der Piazza San Marco lag der alte Dogenpalast, die einstige Residenz der venezianischen Fürsten und heute das Domizil der Ratsherren. Die Kerker des Palastes waren legendär, sowohl jene unter seinen Bleidächern als auch das weitläufige Gefängnis auf der anderen Kanalseite, das vom Palast aus nur durch die Seufzerbrücke betreten werden konnte. Wer diese Brücke einmal überquerte, sah das Tageslicht nie wieder.

»Du willst allen Ernstes einen Gefangenen aus den Dogenkerkern befreien, damit er uns hilft, Venedig zu verlassen? Genauso gut können wir uns vom nächstbesten Turm stürzen!«

»Das ist näher an der Wahrheit, als du denkst, Merle. Derjenige, der uns helfen wird, ist nämlich nicht in den Kerkern gefangen, sondern im Campanile.«

»Dem höchsten Turm der Stadt!«

»Allerdings.«

Der Campanile stand auf der Piazza San Marco und überragte ganz Venedig.

»Aber dort drinnen ist kein Gefängnis!«

»Keines für gewöhnliche Verbrecher. Kennst du die Legenden?«

»Wie ist der Name deines Freundes?«

»Vermithrax. Aber du kennst ihn eher als den –«

»Der Uralte Verräter!«

»Ebender.«

»Aber das ist nur eine Geschichte! Ein Ammenmärchen. Vermithrax hat nie wirklich gelebt.«

»Ich denke, er wird da anderer Ansicht sein.«

Merle schloss für einige Sekunden die Augen. Sie musste sich konzentrieren, durfte jetzt keinen Fehler machen. Ihr Leben hing davon ab.

Vermithrax, der Uralte Verräter! Er war eine Gestalt der Sagen und Mythen, seinen Namen benutzte man als Fluch. Aber ein lebendes, atmendes Wesen – niemals! Magie und Meerhexen, all das war Wirklichkeit, ein Teil ihres Alltags. Doch Vermithrax? Das war, als hätte ihr jemand erzählt, er habe mit dem lieben Gott zu Mittag gegessen.

Oder die Fließende Königin getrunken.

»Gut«, sagte Merle in Gedanken, »du behauptest also, der Uralte Verräter wird im Campanile auf der Piazza San Marco gefangen gehalten, richtig?«

»Mein Wort darauf.«

»Und wir werden einfach zu ihm gehen, ihn befreien und … was dann?«

»Das wirst du sehen, wenn wir bei ihm sind. Er schuldet mir noch einen Gefallen.«

»Vermithrax schuldet dir etwas?«

»Vor langer Zeit habe ich ihm geholfen.«

»Das hat ihn offenbar weit gebracht – geradewegs ins Gefängnis!«

»Dein Spott, meine Liebe, ist überflüssig.«

Merle schüttelte resigniert den Kopf. Eine der Meerjungfrauen schaute herüber, um sich zu vergewissern, dass alles in Ordnung war. Merle schenkte ihr ein knappes Lächeln. Die Frau erwiderte es mit ihrem Haifischmaul und blickte wieder nach vorn.

»Wenn er dort seit all den Jahren festgehalten wird, wie kommt es dann, dass niemand davon weiß?«

»Oh, alle wissen es.«

»Aber sie halten es für eine Legende!«

»Weil sie es dafür halten wollen. Vielleicht würden sich manche Märchen und Mythen als wahr herausstellen, wenn nur jemand den Mut aufbrächte, in einem Brunnen nach einer goldenen Kugel zu suchen oder die Dornenhecke vor einem Schloss zu zerschneiden.«

Merle überlegte. »Er ist wirklich dort oben?«

»Das ist er.«

»Wie willst du ihn befreien? Er wird sicher streng bewacht.«

»Mit ein wenig Glück«, erwiderte die Königin.

Merle wollte gerade nachhaken, als sie spürte, wie die Meerjungfrauen der Oberfläche entgegenstiegen. Über sich konnte Merle die Kiele von Gondeln erkennen, die sanft auf den Wellen schaukelten; sie lagen in Reih und Glied nebeneinander. Merle wusste, wo sie waren. Dies war die Gondelanlegestelle an der Piazza San Marco.

Das Wasser rund um die Gondeln hatte einen rotgoldenen Glanz angenommen. Der Morgenhimmel, dachte Merle erleichtert. Sonnenaufgang. Ihre Stimmung hob sich ein bisschen, auch wenn das Licht ihren Weg zum Campanile erschweren würde.

»Zu früh«, widersprach die Fließende Königin. Sie klang besorgt. »Zu früh für den Sonnenaufgang.«

»Aber das Licht!«

»Es scheint von Westen herüber. Die Sonne geht im Osten auf.«

»Was ist es dann?«

Die Fließende Königin schwieg einen Moment, während die Meerjungfrauen unschlüssig einige Meter unter der Oberfläche verharrten.

»Feuer«, sagte sie dann. »Die Piazza San Marco brennt!«

Drei Meter über dem Boden öffnete der Löwe seine Pranken und ließ ihn fallen. In der Luft krümmte Serafin den Rücken und kam sicher mit Händen und Füßen auf, dank tausend ähnlicher Sprünge aus hohen Fenstern, von Dachbalustraden und Terrassen. Er mochte kein Meisterdieb der Gilde mehr sein, aber seine Talente waren ihm nicht abhandengekommen.

Wieselflink richtete er sich auf, leicht vornübergebeugt, bereit zum Kampf, als zwei Gardisten ihre Gewehrläufe auf ihn richteten und damit jeden Gedanken an Gegenwehr zunichtemachten. Serafin stieß die Luft aus, dann streckte er sich und entspannte seine Muskeln. Er war ein Gefangener; es mochte klüger sein, sich nicht allzu widerspenstig zu zeigen. Später, wenn man ihn dem Kerkermeister und seinen Folterknechten vorführte, würde er seine Kräfte benötigen. Kein Grund, sich an ein paar Gardisten aufzureiben.

Ergeben streckte er ihnen beide Arme entgegen, damit sie ihm Handeisen anlegten. Doch die Männer taten nichts dergleichen, sondern hielten ihn weiter mit ihren Gewehren in Schach. Nur ein Junge. Nicht der Mühe wert.

Serafin unterdrückte ein Lächeln. Er fürchtete sie nicht. Solange er sich im Freien befand, außerhalb der

Kerker und fern der Seufzerbrücke, dem letzten Weg der Verdammten, hatte er keine Angst. Seine Selbstsicherheit war ein Schutzschild, den er aufrechterhielt, um nicht an Merle zu denken – auch wenn es ihm nicht völlig gelingen wollte.

Ihr durfte nichts zugestoßen sein! Sie lebte und war in Sicherheit! Diese Gedanken wurden zu einem Credo, das er tief im Inneren wiederholte.

Konzentriere dich auf die Umgebung!, sagte er sich. Und stell dir Fragen – zum Beispiel, warum wir ausgerechnet hier gelandet sind und nicht im Gefängnishof.

Der Löwe hatte ihn am Rande der Piazza San Marco abgeworfen, wo ihn die beiden Gardisten bereits erwartet hatten. Jetzt gesellten sich zwei weitere hinzu. Alle vier trugen das schwarze Leder der Garde, besetzt mit Nieten, auf denen sich das Licht einiger Feuerbecken brach, die ganz in der Nähe das Ufer markierten.

Die Piazza San Marco – der Platz des Heiligen Markus – erstreckte sich in einer L-Form im Zentrum Venedigs. Das kurze Ende grenzte ans Wasser. Ganz in der Nähe mündete der Canal Grande in den Canale di San Marco, während auf der gegenüberliegenden Seite die Türme und Dächer der Insel Giudecca in den Nachthimmel ragten.

Der Platz wurde von prunkvollen Gebäuden eingefasst. Das beeindruckendste war die Markuskirche, ein wuchtiges Ungetüm aus Kuppeln und Türmen. Den Goldschmuck und die Statuen hatten venezianische Seefahrer vor Jahrhunderten aus aller Herren Länder zusammengetragen. Haus Gottes nannten es die einen; Piratenkathedrale die anderen.

Neben der Markuskirche erstreckte sich die Fassade des Dogenpalastes, in dem schon seit langem kein Fürst mehr regierte. Heute bestimmten hier die Ratsherren die Politik der Stadt, bei prunkvollen Mahlen und Gelagen.

Serafin und seine Bewacher befanden sich auf der anderen Seite des Platzes, am Ende einer langen Arkade, nicht weit entfernt vom Wasser. Die nahe Säulenreihe schützte sie vor den Blicken der Händler, die ungeachtet der frühen Stunde und der Dunkelheit bereits begonnen hatten, ihre mageren Auslagen auf dem Platz zu präsentieren. Ein Wunder, dass nach so vielen Jahren der Belagerung überhaupt noch Handel möglich war.

Kurz erwog Serafin den Versuch, loszulaufen und sich in die Fluten zu stürzen. Doch die Gardisten waren schnelle Schützen. Er würde nicht einmal die halbe Strecke schaffen, ehe ihre Kugeln ihn trafen. Er musste auf eine bessere Gelegenheit warten.

Inzwischen hatte er erkannt, warum der Löwe ihn hierher und nicht in den Gefängnishof gebracht hatte. Seine Bewacher unterstanden den drei Ratsherren, die im Geheimen für das Imperium arbeiteten und Venedig verraten hatten. Die übrigen Räte durften davon nichts erfahren. Ein Gefangener aber, der von einem fliegenden Löwen der Garde im Gefängnis abgesetzt wurde, hätte zweifellos für Aufsehen gesorgt. Gerade das mussten die Verräter vermeiden, und so ließen sie ihn das letzte Stück des Weges zu Fuß gehen. Auf diese Weise mochte er als gewöhnlicher Verbrecher durchgehen, den die Gardisten per Zufall aufgegriffen hatten, mehr noch, da manch einer in ihm einen ehemaligen Meisterdieb der Gilde erkennen würde.

Und wenn er die Wahrheit hinausschrie? Wenn er jedem auf seinem Weg, jedem hier auf dem Platz erzählte, was er beobachtet hatte? Dann könnte er –

Sein Kopf wurde nach hinten gerissen. Hände schoben derben Stoff in seinen Mund, zogen ihm die Ränder über Kinn und Nase und verknoteten die seitlichen Enden am Hinterkopf. Der Knebel saß so fest, dass es schmerzte. Auch der Geschmack war alles andere als angenehm.

So viel zu seinem – zugegebenermaßen nicht allzu durchdachten – Plan.

Die Männer stießen ihn mit ihren Gewehrläufen aus dem Schatten der Arkaden hinaus auf den Platz. Ein merkwürdiger Geruch hing in der Luft. Möglich, dass er aus den Kerkern des Palastes herüberwehte.

Auch andere schienen den Gestank wahrzunehmen. Ein paar Händler blickten irritiert von der Arbeit an ihren Ständen auf, schnüffelten und verzogen die Gesichter.

Serafin wollte einen Blick auf seine Bewacher werfen. Doch als er den Kopf zur Seite drehte, hieb man ihm einen Gewehrkolben ins Kreuz. »Schau nach vorn!«

Die Stände der Händler waren in zwei Reihen angeordnet, die vom Wasser aus als Ladenstraße in Richtung Markuskirche verliefen. Serafins Weg kreuzte sie in der Mitte des Platzes. Einige der Männer und Frauen, die dort im Licht der Fackeln und Gaslaternen ihre Läden aufschlugen, erkannte er jetzt deutlicher. Bis zum Sonnenaufgang mochte noch mehr als eine Stunde vergehen; dann aber wollte man für die Käufer gerüstet sein.

Doch immer weniger Kaufleute waren mit ihren Ständen beschäftigt. Einige hatten sich zusammengerottet, gestikulierten wild in die Luft und rümpften die Nase. »Schwefel«, hörte er immer wieder. »Warum Schwefel? Und warum hier?« Er musste sich getäuscht haben. Der Gestank kam nicht aus den Kerkern.

Sie passierten die zweite Ladenreihe und ließen die Stände hinter sich. Es waren noch etwa hundert Meter bis zu einem schmalen Seiteneingang des Dogenpalastes. Rechts und links davon hielten weitere Gardisten Wache. Unter ihnen befand sich ein Hauptmann der Garde, das Zeichen des fliegenden Löwen schmückte seine schwarze Uniform. Mit gefurchter Stirn beobachtete er, wie Serafin und seine Begleiter näher kamen.

Die Gespräche der Händler in Serafins Rücken wurden lauter, erregter, konfuser. Serafin war, als läge mit einem Mal ein Zittern in der Luft. Seine Haut begann zu prickeln.

Jemand schrie. Ein einzelner, spitzer Schrei, nicht

einmal besonders laut. Der Gardehauptmann am Tor wandte seinen Blick von Serafin auf das Zentrum des Platzes. Der Schwefelgeruch wurde jetzt so stark, dass er Serafin auf den Magen schlug. Aus dem Augenwinkel sah er, dass seine Bewacher sich die Nase zuhielten; sie empfanden den Gestank weit stärker als er. Der Knebel über Mund und Nase bewahrte ihn vor Schlimmerem.

Einer der Männer blieb stehen und übergab sich. Dann ein zweiter.

»Warte!«, kommandierte einer der Soldaten. Serafin drehte sich nach kurzem Zögern um.

Zwei seiner vier Bewacher krümmten sich und husteten Erbrochenes auf ihre blankgeputzten Stiefel. Ein dritter hielt sich die Hand vor den Mund. Nur der vierte hielt noch die Waffe auf ihn gerichtet.

Jenseits der Gardisten sah Serafin die Pulks der Händler auseinanderspritzen. Einige von ihnen taumelten wie blind umher, stapften durch Pfützen von Erbrochenem. Serafin blickte zurück zur Seitentür des Dogenpalastes. Auch dort kämpften die Wächter mit ihrer Übelkeit. Nur der Hauptmann stand noch aufrecht; er hielt sich mit einer Hand die Nase zu. Abwechselnd atmete er durch den Mund und schrie Befehle, denen niemand mehr gehorchte.

Im Stillen dankte Serafin seinen Bewachern für den Knebel. Auch ihm war schlecht, aber der Stoff hielt die übelsten Schwefeldünste von ihm fern.

Während er noch überlegte, ob dies die Gelegenheit war, auf die er gewartet hatte, ertönte plötzlich ein tiefes Grollen. Der Boden vibrierte. Das Grollen wurde lauter und steigerte sich zu einem Donnern. Einer der Stände in der Mitte des Platzes fing Feuer. Panische Händler veranstalteten einen irren Veitstanz um die Flammen. Ein zweiter Bretterverschlag loderte auf, dann ein dritter. In Windeseile rasten die Flammen die Ladenstraße entlang, auch dort, wo die einzelnen Stände zu weit auseinanderstanden, als dass das Feuer von selbst hätte übergreifen können. Kein Wind wehte, trotzdem breiteten sich die Flammen weiter aus. Die Luft war still bis auf das unmerkliche Beben, das die Härchen auf Serafins Unterarmen aufstellte.

Der Gardehauptmann blickte zum aufgewühlten Wasser hinüber, hielt Ausschau nach feindlichen Kanonenbooten oder Feuerkatapulten. Nichts, keine Angreifer. Serafins Blick folgte seinem zum Himmel. Auch dort nur Dunkelheit, nirgends Sonnenbarken des Imperiums.

Die beiden Ladenreihen brannten jetzt lichterloh, ein flackerndes Fanal, das die Fassaden des Palastes und der Markuskirche mit Feuerschein überzog. Die schreienden Händler machten gar nicht erst den Versuch, ihr Hab und Gut zu löschen. In ihrer Panik wichen sie nach rechts und links zurück, zu den Rändern des Platzes.

Serafin holte tief Luft – Schwefel, immer noch Schwefel! –, dann rannte er los. Er kam ganze zehn Schritte weit, ehe einer seiner Bewacher sein Verschwinden bemerkte. Es war jener, der sich als Erster übergeben hatte; er wischte sich gerade mit einer Hand über die Lippen. Mit der anderen hielt er das Gewehr und fuchtelte wild in Serafins Richtung. Auch seine Kameraden schauten jetzt auf und sahen ihren Gefangenen entkommen. Einer riss seine Waffe herum, legte an und feuerte. Die Kugel peitschte an Serafins Ohr vorüber. Bevor der Mann ein zweites Mal schießen konnte, übermannte ihn eine neue Welle der Übelkeit. Ein Zweiter feuerte, doch seine Kugel kam Serafin noch nicht einmal nahe. Weit vor seinem Ziel stanzte das Geschoss eine Kerbe ins Pflaster, ein goldener Krater im flackernden Schein des Feuers.

Serafin rannte, so schnell er konnte, obwohl er bald außer Atem war. Trotzdem riss er sich den Knebel nicht herunter. Er stürmte auf die Markuskirche zu und wagte erst dort, sich umzudrehen. Niemand folgte ihm. Seine Bewacher waren mit sich selbst beschäftigt, einer stützte sich auf sein Gewehr wie auf einen Krückstock. Auch manche Händler kauerten am Boden, fern den Flammen, ihre Gesichter in den Händen vergraben. Andere hatten hinter den Säulen der Arkaden Schutz gesucht und starrten zu dem lodernden Inferno hinüber, das ihren Besitz verzehrte.

Abermals ertönte das Donnern, diesmal so laut, dass alle ihre Hände vor die Ohren schlugen. Serafin ging hinter einem Blumenkübel in Deckung, einem von vielen, die die Markuskirche flankierten. Gewiss wäre es vernünftiger gewesen, zu fliehen und in einer der

Gassen unterzutauchen. Aber er konnte jetzt nicht davonlaufen. Er musste sehen, was weiter geschah.

Im ersten Moment schien es, als stürzten alle brennenden Händlerstände auf einmal ineinander. Dann erkannte Serafin das wahre Ausmaß der Katastrophe.

Zwischen den lodernden Ladenreihen, exakt entlang der Schneise, hatte sich der Boden aufgetan. Der Riss erstreckte sich über eine Länge von hundert, hundertzwanzig Schritten. Er war breit genug, um die Stände an seinen Rändern zu verschlingen.

Serafin stockte der Atem, er war unfähig, an irgendetwas zu denken, nicht einmal an seine Flucht. Die Gardisten waren zusammengeströmt, gleich vor dem Tor des Palastes, und dort standen sie wie eine aufgebrachte Herde Gänse, brüllten wild durcheinander und wedelten mit ihren Waffen, während ihr Hauptmann verzweifelt bemüht war, die Ordnung wiederherzustellen.

Serafin kauerte sich tiefer hinter den Blumenkübel, bis er nur noch gerade so über den Rand hinwegschauen konnte.

Im Inneren des Risses loderte Feuer. Erst schien es gleichmäßig zu brennen, dann wanderte es allmählich von beiden Enden Richtung Mitte und zog sich dort zu einem unerträglich hellen Glutball zusammen.

Aus dem Feuerschein schälte sich eine Gestalt.

Sie schwebte aufrecht und trug um ihren Kopf etwas, das auf den ersten Blick wie ein Heiligenschein aussah. Der Anblick erinnerte an Christus-Darstellungen auf Altarbildern, Abbildungen, wie er nach seinem Tod gen Himmel fährt, die Hände huldvoll gekreuzt. Doch dann sah Serafin, dass die Gestalt das Gesicht eines Neugeborenen hatte, fleischig und verquollen. Der Heiligenschein entpuppte sich als eine Art kreisrundes Sägeblatt, mit Zacken, so lang wie Serafins Daumen; es steckte im Hinterkopf des Wesens, schien verschmolzen mit Haut und Knochen. Die gekreuzten Hände waren riesenhafte Hühnerkrallen, grau und schuppig segmentiert. Der plumpe Leib der Kreatur lief nicht in Beinen aus, sondern in etwas Langem, Spitzem, das mit durchnässten Bandagen umwickelt war; es sah aus wie ein zitternder Reptilienschwanz, der durch die Stoffbahnen gehindert wurde, unkontrolliert umherzupeitschen. Die aufgeschwemmten Lider des Wesens glitten zurück wie Nacktschnecken und gaben pechschwarze Augäpfel frei. Auch die wulstigen Lippen öffneten sich, dahinter kamen spitzgefeilte Zähne zum Vorschein.

»Die Hölle entbietet ihren Gruß«, ertönte die Stimme der Kreatur und klang wie die eines Kindes, nur lauter, durchdringender. Sie hallte über den ganzen Platz.

Die Gardisten brachten ihre Gewehre in Anschlag, doch der Höllenbote lachte sie aus. Er schwebte jetzt zwei Meter über dem feurigen Riss, und noch immer badeten ihn die Flammen in grellem Lodern. Winzige Feuerzungen tanzten an den Bandagen seines Unterleibs auf und ab, ohne den Stoff zu verbrennen.

»Bürger dieser Stadt«, rief der Bote, so laut, dass seine Stimme sogar das Prasseln übertönte. »Meine Meister haben euch ein Angebot zu machen.« Grüner Speichel quoll aus seinen Mundwinkeln, verteilte sich in den Falten seines Doppelkinns, sammelte sich am Kropf und troff nach unten. Die Hitze der Flammen verdampfte die Tropfen noch im Fall.

»Wir wollen«, sagte er und verbeugte sich mit einem verschlagenen Grinsen, »von nun an eure Freunde sein.«

Etwas erschütterte die Welt.

Gerade noch hatte der Schwarm der Meerjungfrauen still im Wasser geschwebt, wenige Meter unter der Oberfläche. Dann war ein ohrenbetäubendes Krachen ertönt, und eine Druckwelle packte sie, wirbelte sie durcheinander, als hätte ein zorniger Gott mit der Faust ins Meer geschlagen. Merle sah, wie über ihnen die Gondeln durcheinandergeworfen wurden wie Papierboote; einige verkeilten sich ineinander, andere zerbarsten. Gleich darauf wurde sie von unsichtbaren Gewalten den beiden Meerjungfrauen entrissen, die sie eben noch an den Händen gehalten hatten, erst tiefer nach unten gesaugt und dann wieder emporgespült, einem dichten Gewirr aus Gondelteilen entgegen. Sie sah die scharfen Kiele auf sich zurasen wie mächtige schwarze Schwertklingen, wollte schreien – der Kugelhelm aus gehärtetem Wasser fing den Aufprall ab. Ein harter Ruck ging durch Merles Körper, aber der

Schmerz blieb erträglich. Das Wasser war so aufgewühlt, als tobe an der Oberfläche ein Orkan. Plötzlich packten sie die Hände einer Meerjungfrau von hinten an der Taille und manövrierten sie blitzschnell unter den Gondeln hindurch zu den Pfählen einer nahen Bootsanlegestelle, nur wenige Meter entfernt. Der Körper der Meerjungfrau war angespannt. Es kostete sie alle Kraft, dem abwechselnden Spiel aus Druck und Sog zu widerstehen. Sie erreichten den Steg, und ehe Merle reagieren konnte, wurde sie durch die Oberfläche katapultiert und die Fließende Königin schrie in ihren Gedanken:

»Halt dich fest!«

Sie riss die Arme auseinander und klammerte sich an einen glitschigen Pfahl der Anlegestelle, rutschte ein Stück daran hinab, bis ihre um sich tretenden Füße Halt fanden. In Windeseile kletterte sie an der Konstruktion empor und sank auf dem Steg zusammen.

Die Wasseroberfläche rund um die Anlegestelle tobte noch immer, schien aber allmählich ruhiger zu werden. Merle nahm den Helm ab, erblickte eine Hand, die sich ihr zum Abschied aus den Wogen entgegenstreckte, und warf die Kugel ins Wasser. Zarte Finger schlossen sich um den Rand der Halsöffnung und zogen den Helm in die Tiefe. Ein Schwarm heller Leiber schoss unter Wasser davon.

»Ich fühle etwas …«, begann die Königin langsam, verstummte aber gleich wieder.

Merle drehte sich um und blickte zwischen triefnassen Haarsträhnen zur Piazza hinüber.

Erst sah sie nur das Feuer.

Dann die Gestalt. Sah sie so deutlich, als hätte sich jede Einzelheit, jedes noch so scheußliche Detail innerhalb einer Sekunde in ihre Netzhaut gebrannt.

»… Freunde sein«, hörte sie das Geschöpf sagen.

Sie rappelte sich auf und lief an Land. Dort blieb sie stehen. Sie zögerte. Gardisten scharten sich widerwillig um das schwebende Wesen, weit außerhalb seiner Reichweite und doch nah genug, um es mit ihren Kugeln zu erreichen.

Der Höllenbote schenkte den Soldaten keine Beachtung, sondern wandte das Wort an sein Publikum hinter den Säulen der Arkaden und am Rande des Platzes.

»Gemeines Volk von Venedig, die Hölle bietet euch einen Pakt.« Genüsslich ließ er die Worte nachhallen. Das Echo verzerrte seine Kinderstimme zu einem grotesken Quieken. »Eure Herren, die Räte dieser Stadt, haben unser Angebot abgelehnt. Doch hört selbst und trefft eure eigene Entscheidung.«

Wieder machte er eine Pause, durchbrochen von den Befehlen des Gardehauptmanns. Ein zweiter, dann ein dritter Trupp eilten zur Unterstützung heran, begleitet von einem Dutzend Reiter auf steinernen Löwen.

»Ihr fürchtet den Zorn des Pharaonenreiches«, fuhr der Bote fort. »Und das zu Recht. Mehr als dreißig Jahre lang habt ihr das Imperium abgewehrt. Doch schon bald werden die Mumienarmeen des Pharaos zum großen Schlag ausholen und euch vom Antlitz der Erde fegen. Es sei denn … ja, es sei denn, ihr habt mächtige Verbündete auf eurer Seite. Verbündete wie meine Meister!« Ein Schnaufen drang über die fleischigen Lippen. »Die Heerscharen unseres Reiches können es mit denen des Imperiums aufnehmen. Wir könnten euch beschützen. Ja, das könnten wir tun.«

Merle war wie gebannt vom widerwärtigen Anblick der Feuergestalt. Immer mehr Menschen strömten aus allen Richtungen an den Rändern der Piazza zusammen, angelockt von den Flammen, dem Lärm und der Aussicht auf ein gewaltiges Spektakel.

»Wir dürfen keine Zeit verlieren«, meldete sich die Fließende Königin. »Los, lauf hinüber zum Campanile!«

»Aber das Feuer …«

»Wenn du links vorbeiläufst, schaffst du es. Bitte, Merle – das hier ist der beste Augenblick!«

Merle rannte los. Der Turm erhob sich im Winkel des L-förmigen Platzes. Sie musste an der gesamten Länge des feurigen Spalts vorüberlaufen, hinter dem Rücken des Höllenboten, der mit dem Gesicht zum Palast über den Flammen schwebte. Der Gestank nach Schwefel war überwältigend. Der Bote fuhr fort, aber Merle hörte kaum hin. Auf das Angebot der Höllenfürsten einzugehen mochte auf den ersten Blick verlockend erscheinen – doch es genügte, das ekelerregende Geschöpf nur anzusehen, um zu erkennen, dass die Venezianer mit einem solchen Pakt vom Regen in die Traufe kamen. Gewiss, es mochte gelingen, das Imperium zu schlagen und von der Lagune fernzuhalten. Doch welche neuen Statthalter würden statt der Sphinx-Kommandanten in die Paläste der Stadt einziehen, und welche Opfer würden sie verlangen?

Merle hatte die halbe Strecke bis zum Campanile zurückgelegt, als sie erkannte, dass sein Eingang unbewacht war. Die Torwächter hatten sich den Trupps vor dem Palast angeschlossen. Mindestens einhundert Gewehrmündungen zeigten jetzt auf den Boten, und mit jeder Minute kamen neue hinzu. Die Löwen am Boden, alle ungeflügelt und aus Granit, scharrten wütend, und ihre Krallen zogen Furchen in das Pflaster der Piazza. Ihre Reiter hatten Mühe, sie im Zaum zu halten.

»Von jedem Bewohner der Stadt ein Tropfen Blut«, rief der Höllenbote in die Menge. »Nur ein Tropfen von jedem, und der Pakt ist besiegelt. Bürger von Venedig, besinnt euch! Wie viel Blut wird euch das Imperium abverlangen? Wie viele von euch werden beim Kampf um die Lagune sterben, und wie viele Tote wird später die Herrschaft des Pharaos fordern?«

Ein kleiner Junge, höchstens sieben Jahre alt, riss sich von seiner entsetzten Mutter los und rannte auf kurzen Beinen an den Soldaten vorbei auf den Boten zu.

»Die Fließende Königin beschützt uns!«, rief er zu der Kreatur hinauf. »Wir brauchen eure Hilfe nicht!«

Die panische Mutter wollte hinterherlaufen, doch

andere hielten sie fest. Sie wehrte sich, schlug um sich, konnte sich aber nicht befreien. Immer wieder brüllte sie den Namen ihres Kindes.

Der Junge blickte noch einmal trotzig zu dem Boten empor. »Die Fließende Königin wird uns immer beschützen!« Dann drehte er sich einfach um und lief zurück zu den anderen, ohne dass der Bote ihm etwas zuleide tat.

Bei den Worten des Kleinen hatte Merle einen Stich in der Brust verspürt. Es dauerte einen Augenblick, ehe sie begriff, dass es nicht ihre eigene Empfindung war. Es war der Schmerz der Fließenden Königin, ihre Verzweiflung, ihre Scham.

»Sie verlassen sich auf mich«, sagte sie tonlos. »Sie alle verlassen sich auf mich. Und ich habe sie enttäuscht.«

»Sie wissen doch noch gar nicht, was mit dir passiert ist.«

»Sie werden es bald erfahren. Spätestens, wenn die Kriegsgaleeren des Pharaos in der Lagune vor Anker gehen und die Sonnenbarken Feuer vom Himmel speien.« Sie schwieg einen Moment, dann setzte sie hinzu: »Ihr solltet das Angebot des Boten annehmen.«

Merle wäre vor Schreck beinahe über ihre eigenen Beine gestolpert. Nur noch zwanzig Meter bis zum Turm.

»Was?«, rief sie aus. »Ist das dein Ernst?«

»Es ist eine Möglichkeit.«

»Aber … die Hölle! Ich meine, was wissen wir denn über sie?« Und rasch fügte sie hinzu: »Allein die Forschungsergebnisse von Professor Burbridge reichen aus, um sie … na ja, um sie zum Teufel zu wünschen.«

»Es ist eine Möglichkeit«, sagte die Königin noch einmal. Ihr Tonfall war ungewohnt matt und kraftlos. Die Worte des kleinen Jungen schienen sie zutiefst berührt zu haben.

»Ein Pakt mit dem Teufel ist nie eine Möglichkeit«, widersprach Merle und schnappte nach Luft. Laufen und Diskutieren überforderte ihre Kondition. »Das erzählen einem schon die alten Geschichten. Jeder, der sich auf so etwas eingelassen hat, stand am Ende als Verlierer da. Jeder!«

»Wieder sind es Geschichten, Merle. Weißt du denn, ob es wirklich einmal jemand versucht hat?«

Merle blickte über die Schulter zurück zu dem Boten inmitten der Flammen. »Schau ihn dir doch an! Und komm mir jetzt nicht mit klugen Sprüchen wie: Man soll einen Menschen nicht nach seinem Äußeren beurteilen! Er ist ja nicht mal ein Mensch!«

»Das bin ich auch nicht.«

Merle erreichte stolpernd das Tor des Campanile. Es stand offen. »Hör zu«, sagte sie keuchend. »Ich wollte dich nicht beleidigen. Aber die Hölle …« Sie brach ab und schüttelte den Kopf. »Vielleicht bist du wirklich nicht Mensch genug, um das zu verstehen.« Damit gab sie sich einen Ruck und betrat den Turm.

Merle war nur wenige Meter an Serafins Versteck vorbeigelaufen, doch er hatte sie nicht bemerkt. Seine Blicke waren fest auf den Boten gerichtet. Auf den Boten – und auf die ständig wachsende Schar von Soldaten, die sich vor ihm versammelte.

Auch der Teil des Platzes direkt vor der Markuskirche füllte sich nun mit Menschen. Sie waren von überall herbeigeströmt, um zu sehen, was vor sich ging. Manche mochten bereits gehört haben, dass ein Höllenbote aufgetaucht war, doch vermutlich hatten sie den Berichten keinen Glauben geschenkt. Jetzt sahen sie die Wahrheit mit eigenen Augen.

Serafin kämpfte gegen den Drang an, einfach fortzulaufen. Nur mit knapper Not war er den Kerkern entgangen, und mit jeder Minute, die er hier verbrachte, erhöhte sich die Gefahr, dass man ihn doch noch erkennen und festsetzen würde. Es war dumm, so dumm, sich hinter einem Blumenkübel zu verbergen, während die Garde nach ihm Ausschau hielt!

Doch die Soldaten hatten im Augenblick andere Sorgen, und auch Serafin verdrängte die Gefahr, in der er schwebte. Er musste selbst sehen, wie diese Sache zu Ende ging, musste hören, was der Bote zu sagen hatte.

Drei Männer traten aus dem Palast. Drei Räte in prächtigen Roben. Purpur und Scharlach und Gold. Die Verräter. Der Rat in Gold lief auf den Hauptmann der Garde zu und redete aufgeregt auf ihn ein.

Die Flammen loderten einen Augenblick lang höher, liebkosten mit ihren Glutzungen den Leib des Boten und erhellten das Lächeln, das seine qualligen Züge teilte.

»Ein Tropfen Blut«, rief er. »Denkt gut darüber nach, Bürger von Venedig! Nur ein Tropfen Blut!«

Merle hetzte die Treppen des Campanile hinauf. Ihr Atem raste. Ihr Herz fühlte sich an, als wollte es ihren Brustkorb sprengen. Sie konnte sich nicht erinnern, wann sie sich zuletzt so angestrengt hatte.

»Was weißt du über den Uralten Verräter?«, fragte die Fließende Königin.

»Nur das, was alle wissen. Die alte Geschichte.«

»Er war nie wirklich ein Verräter. Nicht so, wie es erzählt wird.«

Merle hatte Mühe, Luft zu holen, zu sprechen; sogar das Zuhören bereitete ihr Probleme.

»Ich werde dir erzählen, was wirklich geschehen ist. Damals, als aus Vermithrax der Uralte Verräter wurde«, fuhr die Fließende Königin fort. »Doch zuerst solltest du wissen, was er ist.«

»Und … was … ist … er?«, keuchte Merle, während sie Stufe um Stufe nahm.

»Vermithrax ist ein Löwe. Einer der alten.«

»Ein … Löwe?«

»Ein fliegender und sprechender Löwe.« Die Königin hielt kurz inne. »Zumindest war er das, als ich ihn das letzte Mal gesehen habe.«

Merle blieb vor Erstaunen stehen. Sie hatte schreckliches Seitenstechen. »Aber … aber Löwen sprechen nicht!«

»Nicht jene, die du kennst. Aber früher, vor langer Zeit, viele Jahre vor der Auferstehung des Pharaos und dem Zeitalter des Mumienkriegs, konnten alle Löwen sprechen. Sie flogen höher und schneller als die größten Seeadler, und ihre Lieder waren schöner als die der Menschen und des Meervolks.«

»Was ist geschehen?« Merle setzte sich wieder in Bewegung, aber mehr als ein müdes Vorwärtsschleppen brachte sie nicht zustande. Sie war immer noch pitschnass und völlig erschöpft, und obwohl sie schwitzte, zitterte sie am ganzen Leib.

»Seit jeher waren die steinernen Löwen und das Volk von Venedig Verbündete. Keiner weiß mehr, wie sie ursprünglich hierhergelangt sind. Vielleicht waren sie Wesen aus einem fernen Winkel der Welt? Oder das Werk eines venezianischen Alchimisten? Es spielt keine Rolle. Die Löwen dienten den Venezianern als Kämpfer in vielen Kriegen, sie begleiteten ihre Schiffe auf den gefährlichen Handelsrouten vor Afrikas Küste, und sie schützten die Stadt mit ihrem Leben. Zum Dank schmückte ihr Antlitz bald alle Wappen und Flaggen der Stadt, und man gab ihnen eine der Inseln im Norden der Lagune als Heimstatt.«

»Wenn die Löwen so stark und mächtig waren, warum haben sie sich dann keine eigene Stadt gebaut?«

Merle konnte ihre Worte selbst kaum hören, so kraftlos kamen sie über ihre Lippen.

»Weil sie den Bürgern Venedigs vertrauten und sich ihnen verbunden fühlten. Vertrauen war immer ein wichtiger Bestandteil ihres Wesens. Sie wollten es nicht anders. Mochten ihre Körper auch aus Stein, ihr Flug schnell und ihre Gesänge voller Poesie sein, so hat man doch keinen Löwen je ein Haus bauen sehen. Sie hatten sich längst an das Dasein zwischen den Menschen gewöhnt, sie liebten Dächer über ihren Köpfen und die Bequemlichkeit einer Stadt. Und das, fürchte ich, war der Grund ihres Niedergangs.«

Merle verharrte kurz an einem schmalen Fenster, das hinaus auf die Piazza wies. Sie erschrak, als sie sah, dass sich die Zahl der Soldaten und Gardisten innerhalb der letzten Minuten vervielfacht hatte. Offenbar hatten die Ratsherren Uniformierte aus allen Vierteln zusammengezogen, vom Nachtwächter bis zum hochdekorierten Hauptmann. Es mussten Hunderte sein. Und sie alle deuteten mit Gewehren und Revolvern, sogar mit blanken Säbeln auf den Höllenboten.

»Lauf weiter! Beeil dich!«

Nachdem Merle sich seufzend den weiteren Stufen zugewandt hatte, fuhr die Königin in ihrer Erzählung fort: »Es konnte nicht gutgehen. Die Menschen sind nicht geschaffen, friedlich neben anderen Wesen zu existieren. Es kam, wie es kommen musste. Es begann mit Furcht. Furcht vor der Kraft der Löwen, vor ihren mächtigen Schwingen, ihren Fängen und gewaltigen Krallen. Immer mehr Menschen vergaßen, wie viel die Löwen für sie getan hatten, ja, dass Venedig ihnen allein die Vormachtstellung im Mittelmeer zu verdanken hatte. Aus Furcht wurde Hass und aus Hass der Wille, sich die Löwen untertan zu machen – denn verzichten wollte und konnte man nicht auf sie. Unter dem Vorwand, aus Dankbarkeit ein Fest für die Löwen zu veranstalten, brachte man sie dazu, sich auf ihrer Insel zu versammeln. Schiffe transportierten unzählige Rinder und Schweine herbei, geschlachtet und ausgenommen. Die Schlachthäuser hatten die Order bekommen, alles, was sich in ihren Lagern befand, für die Feier zur Verfügung zu stellen. Dazu gab es Wein aus den besten Reben Italiens und klares Quellwasser aus den Felsen der Alpen. Zwei Tage und zwei Nächte schlemmten die Löwen ungehemmt auf ihrer Insel, doch dann, allmählich, wurde das Schlafmittel wirksam, mit dem die hinterlistigen Venezianer das Fleisch bestrichen und Wasser und Wein versetzt hatten. Am dritten Tag gab es in der ganzen Lagune keinen Löwen mehr, der auf den Beinen stand, alle waren in tiefen Schlaf gefallen. Und abermals mussten die Schlachter ans Werk, und diesmal nahmen sie den Löwen die Schwingen!«

»Sie … sie haben sie ihnen einfach abge…«

»Abgehackt. Allerdings. Die Löwen bemerkten nichts davon, so stark war das Schlafmittel in ihrem Blut. Ihre Wunden wurden versorgt, so dass kaum einer an den Verletzungen starb, und dann ließ man sie auf der Insel zurück in der Gewissheit, dass die geschwächten Löwen gefangen waren. Löwen fürchten das Wasser, wie du weißt, und die wenigen, die versuchten, das Eiland schwimmend zu verlassen, ertranken vor Angst in den Fluten.«

Merle spürte eine solche Abscheu in sich, dass sie abermals stehen blieb. »Warum geben wir uns überhaupt solche Mühe, die Stadt zu retten? Nach allem, was die Venezianer den Löwen und dem Meervolk angetan haben! Sie haben es nicht besser verdient, als dass die Ägypter hier einfallen und alles dem Erdboden gleichmachen.«

Sie spürte, wie die Königin sanft lächelte, eine wundersame Wärme in ihrer Magengegend. »Sei nicht so verbittert, kleine Merle. Auch du bist eine Venezianerin, genau wie viele andere, die nichts von alldem wissen. Das Verbrechen an den Löwen ist schon lange her, viele Generationen.«

»Und du glaubst wirklich, die Menschen seien heute klüger?«, fragte Merle abfällig.

»Nein. Das werden sie wohl niemals sein. Aber man darf niemanden für ein Verbrechen büßen lassen, das er selbst nicht zu verantworten hat.«

»Und was ist dann mit den Meerjungfrauen, die sie vor ihre Boote spannen? Du hast selbst gesagt, dass sie alle sterben werden.«

Die Fließende Königin schwieg einen Moment.

»Wenn mehr von euch davon wüssten, wenn mehr

die Wahrheit kennen würden … vielleicht gäbe es dann keine solche Ungerechtigkeit mehr.«

»Du sagst, du selbst bist kein Mensch – und doch verteidigst du uns. Woher nimmst du nur diese verdammte Güte?«

»Verdammte Güte?«, wiederholte die Königin amüsiert. »Nur ein Mensch kann diese beiden Wörter im selben Satz benutzen. Vielleicht ist das einer der Gründe, warum ich noch Hoffnung für euch habe. Aber willst du nicht hören, wie die Geschichte der Löwen weiterging? Wir sind gleich in der Spitze des Turmes. Bis dahin solltest du wissen, welche Rolle Vermithrax in alldem spielte.«

»Erzähl weiter.«

»Die Löwen erholten sich nur langsam, und es gab Streit unter ihnen, wie zu verfahren sei. Fest stand, sie waren Gefangene auf ihrer eigenen Insel. Sie waren schwach, der Schmerz in ihren Schultern drohte sie umzubringen, und sie waren verzweifelt. Die Venezianer unterbreiteten ihnen das Angebot, ihnen weiterhin Futter zukommen zu lassen, solange die Löwen bereit wären, ihnen als Sklaven zu dienen. Nach langer Debatte ließ sich das Löwenvolk darauf ein. Einige von ihnen wurden auf eine zweite Insel verschifft, wo Wissenschaftler und Alchimisten damit begannen, Experimente an ihnen vorzunehmen. Neue Generationen von Steinlöwen wurden herangezüchtet, so lange, bis sie zu dem wurden, was sie heute sind – nicht Tier, aber auch nicht Ebenbild ihrer edlen Vorväter. Eine

Rasse von Löwen, die ohne Flügel geboren wird und das Singen verlernt hat.«

»Und was ist mit Vermithrax?«, fragte Merle. »Oder den Löwen, die auch heute noch fliegen können?«

»Als die Venezianer ihren Verrat begingen, befand sich ein kleiner Trupp von Löwen außerhalb der Lagune, um für die Menschen die Länder des Ostens auszuspionieren. Bei ihrer Heimkehr erfuhren sie, was geschehen war, und sie brüllten vor Zorn. Doch trotz all ihrer Wut waren sie zu wenige, um den Venezianern mehr als ein Scharmützel zu liefern. So beschlossen sie fortzugehen, statt den sicheren Untergang im Kampf mit der Übermacht zu wählen. Sie waren nicht mehr als ein Dutzend, aber sie flogen den ganzen Weg übers Mittelmeer nach Süden und weiter noch bis ins Herz Afrikas. Dort lebten sie eine Weile unter den Löwen der Savannen, ehe sie erkannten, dass diese sie nur aus Furcht als ihresgleichen akzeptierten. Da zog das Volk der Steinlöwen weiter, hoch in die Berge der heißen Länder, und dort blieben sie für lange Zeit. Das Unrecht der Venezianer wurde zur Geschichte, dann zum Mythos. Doch schließlich, vor etwa zweihundert Jahren, war da ein junger Löwe namens Vermithrax. Er schenkte den alten Legenden Glauben, und sein Herz war schwer vor Trauer über das Schicksal seines Volkes. Er fasste den Entschluss, hierher zurückzukehren, um den Bürgern Venedigs ihre Verbrechen heimzuzahlen. Doch nur wenige wollten sich ihm anschließen, denn mittlerweile waren die Berge den

Nachfahren der Flüchtlinge zur Heimat geworden, und kaum einer verspürte Freude bei dem Gedanken, in die ungewisse Fremde aufzubrechen. So kam es, dass Vermithrax nur mit einer Handvoll Gefährten den Weg nach Venedig auf sich nahm. Er glaubte fest daran, dass die unterjochten Löwen der Stadt sich auf seine Seite schlagen und ihren Peinigern in den Rücken fallen würden. Doch Vermithrax beging einen schweren Fehler: Er unterschätzte die Macht der Zeit.«

»Die Macht der Zeit?«, fragte Merle verwundert.

»Ja, Merle. Die Zeit hatte die Wunden längst geheilt und, schlimmer noch, sie hatte das Volk der Löwen gefügig gemacht. Der alte Drang nach Bequemlichkeit hatte sich der stummen, flügellosen Rasse der Löwen bemächtigt. Sie waren zufrieden mit ihrem Dasein als Diener der Venezianer. Keiner kannte mehr das Leben in Freiheit, die Fähigkeiten ihrer Vorfahren waren in Vergessenheit geraten. Kaum einer war bereit, sein Leben aufs Spiel zu setzen für eine Rebellion, die nicht die ihre war. Lieber gehorchten sie den Befehlen ihrer menschlichen Meister, als sich gegen sie aufzulehnen. Vermithrax' Angriff auf die Stadt kostete viele Leben und legte ganze Viertel in Schutt und Asche, war aber letztlich zum Scheitern verurteilt. Sein eigenes Volk stellte sich gegen ihn. Es waren Löwen, die ihn bezwangen, jene Löwen, die er hatte befreien wollen und die nun aus freiem Willen die Handlanger der Menschen blieben.«

»Aber dann waren doch eigentlich sie die Verräter, nicht er!«

»Alles eine Frage des Blickwinkels. Für die Venezianer war Vermithrax ein Mörder, der aus heiterem Himmel über sie hergefallen war, zahllose Menschen getötet und noch dazu versucht hatte, die Steinlöwen gegen sie aufzubringen. Aus ihrer Sicht ist das, was sie taten, durchaus nachvollziehbar. Sie töteten die meisten Angreifer, doch einige wenige ließen sie am Leben, um von den Wissenschaftlern eine neue Generation fliegender Löwen züchten zu lassen. Niemand erinnerte sich mehr daran, wie es gewesen war, als die Löwen noch Flügel besaßen, und so erschien es den Menschen verlockend, Löwendiener zu besitzen, die mit ihren Schwingen große Lasten tragen oder im Krieg den Feind aus der Luft attackieren konnten, so wie Vermithrax es während seines Angriffs auf die Stadt getan hatte. Eine kleine Zahl neuer Löwen entstand, eine Kreuzung aus den freien, geflügelten Heimkehrern aus Afrika und den willenlosen, treu ergebenen Sklaven Venedigs. Was dabei herausgekommen ist, weißt du: die Fluglöwen, auf denen heute die Garde des Stadtrates reitet. Du hast ja bereits Bekanntschaft mit ihnen gemacht.«

»Und Vermithrax?«

»Für Vermithrax ließ man sich eine besonders perfide Strafe einfallen. Statt ihn zu töten, kerkerte man ihn in diesem Turm ein. Hier in luftiger Höhe musste er sein Schicksal ertragen, und nichts ist schlimmer für einen geflügelten Löwen, als der Fähigkeit des Fliegens beraubt zu sein. Für Vermithrax, der viele Jahre lang frei über den weiten Steppen Afrikas geschwebt war, war das doppelt grausam. Hinzu kam, dass sein Wille gebrochen war – nicht durch die Niederlage, sondern durch den Verrat seiner Artgenossen. Er verstand die Gleichgültigkeit in ihren Herzen nicht, ihre hündische Ergebenheit und die Leichtfertigkeit, mit der sie sich im Auftrag der Menschen gegen ihn gestellt hatten. Das Wissen um diesen Verrat war die härteste aller Strafen für ihn, und so beschloss er, dass es an der Zeit war, seinem Leben ein Ende zu setzen. Er wies das Essen zurück, das man ihm brachte, nicht etwa aus Angst vor Gift, sondern in der Hoffnung, rasch zu sterben. Doch Vermithrax, dieser Rebell und Raufbold, war wohl der Erste seiner Rasse, der feststellen musste, dass ein Wesen aus Stein keine Nahrung benötigt. Gewiss, auch Steinlöwen verspüren Hunger und tatsächlich ist das Fressen eine ihrer Lieblingsbeschäftigungen – doch lebensnotwendig ist Nahrung für sie nicht. So haust Vermithrax noch heute in diesem Turm, oben unter der Spitze. Von dort aus kann er über die Stadt blicken und ist doch ihr Gefangener.« Die Fließende Königin machte eine kurze Pause und setzte dann hinzu: »Um ehrlich zu sein, ich weiß nicht, in welchem Zustand wir ihn antreffen werden.«

Merle näherte sich dem letzten Treppenabsatz. Licht fiel durch ein Fenster auf ein mächtiges Tor aus Stahl.

Die Oberflächen schimmerten bläulich. »Wie bist du Vermithrax begegnet?«

»Als er vor fast zweihundert Jahren seine Gefährten aus Afrika hierherführte, glaubte er, dass er es den Menschen in einer Sache gleichtun müsste, um ihnen ebenbürtig zu sein – er musste die angeborene Furcht der Löwen vor dem Wasser überwinden. Seine Vorfahren waren zu Sklaven geworden, weil sie es nicht mit der Lagune hatten aufnehmen können. Sie waren Gefangene auf ihrer eigenen Insel gewesen, und Vermithrax wollte nicht in die gleiche Falle tappen. Sobald er die Lagune vor sich sah, fasste er sich daher ein Herz und stürzte sich todesmutig in die Fluten. Doch vor dieser Herausforderung musste sogar der Wagemutigste unter den Löwen kapitulieren. Das Wasser und die Kälte lähmten ihn, und er drohte unterzugehen.«

»Und du hast ihn gerettet?«

»Ich erforschte seine Gedanken, während er in die Tiefe sank. Ich sah die Kühnheit seines Plans und bewunderte seinen starken Willen. Ein Vorhaben wie seines durfte nicht scheitern, bevor es überhaupt begonnen hatte. So hieß ich das Meervolk, ihn zurück zur Oberfläche zu tragen und sicher an das Ufer eines unbewohnten Eilands zu bringen. Auch gab ich mich ihm zu erkennen, und während er wieder zu sich kam und neue Kraft schöpfte, führten wir lange Gespräche. Ich will nicht sagen, dass wir Freunde wurden – dafür verstand er zu wenig, was ich wirklich bin, und ich glaube, er fürchtete mich, weil ich –«

»Weil du selbst Wasser bist?«

»Ich bin die Lagune. Ich bin das Wasser. Ich bin der Quell des Meervolkes. Vermithrax war ein Kämpfer, ein Heißsporn mit einem unbezwingbaren Willen. Er brachte mir Achtung entgegen und Dankbarkeit, aber auch Furcht.«

Die Fließende Königin verstummte, als Merle erschöpft das höchste Plateau des Treppenhauses betrat. Das Stahltor der Turmkammer war dreimal so hoch wie sie selbst und fast vier Schritt breit. Zwei mannslange Riegel waren von außen davorgeschoben.

»Wie sollen wir –«, begann sie, wurde aber unterbrochen, als sich der Lärm auf der Piazza schlagartig steigerte. Rasch lief sie an das vergitterte Fenster und schaute nach unten.

Von hier aus hatte sie eine atemberaubende Aussicht über den vorderen Teil des Platzes und den Feuerspalt, der sich in seiner Mitte aufgetan hatte; er endete wenige Meter vor der Wasserkante. Hätte sich die Kluft bis ins Meer fortgesetzt, wären Merle und die Meerjungfrauen durch den Sog des Wassers geradewegs in die Flammen gezogen worden.

Aber es war nicht diese Erkenntnis, die ihr das Blut in den Adern gefrieren ließ. Es war die Katastrophe, die dort unten ihren Anfang nahm.

Drei geflügelte Löwen schossen vom Dach des Dogenpalastes herab, aufgepeitscht von den Schreien ihrer Reiter. Der Stadtrat hatte seine Entscheidung getroffen. Keine Verhandlungen mehr mit den Fürsten der Hölle, ein für alle Mal.

Ehe der Bote reagieren konnte, waren die drei Löwen heran. Zwei rasten rechts und links an ihm vorüber, verfehlten ihn um Haaresbreite und waren zu schnell durch die Flammen, als dass ihre Reiter hätten Schaden nehmen können. Der dritte Löwe aber, jener in der Mitte der Formation, packte den Boten mit aufgerissenem Maul, bekam seinen feisten Leib zu fassen, riss ihn von dem flammenden Spalt fort und trug ihn davon. Der Bote kreischte, eine entsetzliche Folge von Lauten, unfassbar hoch und schrill für menschliche Ohren. Er hing waagerecht im Schlund des Löwen. Sein bandagierter, wurmartiger Unterleib wand sich wie eine fette Made. Überall auf dem Platz krümmten sich die Menschen, sogar Soldaten ließen ihre Waffen fallen und pressten die Hände auf ihre Ohren.

Der Löwe flog mit dem Boten im Maul eine enge Kurve über den Dächern. Dann schoss er auf die Soldaten zu, die sich vor dem Palast versammelt hatten.

Über ihren Köpfen ließ er die kreischende Kreatur fallen wie ein verfaultes Stück Fleisch.

»Merle!«, rief die Fließende Königin in ihren Gedanken. »Merle, das Tor …!«

Aber Merle konnte ihren Blick nicht von dem Spektakel lösen. Die Soldaten stoben auseinander, gerade noch schnell genug, dass der Bote nicht auf ihre Köpfe stürzte. Schreiend schlug er zwischen ihnen am Boden auf, all seiner Erhabenheit beraubt, nur ein monströses Ding, dessen riesige Hühnerkrallen haltlos in die Luft peitschten, während der Wurmfortsatz seines Unterleibes in Panik auf das Pflaster trommelte.

»Merle …!«

Für wenige Herzschläge herrschte Stille auf der gesamten Piazza. Die Menschen verstummten, vergaßen zu atmen, unfähig zu begreifen, was vor ihren Augen geschehen war.

Dann hob triumphierendes Geschrei an. Die Meute hatte Blut geleckt. Niemand dachte mehr an die Konsequenzen. Fast vier Jahrzehnte Eingeschlossensein und Angst vor der Außenwelt brachen sich Bahn.

Aus den Schreien formten sich Worte, dann ein schriller, tosender Sprechgesang:

»Tötet das Biest! Tötet das Biest!«

»Merle! Wir haben keine Zeit!«

»Tötet das Biest!«

»Bitte!«

»Tötet das Biest!«

Die Wunde, die der Sturz des Boten in die Formation der Soldaten gerissen hatte, schloss sich in einer Woge drängender Leiber, blitzender Klingen und verzerrter Gesichter. Dutzende Arme hoben und senkten sich, schlugen mit Säbeln, Gewehrkolben und bloßen Fäusten auf die Kreatur am Boden ein. Das Kreischen des Boten wurde zum Wimmern, dann verstummte es ganz.

»Das Tor, Merle!«

Als Merle sich wie betäubt umdrehte, fiel ihr Blick wieder auf die beiden mächtigen Riegel.

»Du musst es jetzt öffnen«, flehte die Königin.

Jenseits des Stahls ertönte das Brüllen eines Löwen.

Der Uralte Feind

Es hatte keinen Zweck mehr, die Dinge in Frage zu stellen. Merle hatte eine Aufgabe übernommen. Die Entscheidung war gefallen, als sie den Inhalt der Karaffe getrunken hatte; vielleicht schon früher, als sie mit Serafin das Lampionfest verließ. Ein Abenteuer – das war es doch, was sie gewollt hatte.

Es war erstaunlich leicht, den unteren Torriegel beiseitezuschieben. Erst stemmte sie sich mit ihrem Körper dagegen, doch dann glitt der riesige Stahlbolzen nach links, als sei er gerade am Tag zuvor geölt worden.

Der zweite Riegel erwies sich als schwieriger. Er war eine gute Handbreit über Merles Kopf verankert, zu hoch, als dass sie ihr ganzes Gewicht hätte einsetzen können. Es dauerte einige Zeit, ehe es ihr schließlich gelang, ihn ein kleines Stück weit zu bewegen. Schweiß lief ihr in Strömen übers Gesicht. Die Fließende Königin schwieg.

Da – der Riegel glitt nach links. Endlich!

»Du musst den Torflügel nach innen schieben«, sagte die Königin. Sie klang noch nicht wirklich erleichtert. Bald würden wieder Soldaten auftauchen. Bis dahin mussten sie Vermithrax befreit haben.

Merle zögerte nur einen Atemzug lang. Dann lehnte sie sich mit beiden Händen gegen das stählerne Tor. Mit metallischem Knirschen schwang es nach innen.

Die Turmkammer des Campanile war größer, als sie erwartet hatte. Im Dunkeln konnte sie die Umrisse des Balkengewirrs erkennen, das die hohe Dachspitze stützte. Weit, weit über ihr flatterten Tauben. Weißer Vogelkot bedeckte die Bodenbretter wie feiner Schnee; er war so trocken und staubig, dass Merles Füße bei jedem Schritt kleine Wölkchen aufwirbelten. Die abgestandene Luft roch beißend nach den Exkrementen der Tiere. Der Bewohner dieses Dachbodenkerkers dagegen besaß keinen Eigengeruch; keinen, der sich von dem des Gesteins rundum unterscheiden ließ.

Es war sehr dunkel. Ein einzelner Lichtstrahl fiel durch ein Fenster auf halber Höhe zwischen dem Boden und den unteren Balken des Turmgiebels. Draußen ging endlich die Sonne auf. Gitterstäbe, so breit wie Merles Oberschenkel, schnitten das Licht in Scheiben.

Auch die Wände waren mit einem Netzwerk aus Stahlgittern überzogen, so als fürchtete man, der Gefangene könnte sonst kurzerhand die Mauern einreißen. Selbst die hohen Dachbalken waren mit Gitterstäben durchzogen.

Das Licht, das durch das Fenster hereinfiel, zog sich wie ein Bündel glitzernder Seile schräg durch die Turmkammer und ankerte im Zentrum des Dachbodens. Jenseits des gelben Lichtkleckses herrschte Finsternis, die gegenüberliegende Wand war nicht auszumachen.

Merle fühlte sich klein und verloren unter dem hohen Torbogen. Was soll ich jetzt tun?, dachte sie.

»Du musst ihn begrüßen. Er muss wissen, dass wir in Frieden kommen.«

»Er wird dich nicht erkennen, wenn du nicht selbst zu ihm sprichst«, erwiderte Merle.

»O doch, das wird er.«

»Ähm … hallo?«, sagte sie leise.

Tauben raschelten im Gebälk.

»Vermithrax?«

Ein Rasseln ertönte. Auf der anderen Seite des Lichtstrahls. Tief in der Dunkelheit.

»Vermithrax? Ich bin hier, um –«

Sie brach ab, als die Schatten zu etwas Festem, Körperlichem gerannen. Ein Rauschen drang herüber, gefolgt von einem heftigen Windstoß – Schwingen, die auseinandergefaltet wurden, sich streckten. Dann Schritte, weich wie die von Katzenpfoten, nicht so plump und scharrend wie die der anderen Löwen. Animalisch, und doch mit Bedacht gesetzt. Abwartend.

»Die Fließende Königin ist bei mir«, brachte sie hervor. Vermutlich würde Vermithrax sie auslachen.

Ein Umriss, höher als ein Pferd und doppelt so breit, schälte sich aus der Finsternis. Von einem Augenblick zum nächsten stand er im Licht, sein Haupt übergossen vom Schein der Morgensonne.

»Vermithrax«, entfuhr es Merle, nicht lauter als ein Ausatmen.

Der Uralte Verräter sah sie aus stolzen Augen an. Seine rechte Vorderpfote fuhr mörderische Krallen aus – und zog sie gleich wieder ein. Ein Aufblitzen raschen, hundertfachen Todes. Jede seiner Pranken war so groß wie Merles Kopf, seine Zähne lang wie ihre Finger. Seine Mähne, obwohl aus Stein, raschelte und wogte bei jeder Bewegung wie seidiges Fell.

»Wer bist du?« Seine Stimme war tief und besaß einen leichten Hall.

»Merle«, sagte sie unsicher. Und noch einmal: »Ich heiße Merle. Ich bin eine Schülerin von Arcimboldo.«

»Und Trägerin der Fließenden Königin.«

»Ja.«

Vermithrax machte einen majestätischen Schritt auf sie zu. »Du hast das Tor geöffnet. Warten dort draußen Soldaten, um mich zu töten?«

»Im Augenblick sind sie alle auf der Piazza. Aber sie werden bald hier sein. Wir müssen uns beeilen.«

Er blieb wieder stehen, und jetzt beschien das Licht seinen gesamten Körper.

Merle hatte nie zuvor einen Löwen aus Obsidian gesehen. Er war pechschwarz, von der Schnauze bis zu seinem kräftigen Schwanz. Ein leichter Glanz lag auf seinen Flanken, dem schlanken Rücken und seinem Löwengesicht. Das Haar seiner gewaltigen Mähne schien ständig in Bewegung, ein unmerkliches Kräuseln, selbst dann, wenn er das Haupt ruhig hielt. Seine ausgebreiteten Schwingen schwebten über ihm, jede fast drei Meter lang. Jetzt faltete er sie wie beiläufig zusammen, vollkommen lautlos. Nur der Luftzug wiederholte sich.

»Beeilen«, wiederholte er gedankenverloren ihr letztes Wort.

Merle spürte Ungeduld in sich aufsteigen. Löwe hin oder her, sie wollte nicht sterben, nur weil er sich nicht entscheiden konnte, ihr zu vertrauen.

»Ja, beeilen«, sagte sie bestimmt.

»Reich ihm deine Hand.«

»Ist das dein Ernst?«

Die Königin antwortete nicht, und so bewegte sich Merle langsam auf den Obsidianlöwen zu. Er erwartete sie reglos. Erst als sie ihm ihre Hand entgegenstreckte, hob er in einer gleitenden Bewegung die rechte Vorderpfote, bis sie unter Merles Fingern ruhte.

Von einem Herzschlag zum anderen ging eine Veränderung mit ihm vor. Sein Blick wurde sanfter.

»Fließende Königin«, murmelte er kaum hörbar und neigte das Haupt.

»Er kann dich spüren?«, fragte Merle, ohne es auszusprechen.

»Steinlöwen sind sensible Wesen. Er hat meine Präsenz schon gefühlt, als du die Tür geöffnet hast. Sonst wärst du längst tot.«

Wieder sprach der Löwe, und diesmal fixierte er Merle; zum ersten Mal wirklich sie. »Und dein Name ist Merle?«

Sie nickte.

»Ein schöner Name.«

Dafür ist jetzt keine Zeit, wollte sie sagen. Aber dann nickte sie nur erneut.

»Glaubst du, du kannst auf meinem Rücken reiten?«

Natürlich hatte sie geahnt, dass es dazu kommen würde. Doch nun, da der Ritt auf einem echten Steinlöwen – noch dazu auf einem, der sprechen und fliegen konnte – unmittelbar bevorstand, fühlten sich ihre Knie so weich und verletzlich an wie Luftblasen.

»Du brauchst keine Angst zu haben«, sagte Vermithrax mit voller Stimme. »Halte dich einfach nur fest.«

Sie trat zögernd neben ihn und sah zu, wie er sich ablegte.

»Komm schon«, drängte die Königin unwirsch.

Merle seufzte lautlos und schwang sich auf den Rücken. Zu ihrem Erstaunen fühlte sich der Obsidian unter ihr warm an und schien sich der Form ihrer Beine anzupassen. Sie saß so sicher wie in einem Sattel.

»Wo soll ich mich festhalten?«

»Greif tief in meine Mähne«, sagte Vermithrax. »So tief und so fest du kannst.«

»Wird dir das nicht weh tun?«

Er lachte leise und ein wenig bitter, gab aber keine Antwort. Merle packte zu. Die Mähne des Löwen fühlte sich weder an wie echtes Fell noch wie Stein. Hart, und doch gleitend, wie die Arme einer Unterwasserpflanze.

»Wenn es zum Kampf kommt«, sagte der Löwe und blickte zur Tür hinüber, »beuge dich so tief wie möglich über meinen Hals. Am Boden werde ich versuchen, dich mit meinen Schwingen zu schützen.«

»In Ordnung.« Merle gelang es nur mit Mühe, ihre zitternde Stimme unter Kontrolle zu halten.

Vermithrax setzte sich in Bewegung und glitt mit katzenhaften Bewegungen auf das Tor zu. Blitzschnell war er hinaus durch den Türspalt, auf dem oberen Plateau des Treppenhauses. Er begutachtete aufmerksam die Breite des Schachts, nickte zufrieden und spreizte seine Schwingen.

»Können wir die Stufen nicht runterlaufen?«, fragte Merle besorgt.

»Beeilen, hast du gesagt.« Vermithrax' Worte waren noch nicht verklungen, da erhob er sich schon sanft in die Luft, glitt über das Geländer hinweg – und stürzte sich steil in die Tiefe.

Merle stieß einen hohen Schrei aus, als der Gegenwind ihr die Lider herabdrückte und sie beinahe hinterrücks vom Leib des Löwen katapultierte. Doch da spürte sie einen unnachgiebigen Druck im Rücken – Vermithrax' Schwanzspitze presste sie in die Mähne.

Ihr Magen schien sich von innen nach außen zu krempeln. Sie fielen, fielen, fielen … Der Boden im Zentrum des Treppenhauses füllte ihr ganzes Sichtfeld aus, als sich der Obsidianlöwe mit einem Ruck zurück in die Waagerechte legte, knapp über den Grund des Turms hinwegfegte und mit einem urgewaltigen Brüllen aus dem Tor des Campanile schoss, ein schwarzer Blitz aus Stein, größer, härter, schwerer als jede Kanonenkugel und mit der Macht eines Orkans.

»Frreeeeeiiiiii!«, brüllte er triumphierend hinaus in die Morgenluft, die noch immer geschwängert war vom Schwefeldunst der Hölle. »Endlich frei!«

Alles ging so schnell, dass Merle kaum Zeit blieb, Einzelheiten zu erkennen, geschweige denn, sie zu einer logischen Folge von Ereignissen, Bildern, Wahrnehmungen zusammenzufügen.

Menschen schrien und liefen durcheinander. Soldaten wirbelten herum. Hauptleute riefen Befehle. Irgendwo krachte ein Schuss, gefolgt von einem ganzen Kugelhagel. Ein Geschoss prallte wie eine Murmel von Vermithrax' steinerner Flanke ab, doch Merle selbst wurde nicht getroffen.

Im Tiefflug, keine drei Meter über dem Boden, raste der schwarze Obsidianlöwe mit ihr über die Piazza.

Menschen stoben schreiend auseinander. Mütter packten ihre Kinder, die sie nach dem Tod des Boten gerade erst freigegeben hatten.

Vermithrax stieß ein tiefes Grollen aus, es klang wie Steinschlag in den Schlünden eines Bergwerks; es dauerte einen Moment, ehe Merle begriff, dass dies sein Lachen war. Er bewegte sich mit erstaunlicher Grazie, so als wäre er nie im Campanile gefangen gewesen. Seine Schwingen waren nicht steif, sondern kraftvoll und elastisch; seine Augen nicht blind, sondern scharf wie die eines Habichts; seine Beine nicht lahm, seine Krallen nicht stumpf, sein Geist nicht verschleiert.

»Er hat den Glauben an sein Volk verloren«, erklärte

die Königin in Merles Gedanken, »aber nicht den Glauben an sich selbst.«

»Du hast gesagt, er wollte sterben.«

»Das ist lange her.«

»Leben und leben und leben«, brüllte der Obsidianlöwe, als hätte auch er die Worte der Königin vernommen.

»Hat er?«

»Nein«, sagte die Königin, »aber er kann mich spüren. Und manchmal vielleicht auch das, was ich denke.«

»Was ich denke!«

»Was wir denken.«

Vermithrax raste über den Höllenspalt hinweg. Die Flammen waren erloschen, und eine graue Rauchwand teilte die Piazza wie ein Vorhang. Vage konnte Merle erkennen, dass Gestein und Geröll in dem Riss aufstiegen und ihn allmählich versiegelten. Bald würde nur noch das aufgerissene Pflaster ein Zeugnis für die Ereignisse sein.

Weitere Kugeln pfiffen Merle um die Ohren, aber seltsamerweise hatte sie während des ganzen Fluges keine Angst, getroffen zu werden. Alles ging viel zu schnell.

Sie schaute nach links und sah die drei Verräter im Pulk der Gardisten stehen, inmitten einer Pfütze aus schleimigen Sekreten, die aus dem Leichnam des Boten flossen.

Purpur. Gold. Und Scharlach. Die Räte hatten erkannt, wer auf dem Rücken des Löwen saß. Und sie wussten, dass Merle ihr Geheimnis teilte.

Sie blickte wieder nach vorn, während der Platz zurückblieb und die Wellen unter ihr dahinrasten. Das Wasser glühte golden im Morgenrot, eine verheißungsvolle Straße in die Freiheit. Rechts von ihnen lag die Insel Giudecca, gleich darauf ließen sie auch deren Dächer und Türme hinter sich.

Merle stieß einen schrillen Ruf aus, nicht mehr aus Furcht, nur ein Sich-Luft-Machen, ein Ventil für ihre Euphorie und Erleichterung. Der kühle Wind sang in ihren Ohren, und endlich konnte sie durchatmen. Eine Wohltat nach dem entsetzlichen Schwefelgeruch auf dem Platz! Wind drang durch ihr Kleid, durch ihre Haut, durch ihre Knochen. Wind streichelte ihr Haar, floss durch ihre Augen, ihren Geist. Sie verschmolz mit den Lüften, verschmolz auch mit Vermithrax, der sie über das Meer hinwegtrug, zehn, fünfzehn Meter über Wogen aus flüssiger Glut. Alles war in Rot und Gelb getaucht, auch sie selbst. Nur Vermithrax' Obsidianleib blieb schwarz wie ein Stück Nacht, das auf der Flucht vor dem Licht dahinjagte.

»Wohin fliegen wir?« Merle bemühte sich, das Tosen der Winde zu übertönen, war aber nicht sicher, ob es ihr gelang.

»Fort«, rief Vermithrax übermütig. »Fort, fort, fort!«

»Der Belagerungsring«, erinnerte die Fließende Königin. »Denkt an die ägyptischen Aufklärer und die Sonnenbarken.«

Merle wiederholte die Worte für den Löwen. Dabei fiel ihr ein, dass Vermithrax so lange im Campanile eingekerkert gewesen war, dass er gar nichts vom Aufstieg des Imperiums und dem Vernichtungskrieg des Pharaos wissen konnte.

»Es herrscht Krieg«, erklärte sie. »Auf der ganzen Welt herrscht Krieg. Venedig wird von der Armee der Ägypter belagert.«

»Ägypter?«, fragte Vermithrax verwundert.

»Das Pharaonenreich. Es hat einen Ring um die Lagune gezogen. Ohne einen Plan kommen wir da nicht durch.«

Vermithrax lachte lauthals. »Aber ich kann fliegen, kleines Mädchen!«

»Das können die Sonnenbarken des Imperiums auch«, erwiderte Merle mit geröteten Wangen. Kleines Mädchen! Pah.

Vermithrax machte einen kurzen Schlenker und schaute über seine Schulter nach hinten. »Mach du deinen Plan! Ich kümmere mich um die da!«

Merle blickte zurück und erkannte, dass sie von einem halben Dutzend fliegender Löwen verfolgt wurden. Auf ihren Rücken saßen schwarze Gestalten in Leder und Stahl.

»Die Garde! Kannst du sie abhängen?«

»Wir werden sehen.«

»Werd ja nicht leichtsinnig!«

Wieder lachte der Löwe. »Wir zwei werden uns gut verstehen, mutige Merle.«

Ihr blieb keine Zeit, herauszufinden, ob er sich über sie lustig machte. Scharfes Zischen drang an ihre Ohren – Gewehrkugeln, die an ihnen vorübersausten.

»Sie schießen auf uns!«

Ihre Verfolger waren etwa hundert Meter hinter ihnen. Sechs Löwen, sechs bewaffnete Männer im Auftrag der Verräter.

»Kugeln können mir nichts anhaben«, rief Vermithrax.

»Na, wunderbar! Dir vielleicht nicht. Mir schon!«

»Ich weiß. Deshalb werden wir …« Er brach ab und lachte dröhnend. »Lass dich überraschen.«

»Er ist verrückt!« Hätte Merle laut gesprochen, hätte ihre Stimme resigniert geklungen.

»Vielleicht ein wenig.«

»Hältst du mich für verrückt?«, fragte der Obsidianlöwe belustigt.

Warum lügen? »Du warst zu lange in diesem Turm gefangen. Und du weißt nichts über uns Menschen.«

»Hast du mir nicht dasselbe vorgeworfen?«, mischte sich die Fließende Königin ein. »Mach es dir nicht zu einfach.«

Vermithrax schlug einen scharfen Haken nach rechts, um einer weiteren Gewehrsalve auszuweichen. Merle schwankte auf seinem Rücken, doch seine buschige Schwanzspitze drückte sie zurück in die Löwenmähne.

»Wenn die weiter so wahllos schießen, wird ihnen bald die Munition ausgehen«, brüllte sie in den Gegenwind.

»Das sind nur Warnschüsse«, sagte die Königin. »Sie wollen uns lebend.«

»Was macht dich da so sicher?«

»Sie hätten dich längst treffen können, wenn sie wollten.«

»Weiß Vermithrax das?«

»Natürlich. Unterschätze nie seine Intelligenz. Diese Flugmanöver sind harmlose Spielereien. Er macht sich einen Spaß daraus. Womöglich will er nur herausfinden, ob er in all den Jahren etwas verlernt hat.«

Merles Magen fühlte sich an, als zerrten ihn Hände in unterschiedliche Richtungen. »Mir ist schlecht.«

»Das legt sich«, erwiderte Vermithrax.

»Du hast gut reden.«

Der Löwe schaute zurück. »Da sind sie.«

Er hatte ihre Verfolger herankommen lassen. Vier waren noch immer hinter ihnen, doch zwei flankierten jetzt ihre Seiten. Einer der Reiter, ein weißhaariger Hauptmann der Garde, musterte Merle. Er ritt auf einem Quarzlöwen.

»Gebt auf!«, rief er über die Kluft. Er war etwa zehn Meter entfernt. »Wir sind bewaffnet und in der Überzahl. Wenn ihr in dieser Richtung weiterfliegt, fallt ihr den Ägyptern in die Hände. Das können wir nicht zulassen – und ihr könnt das nicht wollen.«

»Welchem Ratsherrn unterstehen Sie?«, rief Merle.

»Rat Damiani.«

»Das ist keiner der drei Verräter«, sagte die Königin.

»Warum verfolgen Sie uns?«

»Ich habe meine Befehle. Und, Herrgott, das da unter dir ist der Uralte Verräter, Mädchen! Er hat halb Venedig in Schutt und Asche gelegt. Du kannst nicht erwarten, dass wir ihn einfach ziehen lassen.«

Vermithrax wandte dem Hauptmann seinen Schädel zu und musterte ihn aus schwarzen Obsidianaugen. »Wenn du aufgibst und umkehrst, lasse ich dich am Leben, Mensch.«

Etwas Seltsames geschah. Es war nicht die Reaktion des Gardisten, die Merle verblüffte, sondern die seines Löwen. Bei Vermithrax' Worten erwachte das geflügelte Wesen aus der Gleichgültigkeit, mit der seinesgleichen für gewöhnlich den Befehlen seiner menschlichen Meister folgte. Der Löwe starrte zu Vermithrax herüber, und einen Moment lang wurde sein Flügelschlag hektischer. Auch der Hauptmann bemerkte es und zerrte irritiert an den Zügeln. »Ganz ruhig«, formten seine Lippen, doch der Wind riss die Worte mit sich fort.

»Er kann nicht verstehen, warum Vermithrax spricht«, erklärte die Fließende Königin.

»Rede mit ihm«, rief Merle ins Ohr des Obsidianlöwen. »Das ist unsere Chance.«

Vermithrax ließ sich abrupt zehn Meter nach unten fallen. Zwei Mannslängen lagen noch zwischen seinen Pranken und der aufgewühlten See. Je näher sie den Wellen kamen, desto stärker empfand Merle die Geschwindigkeit.

»Jetzt!«, brüllte Vermithrax. »Gut festhalten!«

Merle klammerte sich noch fester in seine windzerzauste Mähne, als der Obsidianlöwe mit einer Reihe rascher Schwingenschläge beschleunigte, dann eine Drehung um hundertachtzig Grad vollzog, zugleich wieder aufstieg und mit einem Mal auf ihre verdutzten Verfolger zuflog.

»Löwen«, rief er mit donnernder Stimme über das Wasser hinweg. »Hört mich an!«

Die sechs geflügelten Löwen der Garde zögerten. Die Schläge ihrer Schwingen verlangsamten sich. Sie hingen jetzt nahezu bewegungslos in der Luft; dabei senkten sich ihre Hinterteile abwärts, verlagerten sich aus der Horizontalen fast in die Senkrechte. Gurte und Schnallen knirschten, als die sechs Reiter in ihren Sicherheitsaufhängungen hochgerissen wurden.

Keiner hatte mit diesem Manöver gerechnet. Die Löwen handelten aus eigenem Willen, und daran waren die Gardisten nicht gewöhnt.

Der Hauptmann rief seine Männer zu den Gewehren: »Legt auf das Mädchen an!« Doch in dieser Position waren den Soldaten die riesigen Schädel ihrer Löwen im Weg, und keiner konnte mit nur einer Hand zielen und sich mit der anderen an der Mähne festklammern.

»Hört mich an!«, rief Vermithrax noch einmal und blickte von einem Löwen zum anderen. Auch er schwebte auf der Stelle, nur seine Schwingen schlugen gemächlich auf und nieder. »Einst kehrte ich in diese Stadt zurück, um euch von dem Joch eurer Unterdrücker zu befreien. Für ein Leben in Freiheit. Für ein Dasein ohne Zwänge und Befehle und Kämpfe, die nie eure eigenen waren. So viel Luft unter euren Schwingen, wie ihr wollt! Jagen und kämpfen und, ja, wieder sprechen, wann ihr wollt! Ein Leben wie das eurer Vorfahren!«

»Er benutzt eure Sprache«, sagte die Fließende Königin. »Ihre eigene verstehen die Löwen nicht mehr.«

»Sie hören ihm zu.«

»Fragt sich nur, wie lange.«

Die sechs Reiter brüllten hilflos ihre Löwen an, aber Vermithrax' Stimme übertönte sie mühelos. »Ihr zögert, weil ihr nie zuvor gehört habt, dass ein Löwe die Sprache der Menschen spricht. Aber zögert ihr nicht auch, weil es einen Löwen gibt, der bereit ist, für seine Freiheit zu kämpfen? Schaut hin und fragt euch: Erkennt ihr in mir nicht euch selbst wieder?«

Einer der Löwen stieß ein scharfes Fauchen aus. Vermithrax zuckte kaum merklich zusammen.

»Er trauert«, erklärte die Königin. »Weil sie sein könnten wie er und doch nur Tiere sind.«

Andere Löwen fielen in das Fauchen mit ein, und der Hauptmann, der mit den Stimmen der Löwen aufgewachsen war und sein ganzes Leben mit ihnen zugebracht hatte, lächelte siegessicher.

»Lehnt euch gegen eure Meister auf!«, brüllte Vermithrax zornig. Die Stimmung kippte von einem Augenblick zum nächsten, ohne dass Merle verstand, was der Grund dafür war. »Lasst euch nicht länger Befehle geben! Werft eure Reiter ins Meer oder tragt sie zurück in die Stadt! Aber lasst uns in Frieden ziehen.«

Der Löwe, der als Erster gefaucht hatte, fuhr drohend die Krallen seiner Vorderpranken aus.

»Es hat keinen Sinn«, sagte die Fließende Königin. »Es war den Versuch wert, aber es ist zwecklos.«

»Ich verstehe das nicht«, dachte Merle verwirrt. »Warum hören sie nicht auf ihn?«

»Sie fürchten ihn. Sie haben Angst vor seiner Überlegenheit. Seit vielen, vielen Jahren hat kein Löwe in Venedig mehr gesprochen. Diese hier sind in dem Glauben aufgewachsen, dass sie durch ihre Schwingen allen anderen Löwen überlegen sind. Doch nun kommt einer daher, der noch mächtiger ist als sie. Das verstehen sie nicht.«

Merle spürte Wut in sich aufsteigen. »Dann sind sie genau wie wir Menschen.«

»Soso«, erwiderte die Königin. In ihrer Stimme lag ein Schmunzeln. »Wird aus der Waise vielleicht noch eine Weise?«

»Mach dich nur lustig.«

»Nein, verzeih. Das wollte ich nicht.«

Vermithrax sprach leise über seine Schulter. »Wir werden fliehen müssen. Mach dich bereit.«

Merle nickte. Ihr Blick wanderte über die sechs Gardisten. Noch immer war es keinem gelungen, sein Gewehr anzulegen. Doch das würde sich ändern, sobald sich die Löwen wieder in der Waagerechten befanden; sobald sie wieder vorwärtsflogen.

»Und – los!«, brüllte Vermithrax.

Was dann geschah, ging so schnell, dass Merle erst im Nachhinein erkannte, wie nah sie dem Tod gewesen war.

Mit einem Brüllen und kraftvollen Flügelschlägen schnellte Vermithrax vorwärts, unter der Formation der sechs Gardisten hindurch, dahinter steil nach oben und kopfüber über sie hinweg!

Merle quietschte erschrocken. Sogar die Königin schrie auf.

Vermithrax drehte sich abermals, und nun saß Merle wieder obenauf, klammerte sich an seine Mähne und begriff nicht so recht, wie sie die letzten Sekunden heil überstanden hatte. Der Augenblick, in dem sich das Meer plötzlich über ihr befunden hatte, war kurz gewesen und nicht wirklich gefährlich – Vermithrax war zu schnell, hatte zu viel Schwung gehabt, als dass Merle ihren Halt hätte verlieren können. Und trotzdem … er hätte sie zumindest warnen können!

Wieder schossen sie tief über der Wasseroberfläche dahin, diesmal nach Süden, wo die Inseln der Lagune nicht so zahlreich und klein waren wie weiter im Norden. Damit verzichteten sie freiwillig auf eine ganze Reihe guter Verstecke, und Merle hoffte inständig, dass Vermithrax' Entscheidung die richtige war. Er hat einen Plan, redete sie sich ein.

»Das glaube ich nicht«, meinte die Königin spröde.

»Nicht?« Merle verzichtete darauf, die Frage laut zu stellen.

»Nein. Er kennt sich nicht aus.«

»Wie beruhigend.«

»Du musst ihm sagen, was er tun soll.«

»Ich?«

»Wer sonst?«

»Damit du mir die Schuld geben kannst, wenn wir im Nirgendwo landen!«

»Merle, diese Sache hängt an dir, nicht an Vermithrax. Nicht einmal an mir. Das hier ist dein Weg.«

»Ohne dass ich weiß, was wir vorhaben?«

»Du weißt es bereits. Erstens: Venedig verlassen. Und dann: Verbündete gegen das Imperium finden.«

»Und wo?«

»Das, was auf der Piazza passiert ist, war immerhin so etwas wie ein erster Funken. Vielleicht können wir das Feuer zum Lodern bringen.«

Merle zog eine Grimasse. »Könntest du dich bitte ein wenig klarer ausdrücken?«

»Die Höllenfürsten, Merle. Sie haben angeboten, uns zu helfen.«

Merle hatte das Gefühl, erneut den Boden unter sich zu verlieren, obwohl Vermithrax schnurgerade in Richtung Horizont flog.

»Du willst wirklich die Hölle um Hilfe bitten?«, fragte sie entgeistert.

»Es gibt keinen anderen Weg.«

»Was ist mit dem Zarenreich? Man erzählt sich, dort hielten sie ebenfalls den Truppen des Pharaos stand.«

»Das Zarenreich steht unter dem Schutz der Baba

Jaga. Ich denke nicht, dass es eine gute Idee ist, eine Göttin um Hilfe zu bitten.«

»Die Baba Jaga ist eine Hexe, keine Göttin.«

»In ihrem Fall ist das leider ein und dasselbe.«

Ehe sie das Thema vertiefen konnten, stieß Vermithrax einen alarmierenden Ruf aus: »Vorsicht! Jetzt wird's unangenehm!«

Merles Blick raste über ihre Schulter nach hinten. Zwischen den schwarzen Federschwingen sah sie das aufgerissene Maul eines Löwen, darunter seine ausgestreckten Krallen. Er schoss direkt auf sie zu. Das Ziel seines Angriffs war nicht Vermithrax, sondern sie selbst!

»Sie wollen es nicht anders«, knurrte der Obsidianlöwe traurig. Im Flug wirbelte er herum, so dass Merle sich abermals mit aller Kraft festhalten musste, um nicht von seinem Rücken geworfen zu werden. Sie sah, wie der angreifende Löwe die Augen aufriss, ein animalisches Spiegelbild seines Reiters – dann tauchte Vermithrax unter den Pranken seines Gegners hinweg, drehte sich halb zur Seite und schlitzte ihm mit einem gezielten Krallenschlag den Bauch auf. Als Merle sich erneut umsah, waren Löwe und Reiter verschwunden. Das Wasser der Lagune färbte sich rot.

»Sie bluten!«

»Nur weil sie aus Stein sind, bedeutet das nicht, dass ihr Inneres sich von dem anderer Lebewesen unterscheidet«, sagte die Königin. »Der Tod ist schmutzig und stinkt.«

Rasch wandte Merle den Blick von dem roten Schaum auf den Wellen ab und schaute nach vorn, den Umrissen vereinzelter Inseln entgegen. Dahinter lag, als dunkler Streifen am Horizont, das Festland.

Bald waren zwei weitere Löwen heran. Vermithrax tötete den einen ebenso rasch und gnadenlos wie seinen ersten Gegner. Der andere aber lernte aus der Sorglosigkeit seiner Gefährten, wich dem Hieb der Obsidiankrallen aus und versuchte, Vermithrax' Unterseite zu erreichen. Vermithrax schrie auf, als eine Kralle ihn streifte. Im letzten Moment entging er dem tödlichen Schlag. Mit zornigem Brüllen flog er einen Bogen, raste geradewegs auf seinen erstaunten Feind zu, näher, näher, näher; wich nicht aus; gab nicht nach; zog erst in allerletzter Sekunde nach oben und erwischte das Gesicht des anderen Löwen mit seinen hinteren Pranken. Stein splitterte, dann waren Löwe und Reiter verschwunden.

Merle spürte Tränen auf ihren Wangen. Sie wollte all dieses Töten nicht, und doch konnte sie es nicht verhindern. Vermithrax hatte die Gardelöwen aufgefordert, sie ziehen zu lassen. Jetzt blieb ihm nur, ihrer aller Leben zu verteidigen. Er tat es mit der Kraft und Konsequenz seines Volkes.

»Noch drei«, sagte die Fließende Königin.

»Müssen denn alle sterben?«

»Nicht, wenn sie aufgeben.«

»Das werden sie nicht. Du weißt das.«

Auf einem der drei überlebenden Löwen ritt der

Hauptmann der Garde. Sein weißes Haar wurde vom Wind zerzaust, sein Gesichtsausdruck verriet Unsicherheit. Es lag an ihm, den Rückzug zu befehlen, doch Merle sah ihm an, dass er nicht einmal die Möglichkeit in Betracht zog. Finden. Fangen. So lautete der Befehl. Notfalls töten. Für ihn gab es keine Alternative.

Es ging schnell. Ihre Gegner hatten nicht den Hauch einer Chance. Der Hauptmann blieb als Letzter übrig, und abermals bot Vermithrax ihm den Rückzug an. Der Soldat aber spornte seinen Löwen nur noch lauter an. In Windeseile schoss er auf Vermithrax und Merle zu. Ganz kurz sah es aus, als gelänge es dem Gardelöwen tatsächlich, einen Treffer mit der Kralle zu landen. Doch Vermithrax flog ein Ausweichmanöver, das Merle erneut in eine gefährliche Schräglage brachte. Zugleich setzte er zum Gegenangriff an. In den Augen seines Feindes stand Begreifen, doch nicht einmal die Erkenntnis der Niederlage war stark genug, ihn zur Umkehr zu bewegen. Vermithrax schrie gequält auf, als er seine Krallen in die Flanke des anderen grub; dann drehte er so schnell bei, dass er nicht mitansehen musste, wie Löwe und Reiter ins Wasser stürzten.

Lange Zeit sprach niemand ein Wort. Sogar die Fließende Königin schwieg betroffen.

Unter ihnen zogen Inseln dahin, auf denen noch die Ruinen der alten Festungsanlagen standen, die man zur Verteidigung gegen das Imperium errichtet hatte. Heute waren sie nicht mehr als Gerippe aus

Stein und Stahl. Kanonenrohre rosteten in der Sonne, überzuckert vom Salzwind des Mittelmeers. Hier und da ragten vergessene Zeltstangen aus der sumpfigen Wildnis, kaum zu unterscheiden vom meterhohen Schilf.

Einmal flogen sie über ein Gebiet, in dem das Wasser heller aussah, als erstrecke sich unter der Oberfläche eine Formation weiter Sandbänke.

»Eine versunkene Insel«, sagte die Königin. »Die Strömung hat ihre Mauern längst abgetragen.«

»Ich kenne sie«, sagte Merle. »Manchmal hört man noch ihre Glocken läuten.«

Doch heute schwiegen selbst die Geister. Merle hörte nichts als den Wind und das leise Rauschen der Obsidianschwingen.

Sonnenbarken

Das Licht der Morgensonne war nicht stark genug, um den Kanal der Ausgestoßenen aufzuhellen. Golden übergoss ihr Licht die oberen Stockwerke der Häuser, endete jedoch abrupt acht Meter über dem Boden. Darunter herrschte ewige Dämmerung.

Die einsame Gestalt, die von Eingang zu Eingang huschte, war froh darüber. Sie war auf der Flucht. Das Halblicht kam ihr sehr gelegen.

Serafin schlich an den Fassaden der leerstehenden Gebäude vorbei und warf immer wieder Blicke nach hinten, zur Mündung des nächsten Kanals. Falls ihm jemand gefolgt war, würde er dort zuerst auftauchen. Oder oben am Himmel, auf einem geflügelten Löwen. Allerdings hielt Serafin das für unwahrscheinlich. Nach allem, was auf der Piazza San Marco geschehen war, hatte die Garde vermutlich Wichtigeres zu tun – Merle verfolgen, zum Beispiel.

Er hatte sie erkannt, auf dem Rücken der schwarzen Bestie, die wie ein Unwetter aus dem Tor des Campanile hervorgetobt war. Erst hatte er seinen Augen nicht getraut, aber mit einem Mal war er ganz sicher gewesen. Es war Merle, ohne jeden Zweifel. Doch warum ritt sie auf einem geflügelten Löwen, noch dazu dem größten, den Serafin je gesehen hatte? Die einzige Erklärung war die Fließende Königin. Er konnte nur hoffen, dass Merle nichts zustieß. Schließlich war er es gewesen, der ihnen all das eingebrockt hatte. Warum musste er auch seine Nase in Dinge stecken, die ihn nichts angingen? Wären sie den Löwen nicht zu dem Haus gefolgt, in dem sich die Verräter mit dem Gesandten getroffen hatten … ja, was dann? Möglicherweise lägen die Galeeren des Pharaos dann schon an der Fondamenta delle Zattere, und auf den Kanälen spiegelte sich das Vernichtungsfeuer der Sonnenbarken.

Im Trubel und in der Panik auf der Piazza war er mühelos in einer der Gassen untergetaucht. Dennoch würde es nicht lange dauern, bis die Garde in Erfahrung gebracht hatte, dass Serafin, der einstige Meisterdieb der Gilde, im Haus des Umberto lebte. Spätestens am Nachmittag würden die Soldaten am Kanal der Ausgestoßenen nach ihm suchen.

Doch wohin sonst sollte er sich wenden? Umberto würde ihn hinauswerfen, wenn er hörte, was geschehen war. Serafin erinnerte sich an das, was Merle über Arcimboldo erzählt hatte. Im Gegensatz zu Umberto schien der Spiegelmacher ein sanftmütiger Meister zu sein – auch wenn Arcimboldo nach all den Streichen, die sie ihm gespielt hatten, vermutlich nicht allzu gut auf einen Weberjungen zu sprechen sein würde. Doch dies nahm Serafin in Kauf.

Vor der Tür der Spiegelwerkstatt lag das Boot vertäut, mit dem Arcimboldo einmal im Monat die neuen Spiegel zu ihren Käufern brachte. Niemand wusste genau, wer seine Kunden waren. Aber wen kümmerten schon ein paar Zauberspiegel? Serafin erschien das alles plötzlich belanglos.

Die Haustür stand offen. Stimmen ertönten aus dem Inneren. Serafin zögerte. Er konnte nicht einfach dort hineinspazieren. Wenn Dario oder einer der anderen Jungen ihm über den Weg lief, war es mit der Heimlichkeit vorbei. Irgendwie musste es ihm gelingen, den Spiegelmacher allein zu erwischen.

Ihm kam eine Idee. Wachsam schaute er zur Weberwerkstatt am gegenüberliegenden Ufer. Hinter den Fenstern war niemand zu sehen. Gut so. Auch vor Arcimboldos Haus zeigte sich im Augenblick keine Menschenseele.

Serafin löste sich aus dem Schatten eines Hauseingangs und rannte los. Geschwind näherte er sich dem Boot. Der Rumpf war flach und lang. Im hinteren Teil hingen in einer hölzernen Rahmenkonstruktion mehr als ein Dutzend Spiegel. Die engen Zwischenräume waren mit Baumwolldecken ausgestopft.

Weitere Decken lagen auf einem großen Haufen im Bug des Bootes. Serafin schob ein paar zur Seite, kauerte sich darunter zusammen und zog sie über seinen Kopf. Mit ein wenig Glück würde ihn niemand bemerken. Er würde sich Arcimboldo zu erkennen geben, wenn sie unterwegs waren.

Es dauerte ein paar Minuten, dann ertönten abermals Stimmen. Gedämpft hörte er jene von Dario heraus. Die Jungen brachten eine letzte Ladung Spiegel aufs Boot, befestigten sie sicher in den Verankerungen und gingen wieder an Land. Arcimboldo gab ein paar Anweisungen, dann schaukelte es ein wenig stärker, und schließlich setzte sich das Boot in Bewegung.

Bald darauf lugte Serafin unter den Decken hervor. Der Spiegelmacher stand am anderen Ende des Bootes und stakte wie ein Gondoliere mit einem Ruder im Wasser. Das Boot glitt gemächlich den Kanal hinunter, bog ab, fuhr weiter. Gelegentlich hörte Serafin die traditionellen Warnrufe der Gondelfahrer, die sie ausstießen, bevor sie sich Kreuzungen näherten. Die meiste Zeit aber herrschte Stille. Nirgends in der ganzen Stadt war es so ruhig wie auf den Seitenkanälen, tief eingebettet im Labyrinth der melancholischen Viertel.

Serafin wartete ab. Erst einmal wollte er sehen, wo Arcimboldo an Land ging. Das sanfte Schaukeln war beruhigend, machte ihn schläfrig …

Serafin schreckte auf. Er war eingenickt. Kein Wunder, unter den warmen Decken und nach einer Nacht, in der er kein Auge zugetan hatte. Das Knurren seines Magens hatte ihn geweckt.

Als er durch einen Spalt zwischen den Decken ins Freie schaute, staunte er nicht schlecht: Sie hatten die Stadt verlassen und glitten über offenes Wasser. Venedig lag bereits ein ganzes Stück zurück. Sie fuhren nach Norden, einem Irrgarten aus winzigen Sumpfinseln entgegen. Arcimboldo stand unverändert am Ruder und schaute mit versteinerten Zügen über das Meer.

Jetzt wäre eine gute Gelegenheit. Hier draußen würde niemand sie zusammen sehen. Doch Serafins Neugier gewann nun die Oberhand. Wohin lieferte Arcimboldo die Spiegel? Seit Ausbruch des Krieges lebte hier niemand mehr, die äußeren Eilande waren verlassen. Umberto hatte vermutet, dass Arcimboldo seine Ware an reiche Damen der Gesellschaft verkaufte, ähnlich wie der Webermeister. Doch in dieser Einöde? Sogar die Löweninsel hatten sie längst hinter sich gelassen. Nur der Wind säuselte über grünbraunen Wogen, manchmal war ein Fisch zu sehen.

Eine weitere halbe Stunde mochte vergangen sein, ehe vor ihnen eine winzige Insel auftauchte. Der Spiegelmacher hielt auf ihr Ufer zu. In weiter Ferne, hoch über dem Festland, glaubte Serafin, schmale Striche am Himmel zu sehen. Aufklärer des Pharaos; Sonnenbarken, angetrieben von der schwarzen Magie der Hohepriester. Doch sie waren zu weit entfernt, um dem Boot gefährlich zu werden. So tief wagte sich keine Barke ins Reich der Fließenden Königin.

Die Insel mochte einen Durchmesser von zweihundert Metern haben. Sie war mit Schilf und buschigen Bäumen bewachsen. Der Wind hatte Baumkronen und knotiges Astwerk erbarmungslos zu Boden gedrückt. Früher einmal waren solche Eilande beliebte Standorte einsamer Villen gewesen, die sich der Adel Venedigs errichten ließ. Seit über dreißig Jahren aber kam niemand mehr her, schon gar nicht, um hier zu wohnen. Inseln wie diese waren kleine Splitter Niemandsland, und ihre Herrin war allein die schäumende See.

Vor dem Boot wurde die Mündung eines schmalen Wasserarmes sichtbar, der gewunden ins Innere der Insel führte. Zu beiden Seiten standen die Bäume dicht an dicht, ihre Zweige berührten das Wasser. Eine Vielzahl von Vögeln saß in den Ästen. Einmal, als Arcimboldo sein Ruder eine Spur zu heftig eintauchte, stoben Möwen aus dem Unterholz und flatterten hektisch über den Wipfeln.

Nach einer letzten Biegung mündete der Wasserarm in einen kleinen See. Er bildete das Herz der Insel. Serafin hätte sich gern vorgebeugt, um zu sehen, wie tief das Wasser war, doch das Risiko war ihm zu hoch. Arcimboldo mochte in Gedanken versunken sein, doch er war gewiss nicht blind.

Der Spiegelmacher ließ den Bootskiel sanft auf Grund laufen. Knirschend scharrte der Rumpf über Sand. Arcimboldo legte das Ruder ab und ging an Land.

Serafin erhob sich, gerade weit genug, um über die Reling ans Ufer zu schauen. Der Spiegelmacher hockte vor der Wand des Dickichts. Mit dem Zeigefinger zeichnete er etwas in den Sand. Dann stand er auf, teilte mit den Händen das Unterholz und verschwand darin.

Blitzschnell schüttelte Serafin die Decken ab und verließ das Boot. Er machte einen Bogen um die fremdartigen Zeichen, die Arcimboldos Finger im Sand hinterlassen hatten, und tauchte zwischen den Pflanzen in feuchtes Dämmerlicht. Er konnte Arcimboldo noch immer sehen, ein vager Schemen hinter Blättern und Zweigen.

Nach wenigen Schritten entdeckte er das Ziel des Spiegelmachers. Auf einer Lichtung ragten die Ruinen eines Gebäudes empor, dem Anschein nach das Lustschlösschen eines venezianischen Edelmanns. Jetzt standen nur noch die Grundmauern, tiefschwarz vom eingebrannten Ruß einer Feuersbrunst, die das Anwesen vor langer Zeit in Schutt und Asche gelegt hatte. Längst hatte die Pflanzenwelt begonnen, ihr Reich zurückzuerobern: Breite Rankenfächer waren an den Steinen emporgeklettert; Gras wuchs auf gezahnten Mauerkronen; ein Baum lehnte sich aus einer Fensterhöhle wie ein Gerippe mit grüßend ausgestreckten Knochenarmen.

Arcimboldo näherte sich der Ruine und verschwand im Inneren. Serafin zögerte kurz, dann huschte er aus seinem Versteck und ging hinter einer Mauer in Deckung. Gebückt schlich er daran entlang zu einer ausgebrannten Fensteröffnung. Vorsichtig hob er den Kopf, bis er gerade eben über den Rand schauen konnte.

Das Innere der Ruine war ein verworrenes Labyrinth aus hüfthohen Mauerresten. Ungewöhnlich viel Gestein war abgetragen, etliche Wände ganz und gar umgestürzt. Die alten Ziegelsteine bildeten Hügel, aus denen Unkraut wucherte. Ein normales Feuer wäre nicht stark genug, um eine derartige Verwüstung anzurichten. Das hier sah eher nach den Folgen einer Explosion aus.

Arcimboldo schritt durch die Ruine und sah sich immer wieder aufmerksam um. Serafin beunruhigte der Gedanke, dass sich weitere Menschen auf der Insel aufhalten könnten. Was, wenn sie ihn bemerkten? Möglich, dass man ihn dann hier zurückließ, fernab von allen Bootsrouten im Zentrum der Lagune.

Arcimboldo bückte sich und schrieb abermals etwas mit dem Finger auf den Boden. Er drehte sich dabei einmal um sich selbst, bis die Zeichen im Staub einen Kreis bildeten. Erst dann richtete er sich wieder auf, dem Mittelpunkt der Ruine zugewandt.

»Talamar«, rief er aus.

Serafin kannte das Wort nicht. Möglich, dass es sich um einen Namen handelte.

»Talamar!«, wiederholte Arcimboldo. »Dem Wunsch ist entsprochen, der Zauber gewirkt, der Pakt erfüllt.«

Es klang wie eine Formel, wie ein Zauberspruch. Serafin bebte vor Aufregung und Neugier.

Dann bemerkte er den Schwefelgeruch.

»Talamar!«

Der Gestank kam aus der Ruine. Ursprung war eine Stelle, die hinter schwarzen Mauerstümpfen verborgen lag.

Ein Zischen ertönte. Serafin huschte los, entlang der Außenmauer, bis er an ein Fenster kam, von dem aus er eine bessere Sicht auf den Quell des Gestanks hatte.

Es war ein Loch im Boden, ähnlich einem Brunnen. Der Rand war unregelmäßig aufgeworfen wie bei einem Krater. Hier musste damals die Detonation stattgefunden haben, die das Gebäude zerstört hatte. Serafin konnte nicht erkennen, wie tief die Öffnung in den Boden reichte. Das Zischen wurde lauter. Etwas kam näher.

Arcimboldo verbeugte sich. »Talamar«, sagte er noch einmal, jetzt nicht mehr als Ruf, sondern als demutsvollen Gruß.

Ein spindeldürres Wesen kroch auf langen Beinen aus dem Loch. Es war annähernd menschlich, doch seine Gelenke schienen in falschen Winkeln abzuknicken, was ihm ein verschobenes, krankhaftes Äußeres gab. Es bewegte sich auf allen vieren – und mit dem Bauch nach oben, wie ein Kind, das eine Brücke macht. Dadurch stand sein Gesicht auf dem Kopf. Die Kreatur war kahlköpfig und blind. Ein Kranz aus eisernen Dornenranken lag eng um die Augenpartie wie eine Binde. Eine einzelne Stachelschlinge hatte sich gelöst und verlief quer über das Gesicht des Wesens, geradewegs über den zahnlosen Mund hinweg. Wo die Dornen die Lippen berührten, hatten sich breite Narbenwülste gebildet.

»Spiegelmacher«, zischelte das Wesen namens Talamar und wiederholte Arcimboldos Worte: »Dem Wunsch ist entsprochen, der Zauber gewirkt, der Pakt erfüllt. Dem Dunkel zu Diensten immerdar.« Dabei warf es einen Beutel mit klirrenden Münzen in den Kreis zu Arcimboldos Füßen.

»Dem Dunkel zu Diensten immerdar«, sagte auch der Spiegelmacher. Damit war dem Begrüßungszeremoniell Genüge getan. »Ich bringe die Lieferung. Dreizehn Spiegel nach Wunsch deines Meisters.«

»Der auch der deine ist, Spiegelmacher.« Trotz der undeutlichen Aussprache klang der Tonfall des Wesens lauernd. Talamar drehte sich mit einer komplizierten Bewegung seiner verwinkelten Glieder, bis sein Schädel über dem Rand der Öffnung baumelte. Er stieß eine Reihe schriller Laute aus. In Windeseile quoll eine Schar schwarzer Wesen aus dem Schwefelschacht, keines größer als ein Affenkind. Sie waren blind wie Talamar selbst, ihre Augenhöhlen ausgeschält. Wuselnd liefen sie davon. Bald darauf hörte Serafin sie am Boot hantieren.

»Es gibt schlechte Neuigkeiten«, sagte Arcimboldo, ohne aus dem Kreis zu treten. »Die Fließende Königin hat die Lagune verlassen. Das Wasser hat seine Macht verloren. Ich werde keine Spiegel mehr herstellen können, bis sie zurückkehrt.«

»Keine Spiegel?«, kreischte Talamar und wedelte mit einem seiner dürren Arme. »Was faselst du da, alter Mann?«

Arcimboldo blieb ruhig, verriet weder Furcht noch Unruhe. »Du hast mich verstanden, Talamar. Ohne die Fließende Königin im Wasser der Lagune kann ich keine magischen Spiegel herstellen. Der wichtigste Bestandteil fehlt. Das bedeutet, keine weiteren Lieferungen.« Er seufzte, seine erste Gefühlsregung im Angesicht der Kreatur. »Vermutlich spielt das ohnehin keine Rolle mehr, wenn das Imperium die Stadt in Besitz nimmt.«

»Die Meister haben euch Hilfe angeboten«, zischelte Talamar. »Ihr habt unseren Boten getötet und unsere Unterstützung ausgeschlagen. Die Verantwortung für dieses Tun tragt ihr selbst.«

»Nicht wir. Nur jene, die über uns herrschen.« Arcimboldos Ton wurde abfällig. »Diese verdammten Ratsherren.«

»Ratsherren! Schnickschnack! Alles Unsinn!« Talamar gestikulierte wild. Die Bewegungen ließen ihn noch fremder, noch erschreckender erscheinen; nach wie vor stand er kopfüber auf allen vieren. Jetzt erst bemerkte Serafin, dass das Herz der Kreatur in einem Glaskästchen schlug, das mit Riemen auf ihrem Bauch befestigt war – ein knotiger, schwarzer Muskel, wie ein pulsierender Haufen Exkremente.

»Schnickschnack! Schnickschnack!«, tobte er weiter. »Spiegel müssen her, mehr Spiegel, mehr Spiegel! So wünscht es mein Meister.«

Arcimboldo runzelte die Stirn. »Sag ihm, dass ich gerne Geschäfte mit ihm mache. Lord Licht war immer ein guter Kunde.« Er sagte es mit einem zynischen Unterton, den Serafin sehr wohl verstand, Talamar aber gar nicht beachtete. »Doch solange die Fließende

Königin fort ist, kann ich keine Spiegel herstellen. Außerdem werden die Ägypter meine Werkstatt schließen – vorausgesetzt, sie lassen überhaupt einen Stein auf dem anderen.«

Talamar war noch immer aufs äußerste erregt. »Das wird ihm nicht gefallen. Wird ihm gar nicht gefallen.«

»Fürchtest du etwa den Zorn deines Meisters, Talamar?«

»Schnickschnack, Schnickschnack! Talamar fürchtet nichts. Aber du solltest ihn fürchten, Spiegelmacher! Solltest Talamar fürchten! Und die Wut Lord Lichts!«

»Ich kann nichts daran ändern. Ich habe Geschäfte mit euch gemacht, damit die Werkstatt überlebt. Ohne euer Gold hätte ich sie längst schließen müssen. Und was wäre dann mit den Kindern geschehen?« Der alte Mann schüttelte betrübt den Kopf. »Das konnte ich nicht zulassen.«

»Kinder, Kinder, Kinder!« Talamar winkte ab. Dann aber verzerrten sich seine geschundenen Lippen zu einem Grinsen. Die Stahlranke über seinem Mund spannte sich und zerrte die Schlingen über seinen Augen fester zusammen. »Was ist mit den Kindern? Du hast doch alles getan, was man dir aufgetragen hat?«

Arcimboldo nickte. »Ich habe die beiden Mädchen in mein Haus aufgenommen, so wie es der Wunsch deines Meisters war.« Er zögerte. Serafin sah ihm an, dass er erwog fortzufahren, es dann aber vorzog, Merles Verschwinden für sich zu behalten.

Talamars Kopf pendelte vor und zurück. »Du hast alle Wünsche des Meisters erfüllt?«

»Ja.«

»Und es sind auch die richtigen Mädchen?«

»Alles wurde zur Zufriedenheit Lord Lichts erledigt.«

»Wie kannst du das wissen? Du bist ihm nie begegnet.«

»Wäre es anders, hättest du es mir gesagt, nicht wahr, Talamar?« Arcimboldo verzog das Gesicht. »Es wäre dir gewiss eine besondere Freude, würde ich bei Lord Licht in Ungnade fallen.«

Die Kreatur stieß ein schnatterndes Lachen aus.

»Du kannst keine Spiegel mehr liefern. Der Meister wird wütend sein.« Talamar dachte kurz nach, dann zerschnitt ein abscheuliches Grinsen seine Züge. »Als Wiedergutmachung werden wir ein anderes Abkommen einlösen. Früher als geplant.«

Arcimboldo mochte sich noch so sehr bemühen, vor Talamar keine Schwäche zu zeigen; jetzt aber konnte er seinen Schrecken nicht mehr verbergen.

»Nein! Es ist zu früh. Der Plan –«

»Wurde geändert. Mit sofortiger Wirkung.«

»Das liegt außerhalb deiner Autorität!«

Talamar näherte sich Arcimboldo, bis seine dürren Finger fast den Zeichenkranz berührten. »Meine Autorität ist die Lord Lichts! Du hast nicht das Recht, sie zu hinterfragen, Mensch! Du wirst gehorchen, nichts sonst.«

Arcimboldos Stimme klang mit einem Mal brüchig. »Ihr wollt das Mädchen?«

Talamar kicherte. »Das Mädchen mit den Spiegelaugen. Es gehört uns. Das hast du von Anfang an gewusst.«

»Aber es war die Rede von Jahren, die sie bei uns bleiben sollte!«

»Die Wandlung ist eingeleitet. Das muss genügen. Lord Licht wird sich persönlich um sie kümmern.«

»Aber –«

»Erinnere dich, alter Mann: Dem Dunkel zu Diensten immerdar! Du hast einen Eid geleistet. Dem Wunsch muss entsprochen, der Zauber gewirkt, der Pakt erfüllt werden. Du brichst den Pakt, wenn du keine Spiegel lieferst. Darum nehmen wir das Mädchen. Und, bedenke, früher oder später wäre sie uns ohnehin zugefallen.«

»Junipa ist noch ein Kind!«

»Sie ist das Spiegelmädchen. Du hast sie dazu gemacht. Und was die andere angeht –«

»Merle.«

»In ihr ist große Kraft. Ein starker Wille. Doch nicht so viel Macht wie in der einen. Darum bring uns das Spiegelmädchen, alter Mann. Dein Geschöpf, und bald das unsere.«

Arcimboldo ließ die Schultern hängen. Sein Blick war zu Boden gerichtet. Er war geschlagen, die Niederlage unabwendbar. Serafin hatte Mitleid mit ihm, trotz allem, was er mitangehört hatte.

Die Kolonne der schwarzen Affenwesen kehrte zurück. Jeweils drei trugen einen der Spiegel über ihren Köpfen; es sah aus, als schleppten sie Bruchstücke des blauen Himmels über die Insel. Hintereinander marschierten sie in das Loch, einen Steg entlang, der sich an den Wänden des Schachts wie ein Schraubengewinde in die Tiefe schlängelte. Bald war keiner der Spiegel mehr zu sehen. Arcimboldo und Talamar standen wieder allein am Rand des Höllenlochs.

»Dem Dunkel zu Diensten immerdar«, keifte die Kreatur.

»Immerdar«, flüsterte der Spiegelmacher niedergeschlagen.

»Ich werde dich hier erwarten und das Spiegelmädchen entgegennehmen. Sie ist der wichtigste Teil des Großen Plans. Enttäusche uns nicht, alter Mann.«

Arcimboldo gab keine Antwort. Schweigend sah er zu, wie Talamar sich in das Loch zurückzog, auf verwinkelten Gliedern wie eine menschliche Spinne. Sekunden später war er fort.

Der Spiegelmacher klaubte den Münzbeutel vom Boden und machte sich auf den Rückweg. Serafin erwartete ihn im Boot.

»Du hast alles mitangehört?« Arcimboldo war zu schwach, um wirkliche Überraschung zu zeigen. Trägheit lag in seinen Bewegungen und seiner Stimme. Aus seinen Augen sprachen Gleichgültigkeit und Schwermut.

Serafin nickte.

»Und – was denkst du jetzt von mir?«

»Ihr seid ein verzweifelter Mann, Spiegelmeister.«

»Merle hat mir von dir erzählt. Du bist ein guter Junge. Wenn du die ganze Wahrheit kennen würdest, könntest du mich vielleicht verstehen.«

»Erzählt sie mir.«

Arcimboldo zögerte, dann stieg er in das Boot. »Womöglich sollte ich das tun.« Er ging an Serafin vorbei, schleuderte den Geldbeutel achtlos auf die Planken und ergriff das Ruder. Mit müden Stößen manövrierte er das Boot den Wasserweg entlang Richtung offene See.

Serafin setzte sich zwischen die leeren Aufhängungen der Spiegel. Kleine, nasse Fußabdrücke bedeckten das Holz.

»Werdet Ihr es tun? Junipa ausliefern, meine ich?«

»Es ist der einzige Weg. Es geht um viel mehr als um mein Leben.« Er schüttelte bedrückt den Kopf. »Der einzige Weg«, wiederholte er tonlos.

»Was wollt Ihr Junipa sagen? Die Wahrheit?«

»Dass sie eine Auserwählte ist und es schon immer war. Genau wie Merle – und doch auf ganz andere Weise.«

Serafin holte tief Luft. »Ihr habt wahrlich eine Menge zu erzählen, Spiegelmeister.«

Arcimboldo hielt seinem Blick ein paar Sekunden länger stand, dann schaute er hinaus auf die Lagune, weit darüber hinweg, weiter noch als die Landschaft, weiter als diese Welt.

Eine Möwe setzte sich neben Serafin auf die Reling und sah ihn aus dunklen Augen an.

»Es ist kühl geworden«, sagte Arcimboldo leise.

Irgendwann fiel Merle der Spiegel wieder ein. Der Spiegel in der Tasche ihres Kleides. Während sie sich mit einer Hand an der Mähne festhielt, zog sie ihn mit der anderen hervor. Er hatte die Flucht aus Venedig unbeschadet überstanden. Die Spiegelfläche aus Wasser blitzte silbrig im Vormittagslicht und schwappte leicht hin und her, ohne dass ein einziger Tropfen aus dem Rahmen lief. Einmal zuckte ein nebliges Flirren darüber hinweg, nur kurz, dann war es wieder fort. Der Schemen. Vielleicht ein Wesen aus einer anderen Welt, einem anderen Venedig.

Wie sah es da wohl aus? Fürchteten die Menschen dort das Pharaonenreich ebenso wie die Bewohner dieser Welt? Zogen auch dort die Sonnenbarken ihre Bahnen am Himmel wie hungrige Raubvögel? Und gab es auch dort eine Merle, einen Serafin und eine Fließende Königin?

»Vielleicht«, sagte die vertraute Stimme in ihrem Kopf. »Wer weiß?«

»Wer, wenn nicht du?«

»Ich bin nur die Lagune.«

»Du weißt so vieles.«

»Und doch besitze ich kein Wissen, das über die Grenzen dieser Welt hinausreicht.«

»Ist das wahr?«

»Gewiss.«

Vermithrax meldete sich zu Wort. Seine dröhnende Stimme übertönte das Rauschen seiner Flügelschläge. »Sprichst du mit ihr? Mit der Königin?«

»Ja.«

»Was sagt sie?«

»Dass du der tapferste Löwe bist, den die Welt je gesehen hat.«

Vermithrax schnurrte wie ein Hauskater. »Das ist mächtig nett von ihr. Aber du musst mir nicht schmeicheln, Merle. Ich schulde dir meine Freiheit.«

»Du schuldest mir gar nichts«, sagte sie, plötzlich niedergeschlagen. »Ohne dich wäre ich vielleicht tot.«

Sie steckte den Wasserspiegel zurück in ihr Kleid und verschloss sorgsam den Knopf der Tasche. Ein Stück einer anderen Welt, dachte sie benommen. So nah bei mir. Vielleicht hatte Serafin recht mit dem, was er über die Spiegelbilder auf den Kanälen gesagt hatte.

Armer Serafin. Was wohl aus ihm geworden war?

»Da vorne!«, rief Vermithrax. »Links von uns, im Süden!«

Sie hatten alle drei gewusst, dass der Augenblick kommen würde, in dem sie der Streitmacht des Pharaos gegenüberständen. Aber es war so viel geschehen, seit sie den Campanile verlassen hatten. Der Schrecken des Belagerungsrings war für Merle fern und diffus geworden.

Jetzt aber war es so weit. In wenigen Minuten würden sie den Ring überfliegen. Noch war er nur eine verschwommene Linie am Horizont, doch er rückte näher und näher.

»Ich werde in große Höhen steigen müssen«, erklärte Vermithrax. »Die Luft wird dünner werden, also erschrick nicht, wenn dir das Atmen ein wenig schwerfällt.«

»Ich werde nicht erschrecken.« Merle versuchte, ihrer Stimme einen festen Klang zu geben.

Die riesigen Obsidianschwingen des Löwen trugen sie höher und höher hinauf, bis das Meer unter ihnen zu einer gleichförmigen Fläche wurde, ohne Wellen, ohne Strömungen.

Weit vor sich sah Merle die Kriegsgaleeren des Pharaos, winzig wie Spielzeug. Die Entfernung konnte nicht darüber hinwegtäuschen, dass die Schiffe über genug Zerstörungskraft verfügten, um es mühelos binnen Stunden mit der unzulänglichen Flotte der Venezianer aufzunehmen. Die gleichen Schiffe hatten damals – zu Beginn des großen Mumienkrieges – die ersten Skarabäenschwärme in aller Herren Länder ausgesetzt. Die daumengroßen Fressmaschinen aus Chitin und Bösartigkeit hatten sich unaufhaltsam über die Kontinente gewälzt. Ihnen waren erst Ernten, dann Vieh und schließlich Menschen zum Opfer gefallen. Den Skarabäen waren die Mumienheere gefolgt, Zigtausende, von den Hohepriestern des Pharaos aus ihren Gräbern gerissen und mit Waffen hinaus in die Schlacht gesandt, willenlos und unfähig, Schmerz zu empfinden.

Der große Krieg hatte dreizehn Jahre gedauert, dann war sein Ausgang entschieden – als hätte daran je ein Zweifel bestanden. Das Ägyptische Imperium hatte die Völker versklavt, und seine Armeen marschierten auf den Straßen aller Erdteile.

Merle beugte sich tiefer in die Mähne des Steinlöwen, als könnte sie das vor der Gefahr schützen, die ihnen von unten, von der Oberfläche des Meeres, drohte.

Die Rümpfe der Galeeren waren golden bemalt, denn aus Gold war auch die unzerstörbare Haut der ägyptischen Wüstengötter. Jede Galeere besaß drei Masten mit einer Vielzahl von Segeln. Aus den Flanken der Rümpfe stachen zwei Reihen langer Ruder hervor.

Im Heck jedes Schiffes befand sich ein hoher Aufbau mit einem Altar, auf dem die Hohepriester in ihren goldenen Roben Opfer darbrachten – Tiere für gewöhnlich; aber auch Menschen, munkelten manche. Zwischen den Galeeren kreuzten kleine Dampfboote, die zur Aufklärung, Versorgung und Jagd eingesetzt wurden. Der Belagerungsring war etwa fünfhundert Meter breit und zog sich auf See in beiden Richtungen bis zur Küste. Dort setzten ihn diffuse Anordnungen von Kampfmaschinen und Fußarmeen fort, Tausende und Abertausende von Mumienkriegern, die willenlos auf das Signal zum Angriff warteten. Es war nur eine Frage von Tagen, ehe die Nachricht bei den pharaonischen Befehlshabern eintreffen würde: Ohne die Fließende Königin harrte Venedig wehrlos seines Untergangs. Merle schloss verzweifelt die Augen, ehe Vermithrax' Stimme sie abermals aus ihren Gedanken riss.

»Sind das die Flugschiffe, von denen du gesprochen hast?« Er klang zu gleichen Teilen verwirrt und fasziniert.

»Sonnenbarken«, bestätigte Merle und blickte über die flatternde Mähne nach vorn. »Glaubst du, sie haben uns entdeckt?«

»Sieht nicht danach aus.«

Ein halbes Dutzend schlanker Gebilde kreuzte in einiger Entfernung vor ihnen. Vermithrax flog höher als sie; mit ein wenig Glück würden sie die Barken passieren, ohne dass deren Kapitäne sie bemerkten.

Die Sonnenbarken des Imperiums glänzten golden wie die Galeeren, und da sie dem Himmel näher waren als die mächtigen Schlachtschiffe auf See, war das Gleißen ihrer Rümpfe um ein Vielfaches greller. Sie waren dreimal so lang wie eine venezianische Gondel, überdacht und rundum mit schmalen, waagerechten Fensterschlitzen versehen. Wie viele Männer sich dahinter aufhielten, war von außen nicht zu erkennen. Merle schätzte, dass eine Barke höchstens Platz für zehn Personen barg: einen Kapitän, acht Besatzungsmitglieder und den Priester, dessen Magie sie in der Luft hielt. Bei Sonnenschein waren die schlanken Flugschiffe blitzschnell und federleicht zu manövrieren. War der

Himmel bewölkt, verlangsamte sich ihre Geschwindigkeit, und ihre Bewegungen wurden plump. Bei Nacht schließlich waren sie nahezu unbrauchbar.

An diesem Vormittag aber schien die Morgensonne strahlend hell vom Himmel. Die Barken glitzerten wie Raubtieraugen vor dem verschwommenen Hintergrund aus Wasser und Land.

»Wir sind jeden Moment über ihnen«, sagte Vermithrax.

Merles Atemzüge wurden schneller. Der Obsidianlöwe hatte sie gewarnt: Die Luft hier oben war dünn und verursachte ihr Schmerzen in der Brust. Doch sie sprach es nicht laut aus, war nur dankbar, dass Vermithrax' Kräfte ausreichten, sie so hoch hinauf und über die Ägypter hinwegzutragen.

»Gleich haben wir es geschafft«, sagte die Fließende Königin. Sie klang angespannt.

Die Sonnenbarken waren jetzt genau unter ihnen, blitzende Klingen, die in weiten Bögen um die Lagune schwebten. Niemand an Bord rechnete mit der Flucht eines einzelnen Löwen. Die Kapitäne konzentrierten ihre Aufmerksamkeit auf die Stadt, nicht auf den Luftraum über ihren Köpfen.

Vermithrax sank wieder tiefer. Merle spürte, wie sich ihre Lungen rascher mit Luft füllten. Ihr Blick aber hing nach wie vor wie gebannt an den Barken, die immer schneller hinter ihnen zurückblieben.

»Kann man uns von den Galeeren aus sehen?«, fragte sie heiser. Niemand gab ihr eine Antwort.

Dann hatten sie auch den Ring der Kriegsschiffe überquert.

»Geschafft!«, jubelte die Fließende Königin.

»Wär ja auch gelacht gewesen«, knurrte Vermithrax.

Nur Merle blieb ruhig. Erst nach einer Weile meldete sie sich wieder zu Wort. »Ist euch nichts aufgefallen?«

»Was meinst du?«, fragte der Löwe.

»Wie still es war.«

»Wir sind zu hoch geflogen«, sagte Vermithrax. »Geräusche dringen nicht so weit vor.«

»Doch, tun sie«, widersprach die Königin, ohne dass Vermithrax sie hören konnte. »Es stimmt, Merle. Auf den Galeeren herrscht vollkommene Stille. Totenstille.«

»Du meinst –«

»Mumienkrieger. Die Schiffe sind mit lebenden Leichen besetzt. So wie fast alle Kriegsmaschinen des Imperiums. Die Friedhöfe der eroberten Länder bieten den Priestern einen unerschöpflichen Vorrat an Nachschub. Die einzigen lebenden Männer an Bord sind die Hohepriester selbst und der Kapitän.«

Merle versank in tiefes Schweigen. Die Vorstellung all dieser Toten, die im Dienste des Pharaos kämpften, ängstigte sie ebenso sehr wie der Gedanke an das, was noch vor ihnen lag.

»Wohin fliegen wir?«, fragte sie nach ein paar Minuten. Sie hatten die Pharaonenarmee in weitem Bogen umrundet und schwebten endlich landeinwärts.

»Ich würde gerne meine Heimat wiedersehen«, brummte Vermithrax.

»Nein!«, sagte die Fließende Königin, und zum ersten Mal bediente sie sich dabei Merles Stimme. »Wir haben ein anderes Ziel, Vermithrax.«

Der Flügelschlag des Löwen wurde einen Moment lang unregelmäßig. »Königin?«, fragte er unsicher. »Seid Ihr das?«

Merle wollte etwas sagen, doch zu ihrem Entsetzen überlagerte der Wille der Fließenden Königin ihren eigenen und unterdrückte ihre Worte. Mit gläserner Schärfe wurde ihr bewusst, dass ihr Körper fortan nicht mehr allein der ihre war.

»Ich bin es, Vermithrax. Es ist lange her.«

»Das ist es, Königin.«

»Wirst du mir helfen?«

Der Löwe zögerte, dann nickte er mit seinem gewaltigen Obsidianschädel. »Das werde ich.«

»Dann hört zu, was ich zu sagen habe. Auch du, Merle. Mein Plan geht jeden von uns an.«

Und dann kamen Worte über Merles Lippen, die ihr selbst völlig fremd waren: Orte und Begriffe und immer wieder ein einzelner Name.

Lord Licht.

Sie verstand nicht, was es damit auf sich hatte, und war nicht einmal sicher, ob sie im Augenblick überhaupt mehr darüber wissen wollte. Derzeit konnte nichts sie verwirren, nichts sie erschüttern. Sie hatten den Belagerungsring durchbrochen, nur das zählte. Sie waren dem Zugriff der größten Armee entwischt, die die Welt je gesehen hatte. Merles Erleichterung war so überwältigend, dass alle düsteren Prophezeiungen und Pläne der Fließenden Königin von ihr abprallten, so als ginge es dabei gar nicht um sie selbst.

Ihr Herzschlag raste, als wollte er ihren Brustkorb sprengen, das Blut rauschte in ihren Ohren, und ihre Augen brannten vom Gegenwind. Egal. Sie waren entkommen.

Mehrmals schaute sie zurück, sah die Reihen der Galeeren und Schwärme der Sonnenbarken kleiner werden und schließlich ganz im Blau und Grau des Horizonts verschwimmen. Nur Sandkörner innerhalb einer Welt, die zu gewaltig war, um länger all das Unrecht, das die Ägypter ihr antaten, tatenlos mitanzusehen.

Es würde etwas geschehen, das konnte Merle mit einem Mal spüren. Etwas Großes, Phantastisches. Wie ein Blitzschlag überkam sie die Erkenntnis, dass dies alles erst der Anfang war. Nur ein Kinderspiel im Vergleich zu dem, was ihnen bevorstand.

Und ganz allmählich dämmerte ihr, dass das Schicksal ihr eine besondere Rolle bei alldem zugedacht hatte. Ihr selbst und der Fließenden Königin, vielleicht sogar Vermithrax.

Obwohl die Königin immer noch durch sie sprach, obwohl ihre Lippen sich unaufhörlich bewegten und fremde Worte artikulierten, gestattete sich Merle den Luxus, die Augen zu schließen. Eine Ruhepause. Endlich. Sie wollte einfach einen Moment lang allein sein mit sich selbst. Fast war sie überrascht, dass es ihr gelang, trotz des Gastes, den sie beherbergte.

Dann erreichten sie das Festland und flogen über verdorrte Felder, kahle Bergrücken und verbrannte Dörfer, und für lange, lange Zeit sprach keiner von ihnen ein Wort.

Lord Licht, hallte es in Merles Gedanken nach. Sie hoffte, die Worte würden die Stimme in ihrem Inneren zu einer Reaktion, einer Erklärung provozieren.

Doch die Fließende Königin schwieg.

Merles Finger krallten sich in die Obsidianmähne des Löwen. Etwas, um sich daran festzuhalten. Ein gutes Gefühl zwischen so vielen schlechten.

In der Ferne sah sie die Gipfel von Bergen, weit, weit am Horizont. Das Land, das sich vom Meer bis dorthin erstreckte, war einst voller Menschen, voller Leben gewesen.

Jetzt aber lebte hier nichts mehr. Pflanzen, Tiere, Menschen – nichts mehr.

»Sie sind alle tot«, sagte die Fließende Königin leise.

Merle spürte die Veränderung, die mit Vermithrax vor sich ging, noch bevor sie die Hand ausstreckte und Feuchtigkeit ertastete.

Da begriff sie, dass der Obsidianlöwe weinte.

»Alle tot«, flüsterte die Königin.

Und dann schwiegen sie und blickten dem fernen Gebirge entgegen.

Es geht weiter mit den Büchern 2 und 3

MERLE

Das Steinerne Licht

978-3-7373-5676-3

Die Fließende Königin musste den Mächten des Bösen weichen, Venedig versinkt in Furcht und Trauer. Einzig Merle kann das Schicksal wenden. Sie muss eine Entscheidung treffen – zwischen alten Freundschaften und Frieden für eine ganze Welt.

MERLE

Das Gläserne Wort

978-3-7373-5677-0

Im Land der Sphinxe kommt Merle dem Schlüssel zur Rettung Venedigs so nah wie noch nie. Können Merle, Junipa und Serafin den größten Gegner der Fließenden Königin besiegen? Am Ende muss einer der Freunde ein großes Opfer bringen.

Merles Geschichte geht weiter …

Ein anderes Venedig
Ein anderer Serafin

Leseprobe aus Buch 4 des Merle-Zyklus

KAI MEYER

SERAFIN

Das Kalte Feuer

Merle folgte Junipa hinaus in die Labyrinthe der Spiegelwelt, dorthin, wo es so vieles zu sehen, zu erkunden, zu finden gab. Ihren Vater. Das andere Venedig. Und dort wiederum, wer weiß, eine andere Merle, eine andere Junipa.

Einen anderen Serafin.

Das Gläserne Wort

Ein anderes Venedig,
ein anderer Serafin.

1

Bei Neumond, in der Nacht der leeren Kanäle, wartete Serafin in seinem Versteck am Ufer, bis die Patrouille der Stadtgarde vorbeimarschiert war. Erst als die Schritte der Soldaten nicht mehr zwischen den Häusern widerhallten, huschte er hinaus auf die schmale Steinbrücke, verknotete das schwarze Seil am Geländer und begann seinen Abstieg in den ausgetrockneten Kanal.

Der schlammige Boden lag gut drei Meter unter ihm. Serafin hätte springen können, aber das Risiko, mit dem Aufprall die Gardisten zu alarmieren, war zu groß. Falls sie zurückkehrten und ihn bemerkten, würden sie ohne Vorwarnung das Feuer eröffnen. Auf das Plündern der leeren Kanäle stand seit Jahren die Todesstrafe.

Seine goldene Katze Cagliostra schwebte aus dem Nachthimmel herab auf das Brückengeländer, legte ihre gefiederten Schwingen an und blickte Serafin mit glühenden Augen an.

»Die nächste Patrouille wird in drei Minuten hier sein«, erklang ihre Stimme in seinem Kopf. *»Sie kommen von Westen.«*

»Wie viele sind es?«, flüsterte er. Damit Cagliostra ihn verstand, hätte es ausgereicht, die Frage zu denken, doch dabei vermischten sich die Worte oft mit anderen Dingen. Er hatte die Hoffnung nicht aufgegeben, dass klare Ansagen die Katze eines Tages dazu bringen könnten, ihm wenigstens gelegentlich zu gehorchen.

»Nur drei. Alle tragen Gewehre. Es sind dieselben, die vorhin auf den Dummkopf im Rio de San Anzolo geschossen haben.«

»Kannst du sie ablenken?«

»Damit sie mich abknallen? Träum weiter.«

»Komm schon, Cagliostra.«

»Auf keinen Fall.« Mit wenigen Schwingenschlägen flog sie ans Kanalufer, ließ sich geschmeidig auf der Steinkante nieder und leckte sich die Vorderpfote. *»Ich bin Kundschafterin, keine Kämpferin. Meine vordringlichste Wesensart ist Eleganz, nicht Gewalt.«*

Er seufzte. »Was verlangst du?«

»Ein eigenes Kissen.«

»Wir haben nur zwei. Mama ist krank, sie kann nicht –«

»Ihres will ich gar nicht.«

»Das ist Erpressung.«

»Dein Kissen. Einen Monat lang.«

»Lieber lass ich mich erschießen.«

»Tu dir keinen Zwang an.« Vordergründig lenkte sie ihre Aufmerksamkeit von der rechten auf die linke Pfote, doch ihre grünen Augen blickten immer wieder wachsam zur Brücke und zur Gassenmündung hinüber. Irgendwo in der Ferne peitschten Schüsse.

»Eine Woche«, wisperte er aus dem Kanal zu ihr hinauf.

»Abgemacht.« Schlagartig verlor sie das Interesse an ih-

rer Körperpflege, breitete die Schwingen aus und stieß sich ab. In einer sanften Kurve segelte sie über Serafin hinweg, stieg steil nach oben und bog in die Gasse.

»Eine Woche«, wiederholte sie.

Pass auf dich auf!, dachte er.

Hier unten im Kanal war es nahezu stockfinster. Serafin tastete sich ein Stück weit nach Süden vor, der Einmündung in den Canal Grande entgegen. Seine Stiefel versanken bis zu den Knöcheln im Morast, bei jedem Schritt bestand die Gefahr, dass sie stecken blieben. Wenn sich sein Rucksack in den nächsten ein, zwei Stunden mit Fundstücken füllte, würde er noch tiefer einsinken. Um in dem stinkenden Schlick überhaupt etwas zu finden, musste Serafin allerdings seine Lampe anzünden, und das war nur möglich, solange keine Gardisten in der Nähe waren. Lichtschein inmitten der Finsternis war noch immer die beste Zielscheibe.

In den Canal Grande, Venedigs breiteste Wasserstraße, zog es die meisten Schlammsammler. Er war tiefer als die übrigen Kanäle und übersät mit Unrat und Wrackteilen, die Deckung vor den Kugeln vom Ufer boten. Andererseits hielten sich am Canal Grande die meisten Soldaten auf, und ihre Schüsse bellten die ganze Nacht hindurch.

Einmal im Monat, wenn sich der Neumond hinter dem Horizont verbarg, verschwand mit seinem Licht auch das Wasser aus Venedigs Kanälen. Ein paar Stunden lang wurden die Schneisen zwischen den Häusern und Palästen zu Straßen aus schwarzem Morast und gaben preis, was auf ihrem Grund lag: Berge von Abfällen, aber auch die Überreste versunkener Boote und Gondeln; verlorene Kleinode, die über Bord gegangen waren; fortgeworfene Schmuckstücke enttäuschter Liebender; und immer wieder Knochen, manche uralt, andere von erschossenen Schlammsammlern.

Nicht die Gezeiten waren der Grund für die leeren Kanäle. Anders als bei Ebbe zog sich das Wasser bei Neumond nicht allmählich zurück. Vielmehr löste es sich von einem Augenblick zum nächsten buchstäblich in Luft auf. An den Rändern der Stadt, wo Venedigs Kanäle in die offene Lagune mündeten, stand das Wasser dann wie abgeschnitten als wabernde Wand am Ende der tiefen Schneisen.

Niemand kannte den Grund für dieses Phänomen, obwohl sich Generationen von Gelehrten die Köpfe darüber zerbrochen hatten. Berechnungen waren angestellt, magische Traktate konsultiert, Beobachtungen vorgenommen und Bücher darüber geschrieben worden – ohne überzeugendes Ergebnis.

Keiner konnte vorhersagen, wie lange das Wasser verschwunden blieb. Mal nur zwei Stunden, mal die halbe Nacht. Derweil wagten sich Dutzende Schlammsammler hinab in die sumpfigen Kanäle, um nach Gegenständen von Wert zu suchen. Legenden rankten sich um Bootsladungen aus Gold und Edelsteinen, um kostbare Gläser und wertvolle Waffen, die einst im Labyrinth der venezianischen Kanäle versunken waren. Meist jedoch fanden Sammler wie Serafin nur billigen Tand, mit viel

Glück ein paar Münzen. Selten reichte die Ausbeute, um bis zum nächsten Neumond davon leben zu können.

Doch anders als die übrigen Schlammsammler hatte Serafin es nicht allein auf versunkene Schätze abgesehen.

»Hier wirst du die Windklinge nicht finden«, sagte Cagliostra.

Serafin sah kurz auf, bemerkte über sich das vertraute Flattern in der Dunkelheit und hob die kleine Glaslaterne von dem Haken an seinem Gürtel.

»Die Gardisten sind geflohen«, sagte die Katze. *»Ich hab sie in die Flucht geschlagen.«*

»Natürlich.« Er schmunzelte verstohlen. »Sie sind vorher abgebogen, oder?«

»Der Anblick meiner Zähne war zu viel für sie.«

Cagliostra hatte zwei makellose Reihen menschlicher Zähne. Wenn ihre katzige Zungenspitze darüber hinwegglitt, sah das in der Tat beunruhigend aus.

»Ich mach jetzt die Lampe an«, flüsterte er. »Bleib in der Luft und halt die Augen offen.«

Das Gefieder an ihren Flügeln raschelte, als sie die Richtung wechselte. Serafin hoffte, dass sie sich nicht von Ungeziefer ablenken ließ. Sie sei nicht mehr in dem Alter, in dem man jedem Wollknäuel hinterherjage, hatte sie einmal erbost erklärt. Angeblich war sie hundertundsieben Jahre alt.

Mit links hob er die Laterne vor sein Gesicht, hielt die rechte Hand neben das Glas und schnippte mit den

Fingern. Der Docht glühte kurz auf und fing Feuer. Fahler, gelber Schein fiel über Serafins Züge. Vor ein paar Jahren hatte er herausgefunden, dass sein Fingerschnippen Kerzen und Laternen entzünden konnte. Eines seiner nützlicheren Talente, fand er, obwohl er gelegentlich Albträume davon hatte: Dann sah er sich beim Schlammsammeln hilflos von Hunderten Flammen umgeben, und aus allen Richtungen prasselten die Schüsse der Gardisten auf ihn ein.

»Die Luft ist rein«, meldete Cagliostra aus der Dunkelheit über ihm.

»Los geht's.«

Ein paar Minuten lang stapfte er durch den Morast und schwenkte die Laterne knapp über dem Boden. Abgesehen von ein paar toten Fischen war die Schlammfläche leer. Rechts und links gab es bald keinen Gehweg mehr, die hohen Fassaden der Häuser wuchsen unmittelbar aus dem Kanal empor. Ohne das Wasser waren die engstehenden Pfahlreihen zu sehen, auf denen ein Fundament aus Backsteinen und istrischem Marmor ruhte. Darauf wiederum waren die Gebäude errichtet worden; die übliche Bauweise auf den Inseln der Lagune.

Falls jemand hinter ihm auf der Brücke auftauchte, gäbe es für Serafin nur noch die Flucht nach vorn. Keine fünfzig Meter entfernt lag die Mündung des Canal Grande.

Stimmen wehten heran.

»Woher kommen die?«

»Bleib, wo du bist. Und mach die Laterne aus.«

Er öffnete den Glaskäfig und löschte die Flamme. Sofort verschlang ihn die Finsternis.

»Sie können dich nicht sehen.«

Sagst du, dachte er.

»Sie sind im Canal Grande, aber ziemlich weit draußen.«

Jetzt meinte er, die Katze schemenhaft über der Einmündung flattern zu sehen, gleich darauf hörte er wieder das hektische Schlagen ihrer Flügel. Cagliostra war nicht besonders geschickt darin, wie ein Greifvogel in der Luft zu verharren. Einzig aus Sturheit versuchte sie es trotzdem immer wieder.

»Ich glaube, das sind Offizielle.«

»Mist.«

»Aber sie biegen nicht in deine Richtung ab.«

Offizielle Schlammsammler arbeiteten für den Stadtrat und die Glasbrennergilde, wurden von den Gardisten nicht behelligt und hatten die Erlaubnis, jedem illegalen Sammler die Kehle durchzuschneiden. Nur verurteilte Mörder erklärten sich bereit, für die Gilde in die leeren Kanäle zu steigen; es gehe ihnen nicht ums Sammeln, hieß es, sondern einzig darum, ungestraft ihre Grausamkeit auszuleben. Schauermärchen, höhnten manche, aber Serafin hatte schon aus der Ferne mitangesehen, wie andere Schlammsammler den Offiziellen in die Hände gefallen waren. Auch davon träumte er bisweilen, vor allem in den Nächten unmittelbar vor Neumond.

»Wie viele?«, fragte er.

»Fünf oder sechs.«

»Nicht gut.«

»Sie ziehen weiter den Canal Grande hinauf. Warte noch eine Minute, bis sie wirklich weg sind.«

Das tat er, weil das Wasser noch keine Stunde lang verschwunden war und noch nie innerhalb so kurzer Zeit zurückgekehrt war. Die ersten beiden Stunden galten als einigermaßen sicher. Erst dann wurde jede Minute zu einem Glücksspiel auf Leben und Tod. Kam das Wasser zurück, tat es das innerhalb von Sekunden. Niemandem blieb dann Zeit, um ans Ufer zu klettern. Wer sich bei der Rückkehr des Wassers im Kanal aufhielt, schaffte es nicht lebend ins Trockene.

»So«, sagte bald darauf Cagliostra, *»jetzt sind sie weit genug entfernt.«*

Serafin schnippte mit den Fingern, und die Flamme erwachte wieder zum Leben. Eine Weile suchte er ungestört den schwarzen Morast nach Gegenständen ab, für die ihm seine Hehlerin ein wenig Geld und vor allem Medizin für seine Mutter geben würde.

Dass er die Windklinge an diesem Ort finden würde, hielt er für unwahrscheinlich, trotzdem gab er die Hoffnung nicht auf. Eines Nachts mochte sie vor ihm im Dreck liegen: ein unscheinbarer Dolch, dem die Macht innewohnte, die Stürme zu teilen. Jeder Kapitän würde ihm dafür ein Vermögen bieten. Aber Serafin hatte andere Pläne.

»Was treibst du, Cagliostra?«

»Ich fange Mäuse und fress mich fett.«

»Und wirklich?«

»Bin ich über dir und pass auf dich auf.«

Er blickte kurz nach oben, sah ein goldenes Schimmern zwischen den Backsteinwänden vorüberziehen und schenkte ihr ein Grinsen. Sogleich konzentrierte er sich wieder auf seine Suche, jetzt mit Hilfe einer kleinen Harke. Sie brachte etwas zum Vorschein, das ein Armreif sein mochte, außerdem zwei Kupfermünzen und ein verbogenes Brillengestell. Alles landete unsortiert in seinem Rucksack.

»Ich schau mich noch mal da draußen um.« Cagliostra schwebte aus der schmalen Mündung hinaus über den Canal Grande. Irgendwo ertönten wieder Schüsse. Sie gehörten zur Neumondnacht wie Düsternis und Modergeruch zum Labyrinth der engen Gassen.

Serafin hielt inne, streckte seinen verspannten Rücken und legte den Kopf in den Nacken. Kurz schloss er die Augen und dachte an seine Mutter, die mit jedem Tag ein wenig blinder wurde. Die Medizin, die er von seiner Hehlerin bekam, verlangsamte das Fortschreiten der Krankheit, konnte sie aber nicht aufhalten. Einmal im Monat stieg er in die Finsternis der Kanäle hinab, um seine Mutter so lange wie möglich vor *ihrer* Finsternis zu bewahren. Er hatte ihr nie gesagt, woher er die Medizin bekam und was er dafür tun musste, und wenn sie ihn danach fragte, dachte er sich Ausflüchte aus und hatte dennoch das Gefühl, dass sie die Wahrheit ahnte.

Abermals Schüsse. Irgendwo ein Schrei. Dann plötzliche Stille.

Serafin öffnete die Augen.

Die Umgebung hatte sich verändert, die Sicht war seltsam diffus. Als ein Fischschwarm an ihm vorüberzog, verfiel Serafin in Panik, wollte sich vom Boden abstoßen, nach oben schwimmen – bis ihm klarwurde, dass er atmen konnte. Das hier war nicht die Wirklichkeit. Das Wasser war keineswegs zurückgekehrt, auch wenn seine Augen ihm das vorgaukelten. Tageslicht fiel in die Kluft zwischen den Häusern und brach sich glitzernd auf dem Schuppenkleid der Fische.

Wie in einem Traum – denn das *musste* es sein – setzte er einen Fuß vor den anderen und näherte sich der Mündung. Das Wasser war viel zu klar, er konnte fast hinaus in die Weite des Canal Grande blicken, sah noch mehr Schwärme und wogende Pflanzen und dahinter das Wrack einer Gondel, halb versunken im Schlick. Sein Herzschlag raste vor Aufregung, während er durch silberne Lichtkaskaden wanderte, Strahlen, die ihn wie Finger berührten und sich seltsam vertraut anfühlten. Und dann zog genau über ihm der Rumpf eines Segelschiffs vorüber, mit algenverkrustetem Kiel und Schaum vor dem Bug wie ein Ungeheuer aus den Tiefen der Adria.

Auf genau so einem Schiff war einst sein Vater als Kapitän in See gestochen und nicht zurückgekehrt. Serafin, damals noch keine zehn Jahre alt, hatte am Kai gestanden und darum gebettelt, ihn begleiten zu dürfen. »Ich mache dir einen Vorschlag«, hatte sein Vater mit breitem Lächeln gesagt. »Wenn du mir die Windklinge bringst und ich mit ihr die großen Stürme teilen kann, nehme ich dich beim nächsten Mal mit.«

Es hatte kein nächstes Mal gegeben. Heute war Serafin siebzehn, und wenn er ehrlich zu sich war, glaubte er nicht mehr an die Windklinge und an ihre Macht über die Stürme. Trotzdem suchte er weiter danach, suchte sie in jedem verdammten Kanal, weil sie mehr war als irgendein Zauberdolch – das Symbol seiner Hoffnung auf ein anderes Leben. Eines mit einer Aufgabe, die über Schlammsammeln und Taschendiebstahl hinausging.

»Stehen bleiben!«, rief Cagliostra.

Über ihm glitt das Schiff weiter stadtauswärts, und wieder wurde Serafin von grellem Licht umfangen. Wärme durchflutete ihn, und die Fische umtanzten ihn in wirren Schleifen, brannten leuchtende Spuren in sein Sichtfeld.

»Keinen Schritt weiter!«

Abrupt kehrte die Finsternis zurück, schmerzhaft fast und wie ein Gewicht auf seinen Schultern. Die Vision vom Wasser verblasste mit den Fischen und der vagen Erinnerung an ein Schiff, das wieder einmal ohne ihn hinaus in die Welt gesegelt war.

»Du kannst nicht einfach mit der Laterne in den Canal Grande spazieren«, wies Cagliostra ihn zurecht, die offenbar nichts von alldem gesehen hatte.

Katzen hatten ihre eigenen Träume, und vermutlich galt das erst recht für geflügelte, sprechende und goldgefiederte Exemplare.

Ihm wurde bewusst, dass er am Ende des Seitenkanals stand, einen Schritt von der Stelle entfernt, an der die Schneise in den Canal Grande überging. Der Boden war leicht abschüssig, der Schlamm schien schwarze Stufen zu bilden, die träge ineinanderflossen.

Er blies die Flamme aus und war für Sekunden blind, während sich seine Augen allmählich wieder an die Dunkelheit gewöhnten. So kurz vor dem Südende fächerte der Canal Grande ein wenig auf, an dieser Stelle war er fast hundert Meter breit. Sein schlammiger Grund war eine Landschaft aus Schwarz und Grau. In vielen Palästen am Ufer brannten Lichter. In ihren Fenstern sah Serafin die Silhouetten von Schaulustigen, die trinkend und feiernd darauf warteten, dass einmal mehr das Feuer auf ein paar arme Schlucker im Kanal eröffnet wurde. Allzu viel erkennen konnten die Herrschaften in der Finsternis bestimmt nicht, aber als Nervenkitzel reichte ihnen die Gewissheit, dass dort unten im Schlamm wieder einmal jemand um sein Leben kämpfte.

»Ich hab was gefunden«, sagte Cagliostra in seinen Gedanken.

»Was Brauchbares?«

»Eher was Interessantes.«

»Wo ist es?«

»Draußen im Kanal. Du musst nach rechts gehen, an den Fundamenten der Häuser entlang, ungefähr vierzig Schritt weit.«

Serafin verhakte die Laterne an seinem Gürtel, stapfte

ein Stück weit die Schräge hinunter und wandte sich nach rechts. Der Schein aus den Fenstern reichte nicht so weit herab, und weiter oben gab es an dieser Stelle keinen Gehweg, auf dem Gardisten hätten lauern können. Seine Stiefel verursachten schmatzende Geräusche, deshalb bewegte er sich so langsam und vorsichtig wie nur möglich. Der Schlamm schien gierig an seinen Füßen zu saugen.

Erzähl, bat er die Katze wortlos.

»Du kannst es gleich sehen. Und dann entscheide selbst.«

Was denn entscheiden?

»Was davon zu halten ist. Und was du tun willst.«

Katzen und ihre Geheimniskrämerei, dachte er, ohne den Gedanken direkt an Cagliostra zu richten. Sie fing ihn trotzdem auf wie eine der Fliegen, nach denen sie so gern am offenen Fenster schnappte.

»Es ist –«, begann sie.

»Ich seh's schon«, fiel er ihr flüsternd ins Wort.

An der Wand aus Pfählen, auf der die Fassade des Palazzos stand, lehnte ein mannshoher Spiegel. Einer von der Sorte, wie sie in den Ankleiden feiner Damen hingen, groß genug, um sich von Kopf bis Fuß darin zu betrachten, in Abendgarderobe und mit Hut. Der barocke Rahmen war mit üppigen Verzierungen geschmückt, schlammverkrustet wie alles, was auf dem Grund der Kanäle gelegen hatte. Unter dem Schmutz lugte abblätternde Goldfarbe hervor, auf der sich der Schein ferner Lichter brach. Die Spiegelfläche selbst reflektierte trüb die erleuchteten Fenster des gegenüberliegenden Ufers, leicht verzerrt von Haarrissen im Glas und Schlieren aus Dreck.

Der Spiegel war viel zu schwer, als dass Serafin allein ihn hätte tragen können. Darum richtete er sein Interesse auf das, was davor im Schlamm lag, eine Erhebung, nein, zwei. In der Düsternis konnte er auf diese Entfernung keine Einzelheiten erkennen.

Ich brauche Licht, dachte er.

»Keine gute Idee«, sagte Cagliostra. *»Ich kann dir beschreiben, was da liegt.«*

Er ahnte es bereits und wollte trotzdem Gewissheit haben. Statt die Laterne anzuzünden, stapfte er durch die Dunkelheit, bückte sich und streckte behutsam die Hand nach einer der Wölbungen aus.

Trockener Stoff. Darunter ein schmaler Körper.

Hastig zog er die Hand zurück und sah sich nach anderen Schlammsammlern um, entdeckte aber nichts als Finsternis. Er ging in die Hocke und entzündete mit einem Fingerschnippen den Docht. Die Flamme sprang zappelig aus dem Nichts empor und beschien seinen Fund.

»Eigentlich mein *Fund«*, sagte Cagliostra.

Da lagen zwei Mädchen, beide leblos, das eine hellblond, das andere dunkelhaarig.

Der MERLE Zyklus

Der Klassiker der deutschen Phantastik
endlich vollständig!

Bd. 1: Die Fließende Königin
ISBN 978-3-7373-5675-6

Bd. 2: Das Steinerne Licht
ISBN 978-3-7373-5676-3

Bd. 3: Das Gläserne Wort
ISBN 978-3-7373-5677-0

Bd. 4: Serafin. Das Kalte Feuer
ISBN 978-3-7373-5678-7

Das gesamte Programm gibt es unter
www.fischerverlage.de